OÙ J'AI ENTERRÉ FABIANA ORQUERA

OÙ J'AI ENTERRÉ FABIANA ORQUERA

Cristian Perfumo

Traduit de l'espagnol (Argentine) par
Jean Claude Parat

Conception de la couverture : Pablo Rodríguez - http://finderdesign.info/

Photos :: Jorge Combina - https://www.fb.com/jorge.combina

Traduit de l'espagnol (Argentine) par Jean Claude Parat, 2017

Titre original : *Dónde enterré a Fabiana Orquera.*

© Cristian Perfumo, 2013-2023.

www.cristianperfumo.com

ISBN 978-987-48792-6-4
Gata Pelusa

La reproduction totale ou partielle de l'ouvrage sous quelque forme que ce soit est interdite sans l'accord préalable de l'auteur.

*À Angelita,
que j'ai toujours vue avec un livre entre les mains.*

1
LA LETTRE

Quand j'ai découvert la lettre, je n'en savais pas plus sur Fabiana Orquera que quiconque à Puerto Deseado. Je savais qu'il y avait plusieurs années de cela, elle était allée passer un week-end romantique avec un type, et qu'à partir de là on ne l'avait plus jamais revue. Je savais que le type en question, marié et candidat aux élections municipales, avait été retrouvé étendu sur le sol, inconscient et couvert de sang. Je savais que le sang n'était ni à lui ni à elle, et que tout cela s'était passé dans une maison dont le voisin le plus proche se trouvait à quinze kilomètres.

La maison même où, quelques années plus tard, je passerais la quasi-totalité de mes vacances d'été.
Quelques mois après la disparition, le type avait été jugé. Et même s'ils le déclarèrent innocent à cause du manque de preuves, le procès lui coûta les élections. Voilà tout ce que je savais sur Fabiana Orquera quand j'ai découvert cette lettre jaunie et froissée.
Du moins c'étaient les faits. Car pour ce qui était des conjectures, il y en avait autant que d'habitants à Puerto Deseado : « C'était sûrement un rite satanique, ce n'était pas la première fois que le gars faisait disparaître quelqu'un. Et l'épouse... parce qu'on sait bien comment sont celles qui ont une tête de sainte nitouche ».

Pour en revenir à la lettre, je la découvris par pur hasard. Je venais d'arriver à l'estancia[1]* Las Maras au bout d'une heure et demie de route depuis Puerto Deseado. Après m'avoir offert quelques matés*, Dolores et Carlucho, amis de mes parents depuis tant d'années que je les considérais comme ma tante et mon oncle, m'indiquèrent parmi les cinq chambres celle que j'occuperais cet été.

---

1 - Les notes annoncées par une étoile se trouvent en fin d'ouvrage. (NdT).

J'eus droit à l'une des plus grandes. La majeure partie d'un des murs était occupée par une commode en bois massif qui aurait valu une fortune chez un antiquaire et par un miroir posé dessus. Dans les tiroirs, vides à part quelques boules de naphtaline, je rangeai les vêtements chauds que j'avais amenés pour passer l'été dans cette maison au milieu de la Patagonie. Je mis tous mes sous-vêtements dans le tiroir du bas et en le refermant j'aperçus un coin de papier jauni qui dépassait de sous la commode.

C'était une vieille enveloppe. Quelqu'un y avait écrit, il y a très longtemps, avec des lettres hautes et serrées, la phrase « Pour celui qui la trouvera ». Comme seule indication de l'expéditeur, au dos il y avait un cachet circulaire en cire rouge.

Sans être trop sûr que ce soit une bonne idée, j'ouvris l'enveloppe pour en extraire une feuille de papier à lettre, fine et cassante, couverte d'une écriture de la même calligraphie :

Estancia Las Maras, novembre 1998

Ce furent dix-huit années de silence absolu, et dix-huit ans c'est beaucoup de temps. Il n'y a maintenant plus aucune raison de le cacher : Raúl est mort depuis presque une année et en ce qui me concerne, je ne sais quelle longueur de fil il me reste sur la bobine.

C'est pour cela que j'ai décidé de raconter qui je suis et où j'ai enterré Fabiana Orquera.

La réponse est à la portée de tous, dans les pages que personne ne lit ni ne se rappelle.

NN

Quand, pour la troisième fois, je terminai la lecture de la lettre, mon cœur battait très fort. Tandis que j'arpentais la chambre, je me demandais encore et encore qui pouvait bien être NN, ce qu'il avait fait de Fabiana Orquera et à quoi il se référait lorsqu'il écrivait que la réponse était à la portée de tous.

C'est alors que quelqu'un ouvrit la porte de la chambre.

2
LAS MARAS

– Nous dînons dans cinq minutes, Nahuel, m'a dit Dolores Nievas en passant la tête.
– Merci, Lola, j'arrive.
– Ne tarde pas, tu sais comment est Carlucho, et elle disparut en refermant la porte derrière elle.
Je regardais ma montre. Presque dix heures du soir, et il restait un bon moment de lumière du jour. Par la fenêtre je vis l'énorme soleil qui commençait à se cacher, allongeant les rares ombres de la meseta patagonique. Une petite construction en pierre que nous appelons « la Cabane » et une éolienne étaient les seules à se dresser à plus de cinquante centimètres du sol. Le reste n'était que terre grise et petits buissons entre ma fenêtre et l'horizon.
Je remis la lettre dans l'enveloppe et la posai à côté de mes vêtements, tout en calculant que plus de quatorze années s'étaient écoulées depuis que NN l'avait écrite. De novembre 1998 à janvier 2013.
Le 2 janvier pour être précis. La première fois depuis de nombreuses années que ma famille et les Nievas, propriétaires de Las Maras, ne passaient pas les fêtes de fin d'années ensemble. En novembre, mon père avait présenté des symptômes de pré-infarctus et le médecin lui avait recommandé de rester en ville, près de l'hôpital. Malgré ses protestations, ma mère et moi l'avions obligé à passer Noël et le Nouvel An à la maison, même si cela voulait dire rompre avec une tradition qui avait plus d'années que moi.
Cela fit que cette année les fêtes furent les plus bizarres de ma vie. J'étais habitué à les passer avec mes parents, bien entendu, mais pas chez eux. Pas à Puerto Deseado, à trinquer avec les

voisins. Pour moi, le Nouvel An signifiait qu'à minuit cinq nos feux d'artifices étaient les seuls dans le ciel. Que, quand les assiettes de pralines étaient à moitié vides, Carlucho et mon vieux, tous deux à moitié ivres et dans les bras l'un de l'autre, chantaient la énième chacarera*. Qu'à quatre heures du matin, nous nous rendions compte qu'il commençait à faire jour et qu'alors nous tirions les rideaux pour prolonger un peu la fête.

Ce fut justement cette nostalgie qui fit qu'en ce milieu de journée du 2 janvier, après avoir terminé les restes du repas de fin d'année, je décidai d'aller à Las Maras pour rendre visite aux Nievas. Je savais que ce ne serait pas la même chose que de passer les fêtes avec eux, surtout que la plupart des vingt et quelques qui avaient célébré le Nouvel An là-bas seraient déjà rentrés chez eux. Les seuls qui resteraient, jusque tard en janvier, comme toujours, ce seraient Carlucho et Dolores Nievas. Malgré tout, je voulus aller passer quelques jours avec eux à la campagne, sans téléphone, ni internet, ni un seul gamin pour me crier dans la rue « salut, prof ! ».

C'est ainsi qu'après le dessert et quelques matés avec mes parents, j'ouvris la portière de la Fiat Uno et basculai vers l'avant le siège du conducteur. Mon chien Bongo secoua ses poils noirs, lança un petit aboiement en me regardant avec sa tête barrée de cicatrices et monta d'un bond. Durant les quatre-vingt kilomètres qui séparent Puerto Deseado de Las Maras, Charly García et moi chantâmes toutes les chansons de son album Casandra Lange.

3
PABLO

Comme chaque année à cette époque, quelques planches posées sur des tréteaux rallongeaient la table de la salle à manger. Les quatre convives s'étaient rassemblés à une extrémité. Carlucho Nievas était installé au bout, et à sa droite son épouse Dolores me faisait des signes pour que je me dépêche. En face d'elle, Valeria, l'unique fille du couple, minaudait avec son nouveau fiancé.

– Allez Nahuel, ça va refroidir, dit Carlucho en me voyant apparaître dans la salle à manger.

Je m'assis à côté de Dolores, juste en face du fiancé de Valeria.

– Pardon de vous servir du réchauffé, mais on ne va pas jeter tout ça, dit Carlucho, montrant un plat dans lequel tenait difficilement une épaule d'agneau. Ce sont les restes de l'*asado** que nous avons fait à midi pour dire au revoir aux derniers parents à partir.

– Que dis-tu, Carlos ? Si on me servait ça dans un restaurant, ça me coûterait un œil de la tête et l'autre en pourboire, dit le fiancé de Valeria.

Le commentaire me parut plutôt idiot. Mais, je trouvai normal que le type profitât de toutes les opportunités pour marquer des points avec ses futurs beaux-parents. Après tout, il avait conduit trois cent cinquante kilomètres, dont soixante de piste, depuis Comodoro Rivadavia pour connaître les parents de Valeria.

– Les compliments, garde-les pour ma fille, répondit Carlucho, tout en plongeant un couteau à large lame dans la patte d'agneau.

Le fiancé – il se nommait Pablo – commença à marmonner quelques excuses, mais il fut interrompu par le rire sonore de

Carlucho qui termina de détacher un morceau de viande de l'os et le mit dans l'assiette de Pablo.

– Je t'ai bien expliqué comment est mon père, dit Valeria en riant, et elle l'embrassa sur la joue.

Je détournai le regard, feignant un intérêt pour la nourriture.

Carlucho continua à servir la viande jusqu'à ce que chacun ait son morceau. Dolores nous remplit les verres d'un torrontés de la région de Salta et nous commençâmes à manger.

La conversation tourna presque tout le temps autour des questions que faisait Pablo à Carlucho sur la vie à la campagne. Combien de moutons par hectare, combien de laine par mouton et les silences au milieu pour des multiplications pertinentes. Au moment du dessert – des restes de tiramisu et de *lemon pie* –, Pablo avait maintenant suffisamment d'informations pour savoir qu'avec Valeria il fallait que ce soit par amour. Le seul intérêt qui aurait sa place dans cette relation était l'intérêt bancaire.

– Valé nous a raconté que tu travailles dans l'informatique. Tu répares les ordinateurs ? demanda Dolores à son futur gendre.

– Pas exactement. Je développe des *softwares*.

Carlucho et Dolores le regardèrent sans sourciller.

– Il fait des programmes qui s'exécutent dans un ordinateur, comme le Word, ai-je traduit.

– Merci, Nahuel, dit Pablo. Je travaille pour l'entreprise la plus importante de Comodoro dans le secteur. La majeure partie de nos clients sont des pétroliers.

– Et ça te plaît ?

Il me regarda déconcerté.

– Je ne me plains pas. On travaille beaucoup, mais c'est une des entreprises qui paye le mieux les programmeurs dans le pays. Et toi, Nahuel, que fais-tu ?

– Je suis professeur.

– Des écoles ? me demanda-t-il, comme s'il n'avait pas bien compris.

– Oui, cours élémentaire, des gamins de sept et huit ans.

Pablo amena à sa bouche la cuillère remplie de dessert. Quand il la retira, parfaitement propre, il s'en servit pour me

désigner.
– Je t'admire, moi je ne pourrais pas.
Merci pour l'information, pensai-je. Révélateur.
– Ce n'est pas fait pour n'importe qui, intervint Dolores, qui était retraitée de l'école où je travaillais. Les enfants sont difficiles, et même parfois cruels. Si tu n'arrives pas à les intéresser, c'est foutu. Mais Nahuel a une patience impressionnante. Ils l'adorent.
– Toi, tu ne serais pas un petit peu partiale parce que tu m'aimes bien ?
– Un petit peu partiale ? lâcha Valeria, puis elle continua d'une voix aigüe. « *Que veux-tu manger aujourd'hui, Nahuelito ? Non, laisse, ne te lève pas, je t'apporte le maté au lit* ».
– C'est qu'il est difficile de ne pas l'aimer celui-là. C'est le fils que je n'ai jamais eu, expliqua-t-elle à Pablo, et elle me tapota doucement l'arrière du crâne.
Tandis qu'il acquiesçait d'un sourire, le regard de Valeria et le mien se croisèrent durant une seconde. J'essayai d'avaler, mais je n'y arrivai pas.
– C'est-à-dire qu'il est à la fois un très bon enseignant et un gars aimé.
– Et en plus, écrivain, ajouta Dolores, sans me laisser le temps d'ouvrir la bouche.
– Sans blague, sérieusement ?
– Attends, tout ce qu'elle te dit, prends-le comme si ça venait de ma mère. Je suis un professeur tout ce qu'il y a de plus ordinaire. Ça, c'est ma profession. Pour ce qui est de l'écriture, c'est plus un *hobby* qu'autre chose. Mais de là à...
– Des romans ? m'interrompit Pablo.
– Non, cela me serait impossible. Je n'ai aucune imagination. Si je devais mettre un nom sur ce que je fais, je dirais que c'est plus du journalisme que de l'écriture. De temps en temps je publie un article dans *El Orden*, le journal de Deseado.
– Un peu plus que de l'amateurisme, alors. Et tes articles traitent de quels sujets ?
– C'est difficile à définir, en vérité. On pourrait dire que c'est du journalisme d'investigation, mais au niveau local. Par exemple, en octobre j'ai écrit deux pages qui expliquaient comment

un terrain qui était destiné à devenir la place d'un quartier, s'est converti en locaux commerciaux après une nuit de poker entre un conseiller municipal et ses copains.

– « La place des autres jeux », dit Carlucho.

– C'est comme cela que s'intitulait l'article et c'est aussi comme ça que les gens de ce quartier appellent cette zone qui ne s'est jamais transformée en place, ajouta Dolores.

– C'est-à-dire que pour ce qui est du gars aimé, ça dépend à qui on demande, conclut Pablo.

– Complètement. Il y a un tas de gens dans la bourgade, qui ne peuvent pas me voir. C'est parfaitement compréhensible, en vérité. Quand quelqu'un s'emploie à sortir au grand jour les torchons sales, dans un aussi petit patelin, il est inévitable de ne pas faire plaisir à tout le monde. De fait, de temps en temps, je reçois telles ou telles menaces. Surtout des appels téléphoniques.

– Et ça ne te fait pas un peu peur ? demanda Pablo.

– Peur, non. Je me protège, ça c'est sûr. Si je reçois des menaces, automatiquement, la semaine suivante, je les publie dans le journal. Si je sais de qui elles proviennent, je le fais avec les noms et les prénoms, sinon, je transcris le message qu'ils m'ont laissé et je rédige une lettre ouverte.

– Ou bien tu vas les chercher chez eux et tu en viens aux mains, précisa Valeria.

– Ce sont des cas particuliers où j'ai perdu les pédales. En général je me limite à les publier. Une fois que c'est rendu public, tu crois qu'ils vont oser s'en prendre à moi ? De plus, tout ce que je publie n'est pas sujet à polémique.

– C'est un *hobby* beaucoup plus risqué que le mien. Je suis numismate. Les pièces de monnaies sont bien plus inoffensives.

– Et as-tu réfléchi à une nouvelle histoire, Nahuel ? demanda Valeria.

– J'ai envie d'écrire sur Fabiana Orquera. Ça m'est venu il n'y a pas longtemps.

Moins d'une heure pour être exact, mais ça je préférai ne pas leur dire.

En entendant le nom de Fabiana Orquera, les parents de Valeria arrêtèrent de mâcher.

– Café ? demanda Dolores.
Tout le monde répondit oui.

4
LA DISPARITION

– Fabiana Orquera, expliqua Valeria à Pablo, est une femme qui a disparu dans cette maison au début des années 80.
– Mars 1983, précisa Carlucho.
– Comment a-t-elle disparu ?
– J'avais votre âge, et je venais de prendre en charge cette propriété, nous dit Carlucho. Ma mère était morte depuis peu et mon père, qui était proche des soixante-dix ans, ne pouvait plus rester seul dans cette maison. S'il lui arrivait quelque chose, il était à quinze kilomètres du voisin et à quatre-vingts de l'hôpital. C'est pour cela que je l'ai convaincu de venir à Puerto Deseado.
– Et personne n'est resté dans l'estancia ?
– Ce n'est pas possible de la laisser sans personne, rit Carlucho. Et moi je ne pouvais pas déménager ici, parce que tout se passait très bien à Puerto Deseado avec l'atelier de mécanique, j'ai donc engagé un ouvrier agricole au mois pour s'occuper de la propriété. Moi, je viendrais chaque fin de semaine, quand je le pourrais, pour superviser et aider.
– Et une seule personne suffit pour s'occuper de vingt mille hectares ?
– Pour les tâches courantes, oui. Un gars avec de l'expérience suffit amplement pour rassembler les moutons, vérifier les clôtures et entretenir la maison. Maintenant, pour des travaux plus lourds, comme la tonte ou le marquage, il faut embaucher d'autres personnes. Et de fait, c'est comme ça que nous procédons depuis trente ans.

Pablo ne semblait pas du tout satisfait de la réponse. Je supposai que pour quelqu'un qui ne savait rien de la vie à la campagne en Patagonie, il était impossible d'imaginer que, sur une superficie de la taille d'un petit pays, puisse vivre une seule personne. Et encore moins, que son moyen de transport soit le cheval.

– Et comme nous avons installé l'ouvrier dans la petite maison qui est là-bas de l'autre côté des tamaris, celle-ci est restée inoccupée. Alors je me suis dit que les fins de semaines où je ne venais pas, je pouvais la louer pour me faire un peu d'argent en supplément.

– Mais, ça marche dans un endroit comme celui-ci ? demanda Pablo. Deseado est à quatre-vingts kilomètres, et Comodoro, presque à trois cents. Quel genre de personne loue une maison au milieu de rien.

– Moi aussi, j'avais la même crainte la première fois où j'ai mis l'annonce dans *El Orden*, il y a trente et quelques années. Et il s'est trouvé que, sans le vouloir, j'ai découvert qu'il y avait un grand nombre de gens mariés qui cherchaient une location.

– Des couples ? demanda Pablo.

– Plutôt chacun de son côté, corrigea Carlucho.

Pablo regarda Valeria, perplexe.

– Voyons, mon amour, imagine que tu vis dans un patelin où chacun sait tout sur son voisin. Imagine que tu es marié et que tu trompes ta femme. Si tu vas chez ta maîtresse, c'est sûr, quelqu'un va te voir. Tu ne peux pas aller à l'hôtel, parce que si le réceptionniste ne te connaît pas personnellement, il connaît quelqu'un de ta famille. Que fais-tu ?

– Je vais passer un week-end avec ma maîtresse à Comodoro.

– Tu penses comme quelqu'un de la ville, rit Valeria, pas comme quelqu'un d'un village. Comodoro est plein de gens de Deseado. N'oublie pas que nous habitons une petite agglomération, sans université, sans grand magasin de vêtements et, il y a encore peu, sans opticien. Et où allons-nous quand nous avons besoin de tout cela ? À Comodoro.

– C'est-à-dire que vous louiez cette maison pour des aventures extra-conjugales.

– Non. Je louais cette maison pour que des gens viennent passer quelques jours à la campagne et je ne posais de questions à personne.

— Et que s'est-il passé avec Fabiana Orquera, Carlucho ? coupai-je pour remettre la discussion sur les rails.

— Raúl Báez est venu me voir un après-midi à l'atelier pour me demander si je pouvais lui louer la maison pour le week-end prochain. Je lui répondis que non, car j'avais prévu d'y aller. De fait, je devais accompagner ton père, ajouta-t-il en me regardant. Nous allions chasser les guanacos et pêcher à Cabo Blanco. À l'époque nous étions célibataires, même s'il fréquentait déjà ta mère et si Dolores et moi étions sur le point de nous marier.

Mon père et Carlucho étaient amis depuis toujours. Ils s'étaient connus à l'école, la même où j'étais allé et où maintenant je travaillais. Soixante-cinq ans plus tard, ils avaient toujours envie de se voir. Mon père, retraité depuis plusieurs années, allait deux ou trois fois par semaine prendre un maté à l'atelier. Et, sans son problème de cœur, le jour où Carlucho s'apprêtait à nous conter l'histoire de Fabiana Orquera, il aurait été près de lui à Las Maras, l'aidant à vider les bouteilles de Torrontés.

— Mais Báez insista. Il me dit qu'il avait besoin que ce soit cette fin de semaine à tout prix et me proposa de payer le double.

— Typique de quelqu'un qui ne manque pas de fric, ajouta Pablo.

— Non. Ce n'était pas ça. Il avait plutôt le comportement du gars désespéré qui te demande une faveur.

— Il t'a dit pourquoi il voulait la maison ? demanda Valeria.

— Ça, c'est la question que j'avais appris à ne pas poser. Je lui ai simplement dit que j'acceptais le double. En fait, dit-il baissant la voix jusqu'à devenir presque inaudible, avec cet argent j'ai acheté…

Il leva la main gauche pour nous montrer la paume et avec le pouce indiqua l'alliance à son gros doigt.

— Mais ce détail, ce serait mieux que tu ne le mentionnes pas, Nahuel, parce que Dolores n'aime pas que j'en parle.

— Ce n'est pas que ça me déplaise que tu le mentionnes, la voix de sa femme se fit entendre d'un coin de la salle à manger et sa silhouette bien en chair apparut avec cinq tasses fumantes posées sur un plateau. Ce qui ne me plaît pas, c'est que tu relies ces alliances, qui symbolisent toute une vie passée ensemble, avec quelque chose d'aussi laid. Si ce jour-là, à l'atelier, Báez ne t'avait pas payé, c'est à un autre que tu aurais loué la maison ou à qui tu aurais réparé la voiture, oui ou non ? Et les alliances tu les aurais achetées de toute manière.

– Bien sûr que oui, femme, dit Carlucho en souriant à Dolores. Pour en revenir à l'histoire, Báez me dit qu'il passerait le week-end dans la maison et que le lundi suivant il me laisserait la clef dans la boîte aux lettres de l'atelier. Je dû aller à Comodoro et quand je revins le mardi en milieu de journée, il n'y avait pas de clef dans la boîte. Pensant qu'il avait oublié, je me rendis chez lui, et quand je frappai à la porte, sa femme vint m'ouvrir les yeux rougis d'avoir pleuré. En me reconnaissant, elle commença à me frapper de ses poings, pleurant et criant que tout était de ma faute.

– Báez la trompait ? demanda Pablo.

– Je t'expliquerai plus tard. Presque tous ceux qui louent la maison trompent leur épouse.

– Et qu'as-tu dit à la femme ? ai-je voulu savoir.

– Rien, que pouvais-je lui dire ? Je lui demandai qu'elle se calme et m'explique ce qui s'était passé. Mais elle ne faisait que pleurer et me crier que Báez était en prison à cause de moi. Dans sa tête, si je n'avais pas loué la maison à son mari pour qu'il y aille avec une autre, rien de tout cela ne serait arrivé.

– Mais que s'est-il passé ensuite ? demanda Pablo.

Carlucho se leva de sa chaise et nous fit signe de le suivre.

5
LA SCENE DU CRIME

Une minute plus tard, nous étions tous dans la cuisine.

– Selon Báez, ce dimanche-là, lui et Fabiana Orquera se levèrent, déjeunèrent et sortirent se promener dans la campagne.

– Je ne dis pas que ce n'est pas la vérité, coupa Dolores, qui s'apprêtait à laver les assiettes, mais avec le vent qu'il y avait à Deseado cette semaine-là, j'ai du mal à le croire.

Carlucho haussa les épaules avant de parler, comme quelqu'un qui est fatigué de livrer la même bataille.

– D'après son récit, qu'il est maintenant impossible de vérifier, ils déjeunèrent et sortirent faire une balade. De retour à la maison, Báez alla chercher la viande que l'ouvrier agricole lui avait préparée dans l'abattoir.

– L'abattoir est la petite pièce où l'on tue et dépèce les agneaux et où ils restent pendus pour sécher, dit Valeria, devançant la question de son fiancé.

– Maintenant on ne voit rien parce qu'il fait nuit, mais cette fenêtre donne sur un chemin de pierres, continua Carlucho, montrant le grand carreau où se reflétait notre image comme dans un miroir obscur. Bordant ce chemin il y a une rangée de tamaris d'environ une trentaine de mètres. Quand se termine cette allée, si tu prends à droite sur une vingtaine de mètres tu arrives à la maison de l'ouvrier.

– Et derrière la maison, se trouve l'abattoir, ajouta Valeria.

– Báez déclara qu'avant de disparaître derrière les tamaris il s'était retourné pour envoyer un baiser à Fabiana et qu'elle le regardait par cette fenêtre tout en préparant quelque chose à grignoter. Il dit qu'après le baiser, il avait été caché par les arbres et que quelques mètres plus loin il avait reçu un coup sur la tête qui lui avait fait perdre connaissance. Quand il se réveilla, il était à nouveau dans la maison, dans l'ancienne remise.

– Tout cela, d'après lui, souligna Dolores, tout en lavant les assiettes.

– D'après lui, convint Carlucho, et il ouvrit une porte en bois.

Il alluma la lumière et nous invita à pénétrer à l'intérieur d'une petite chambre dans laquelle tenaient à peine deux lits. Sur les deux lits je reconnus les couvertures de laine tricotées au crochet sous lesquelles j'avais dormi plus d'un été. C'était, et de beaucoup, la pièce la plus froide de la maison. De ses années de remise, elle avait gardé les étagères sur deux des quatre murs et les crochets en acier suspendus au plafond.

– À partir de là, ses déclarations et celles de l'ouvrier coïncident. Quand Báez s'est réveillé, il était étendu ici.

Il montra du doigt le sol à l'entrée de la chambre.

– Alcides, l'ouvrier, lui frappait le visage de sa main ouverte. En se relevant, ce qu'il remarqua en premier, c'est qu'il était couvert de sang et que, près de lui, se trouvait un énorme couteau, lui aussi maculé de sang.

– Il avait reçu des coups de couteau ? demanda Pablo.

– Non, il n'avait pas une écorchure, dit Dolores depuis la cuisine.

– Ce n'était pas son sang, ajouta Carlucho.

– Donc ce devait être celui de Fabiana Orquera, suggéra Pablo. Báez pouvait l'avoir tuée et, après s'être débarrassé du corps, feindre une agression sachant que l'ouvrier le trouverait tôt ou tard. Ou bien, il était innocent et ceux qui l'ont attaqué ont assassiné Fabiana Orquera et recouvert Báez de son sang pour le faire accuser.

– Ni l'un ni l'autre, dit Carlucho. Plus tard la police a établi que le sang n'était pas celui de Fabiana Orquera.

– Les tests ADN existaient-ils à cette époque ? demanda Pablo.

– Je ne sais pas, dit Carlucho, mais ce ne fut pas nécessaire. C'était du sang de mouton. Plus tard, l'ouvrier expliqua qu'il avait trouvé un agneau égorgé sur la table de découpe dans l'abattoir. Il n'était pas dépecé et on ne lui avait pas ouvert la panse pour sortir les viscères. Il n'avait qu'une entaille à la gorge.

– Et la police, qu'a-t-elle découvert d'autre? voulu savoir Pablo.

– Rien d'autre. Durant plusieurs jours la maison a ressemblé à une scène de série américaine. Même moi je n'avais pas le droit d'entrer. Au bout d'une semaine, ils conclurent que c'était comme si la fille était partie en fumée. Ils allèrent jusqu'à amener des chiens, mais ils ne trouvèrent aucune trace. Je me rappelle que les pauvres bêtes passèrent leur temps à se battre avec les chiens d'Alcides.

– Et en quelle année dites-vous que cela s'est passé, don Carlos ?

– En 1983.

– En pleine dictature militaire, dit Pablo.

– Fin de la dictature militaire, corrigea Carlucho. Les élections ont eu lieu en octobre et la disparition en mars.

– Peut-être, intervins-je. Mais les *milicos** ont quand même fait disparaître dans les trente mille personnes.

Je me rappelai les fois où mon oncle Hernando, le frère de ma mère, m'avait raconté les horreurs qu'il avait endurées en 1977 quand il était en prison. Lui, il avait eu de la chance, car ils l'avaient relâché au bout de trois mois, mais il n'a plus jamais revu sa fiancée et deux de ses compagnons.

– Beaucoup moins, dit Pablo. Il y en a autant qui disent trente mille qu'il y en a qui disent sept mille.

– Excuse-moi, mais ceux qui disent sept mille ce sont des fascistes, dis-je sans réfléchir.

– En suivant ta logique, ceux qui disent trente mille sont des gauchistes qui systématiquement sont contre tout.

– O.K., intervint Valeria. Nous ne sommes pas ici pour parler politique.

– Ce n'est pas de la politique, intervins-je. C'est l'histoire de l'un des plus grands génocides dans notre pays.

– Peu importe comment tu l'appelles, Nahuel, insista Valeria. Pour le moment, nous parlons de Fabiana Orquera.

– Mais, était-il possible que cette femme fût l'un des éléments subversifs que les militaires voulaient faire disparaître ?

demanda Pablo.

— Je ne crois pas, conclut Carlucho. J'avais un ami que les *milicos* ont enlevé. La manière dont cette femme a disparu ne correspond pas à leur façon d'opérer. Les militaires allaient chez toi et mettaient tout sens dessus dessous avant de t'embarquer. Ils cherchaient des preuves, carnets d'adresses, informations, n'importe quoi. Mais personne n'est allé chez Fabiana Orquera, et rien n'y a été touché. Et puis il y a le sang de mouton qui ne cadre avec aucune explication.

— De plus, la majorité des disparus de la dictature furent emprisonnés entre 76 et 78, dis-je pour Pablo. J'ai plusieurs livres sur le sujet à la maison. Si tu veux je t'en prête un.

Valeria me foudroya du regard.

— Et la famille de Fabiana Orquera a-t-elle rejeté la faute sur vous, comme l'avait fait la femme de Báez ? demanda Pablo, faisant comme s'il ne m'avait pas entendu.

— Non, car Fabiana Orquera était à Puerto Deseado depuis moins d'un an et n'avait aucune famille dans la ville. Elle était de la province de Entre Ríos et, d'après ce que j'appris durant le procès, la police ne put trouver aucun parent là-bas non plus.

— Et personne n'a jamais signalé sa disparition ?

— Le seul de la région à déposer une plainte pour disparition fut Báez lui-même.

— De toute manière, à cette époque, je ne crois pas que le fait de signaler une disparition ait eu une quelconque importance.

Carlucho secoua la tête.

— Pas plus que les années qui suivirent, quand revint la démocratie et que les listes de disparus furent rendues publiques. Aucun membre de sa famille ne demanda après elle, jamais. Je l'ai su quelques années plus tard par le procureur à la retraite qui à l'époque avait instruit l'affaire. Il était passé au garage pour que je répare sa voiture.

— C'était la victime parfaite, observa Pablo. Sans famille et venant juste d'arriver de l'autre bout du pays.

Le bruit de l'eau qui coule cessa et Dolores apparut dans la petite pièce s'essuyant les mains sur un torchon. Elle mit un bras autour du cou de son mari et instantanément Carlucho bailla.

Valeria elle aussi ouvrit toute grande la bouche, mais je ne pus savoir si son bâillement était réel ou feint.

– En effet, ce serait mieux d'aller dormir, ainsi demain nous pourrons profiter de la journée, dit-elle en posant un rapide baiser sur la bouche de son fiancé. Ne nous réveille pas trop tôt, papa, Pablo n'aime pas se lever de bonne heure.

– Tôt ? L'ouvrier se lève tôt, il est debout à quatre heures et demie avec le premier rayon de soleil.

– D'accord, dit Valeria en riant, et elle embrassa à nouveau son fiancé.

– Et dans quelle chambre ont dormi Fabiana Orquera et Báez, cette fin de semaine-là ? demanda Pablo.

– N'aie pas peur, ce n'était pas dans la nôtre, plaisanta sa fiancée.

– Non. C'était dans la chambre de Nahuel.

6
AU-DESSUS DE NOS TÊTES

– Avant d'aller dormir, don Carlos, dit Pablo quand Carlucho posa un doigt sur l'interrupteur de la remise. Vous avez parlé d'un procès. Est-ce que Báez a été condamné ?
– Ils l'ont acquitté, dit Dolores avec un geste de dépit.
– Par manque de preuves, ajouta Carlucho.
– C'est sûr. On n'a jamais pu prouver que c'était lui qui avait fait disparaître cette fille. Pas plus qu'on a pu prouver qu'il ne l'avait pas fait.
– Ça a ruiné sa carrière politique, non ? suis-je intervenu, me rappelant un article que j'avais lu, cela faisait environ deux ans, dans les archives de *El Orden*, alors que je cherchais des informations pour rédiger une de mes histoires.
– C'était politique ? dit Pablo, surpris.
– Il était candidat au poste de maire, répondit Carlucho. Mais aux élections de 1983 il dut se désister, car il était en plein procès. Quelques années après il se représenta mais n'obtint que très peu de voix. Moi, si je devais prendre parti, je dirais que le type était innocent, parce qu'après le jugement il est resté en ville, a continué son travail et s'est représenté aux élections. Je ne sais pas ce qu'il a pu faire pour convaincre les gars du parti de le présenter comme candidat au poste de maire, parce qu'ici, une fois qu'ils t'ont fermé la porte...
– Une majorité à Deseado, moi comprise, croit que c'est lui qui l'a tuée, coupa Dolores. Et beaucoup, parmi ceux qui l'ont considéré comme innocent du délit, désapprouvèrent le fait qu'il ait trompé sa femme en lui racontant que cette fin de semaine il allait à une réunion du parti à Río Gallegos.
– Et après vinrent les mille rumeurs sur ce qui s'était passé, dit Carlucho.

– Si on pouvait exporter les commérages, nous serions une puissance mondiale, ajouta Valeria.
– Sur le sujet, on a tout eu, rit Carlucho. Par exemple, ils y en a même qui ont dit que j'avais quelque chose à voir avec l'histoire.
– Même si des centaines de personnes t'ont vu toute la fin de semaine dans les courses de Fiat 600 et que le lundi tu l'as entièrement passé à Comodoro, compléta Dolores.
– C'est sûr. Et à propos du sang, tu ne sais pas quelles histoires ils ont inventées : et que du rite satanique, et que des jeux sexuels morbides. Une vieille m'a même dit qu'elle avait toujours su que Báez était un vampire.
– Oui, mais ça c'est la Azcuénaga, elle est folle. Même ses enfants ne la prennent pas au sérieux, plaisanta Dolores, qui tenait toujours son mari dans ses bras. C'est pareil pour le vieux Logan, de toute sa vie, le plus près qu'il se soit approché d'ici, ce fut à Cabo Blanco, et pourtant, jusqu'à sa mort, il a soutenu que la maison était hantée par le fantôme de Fabiana Orquera.
– Tout ça a dû faire du tort à vos affaires, non, don Carlos ?
– Un peu, en vérité. Après ces événements, nous avons cessé de louer la maison et investi toutes nos économies dans la réhabilitation de la maison du deuxième ouvrier, qui était abandonnée depuis des années, et l'avons mise en location. Ainsi, même les plus superstitieux oublièrent leur peur.
Carlucho bailla une nouvelle fois.
– Voilà tout ce que je sais sur Fabiana Orquera.
– Et ce type, Báez, est-il toujours en vie ? questionna Pablo.
Un silence gêné envahit la remise.
– Non. L'histoire s'est mal terminée. Il s'est pendu en 1998, pour le quinzième anniversaire de la disparition de Fabiana Orquera.
Les yeux de Carlucho se dirigèrent vers le toit puis croisèrent mon regard. Il me suffit d'une seconde pour comprendre qu'il préférait ne pas aller plus loin dans cette partie de l'histoire.
En se dépêchant, le couple nous souhaita une bonne nuit. Carlucho sortit de la maison pour arrêter le générateur diesel sans

exposer à son gendre les détails que nous connaissions tous.

Il y a quinze ans, Raúl Báez avait volé une voiture dans Puerto Deseado et roulé jusqu'à Las Maras. Il avait cassé une fenêtre, était entré dans la maison et s'était pendu au crochet en acier qui pendait en ce moment au-dessus de nos têtes dans la vieille remise.

7
À LA PORTEE DE TOUS

Deux minutes après m'être retrouvé seul dans la cuisine, le lointain ronronnement du générateur s'éteint d'un coup et avec lui, les lumières. Quand mes yeux se furent habitués à l'obscurité, je regardai par la fenêtre et distinguai, avec l'aide d'un croissant de lune dans un ciel sans nuages, la rangée de tamaris qui s'éloignait de la maison.

Je connaissais ces arbres par cœur. Quand j'étais enfant, jouant à cache-cache ou à la guerre, je m'étais glissé dans chacune des cavernes formées par leurs feuillages pérennes. Mais cette nuit, sous la lumière argentée de la lune, ils avaient une signification différente. Ils étaient les seuls témoins de ce qui s'était réellement passé entre Báez et Fabiana Orquera.

C'est alors que je vis une ombre près du tamaris le plus éloigné. C'était une silhouette qui se dirigeait vers la maison presque en courant et, avant que je n'aie eu le temps de réagir, elle atteignit la porte de la cuisine et tourna la poignée.

– Tu n'as pas idée de comme ça s'est rafraîchi, dit Carlucho en refermant derrière lui et en se frottant les mains.

– Il n'y a que toi pour sortir avec des manches courtes.

Même dans la noirceur de la nuit je pus voir la moustache de Carlucho s'étirer en un large sourire. Je sentis sa main lourde et ferme sur mon épaule.

– Quand j'aurai besoin d'une autre épouse, je te ferai signe, et il partit dans sa chambre.

Je m'assis sur le bord de la table et une fois encore je regardai par la fenêtre.

Dans n'importe quel autre endroit du monde, j'aurais cru impossible qu'une enveloppe puisse passer quinze ans sous une commode sans que personne ne la découvre. Mais les chambres de

Las Maras, à l'exception de celle de Carlucho et Dolores, ne sont occupées que deux ou trois semaines par an pour loger la famille qui vient passer les fêtes. Si tu oublies un pantalon dans une armoire en janvier, tu le retrouves dans le même état le mois de décembre suivant. Comme nous avions coutume de dire, moitié sérieux, moitié en plaisantant, dans cette maison les objets pouvaient être congelés par le temps qui passe.

De fait, chaque été passé dans cette maison – et j'en ai passé beaucoup – j'ai découvert des trucs dignes d'un antiquaire que ni Carlucho ni Dolores n'avaient jamais vus. Ces découvertes allaient d'un reçu datant de l'année 1935 pour l'achat de mille moutons, quand l'estancia n'appartenait pas encore aux Nievas, à une roue en bois pour une Ford T.

De tous ces petits trésors, mon préféré je l'ai découvert dans une vieille édition du *Martín Fierro** qui tombait en morceaux. C'était une carte postale de Puerto Deseado de l'année 1921. En arrière-plan on voyait un vapeur ancré au milieu de l'estuaire et, plus près de l'objectif, une vingtaine de passagers débarqués d'un canot en bois. Bien sûr la photo m'avait paru jolie, mais ce qui me captiva le plus fut son destinataire. Elle était adressée à un certain José Imelio, dans la ville de Rosario. Personne ne put m'expliquer qui était Imelio et encore moins comment une carte postale, expédiée vers Rosario avec le cachet de Puerto Deseado, avait pu finir à Las Maras.

Cette carte postale, qui maintenant reposait encadrée sur une étagère dans ma chambre à Puerto Deseado, était la preuve indiscutable que s'il existait un endroit dans le monde où une lettre pouvait passer inaperçue durant quinze ans, c'était dans un recoin de la maison de Las Maras.

Le froid, qui était entré par la porte de la cuisine et par la vieille remise, m'avait pénétré tout le corps. Enviant les milliers d'argentins qui en ce moment profitaient des plages de Mar del Plata, je revins à la salle à manger et rallumai le poêle à bois. Comme certains ont coutume de dire, en Patagonie nous avons seulement deux stations : celle de l'hiver et celle du train.

J'allai jusqu'à ma chambre chercher la lettre. En revenant dans la salle à manger, j'approchai la chaise du poêle aussi près que je le pus. On entendait seulement le hurlement du vent sur le toit et le crépitement des branches de poivrier. À la lumière de la flamme, j'entamai une relecture de ce qu'avait écrit ce NN presque quinze ans auparavant.

Je m'arrêtai sur l'allusion à Báez.

> *Il n'y a maintenant plus aucune raison de le cacher : Raúl est mort depuis presque une année et en ce qui me concerne, je ne sais quelle longueur de fil il me reste sur la bobine.*

D'après ce que nous avait dit Carlucho, Fabiana Orquera avait disparu en mars 83, et Báez s'était pendu exactement quinze plus tard. Mars 98, calculai-je. La lettre était datée du mois de novembre de cette même année, soit huit mois après le suicide. Selon NN, il l'avait écrite presque un an après la mort de Báez. Jusqu'ici, tout cadrait.

Alors, pourquoi NN s'était-il limité à promettre des réponses plutôt que de les donner ?

> *C'est pour cela que j'ai décidé de raconter qui je suis et où j'ai enterré Fabiana Orquera.*

Je n'en avais aucune idée. Par contre ce que je savais, c'est que l'apparition de cette lettre confirmait deux points importants, concernant le cas Fabiana Orquera, que personne n'avait pu éclaircir durant ces trois décennies.

Premièrement, la référence à Báez dans cette confession éliminait tous les doutes qui pouvaient subsister à propos de son innocence.

Et deuxièmement, la fille était définitivement morte. Pas disparue, mais bien morte. Ce n'était pas surprenant. Après tout, cela faisait presque trente ans que l'on ne savait plus rien d'elle. Mais les aveux de NN étaient, du moins en apparence, la première preuve formelle d'une mort et d'un ensevelissement.

Je pensai à l'idée d'une tombe à Las Maras et ne pus éviter un sourire ironique. Moi, qui avais passé presque tous les étés de ma vie dans cette campagne, c'est à peine si j'en connaissais une infime partie. Chaque fois que je faisais une sortie à cheval, que je chassais ou sortais réparer quelque chose avec Carlucho je pensais à tous les lieux parmi ces vingt mille hectares où l'homme n'avait jamais mis les pieds. C'était l'endroit idéal pour enterrer quelqu'un et pour qu'il ne soit jamais découvert.

Qui avait assassiné Fabiana Orquera il y a trente ans, et où l'avait-il enterrée ? Si j'arrivais à répondre à cette question, moi, Nahuel Donaire, je résoudrais le plus grand mystère de l'histoire de Puerto Deseado.

> *La réponse est à la portée de tous, dans les pages que personne ne lit ni ne se rappelle.*

Bien qu'il n'y ait rien d'évident dans les règles du jeu de NN, je supposai que ces pages je les trouverais à Las Maras, parce que tout s'était passé ici ; la disparition, le suicide de Báez quinze ans plus tard et la lettre de NN pour laquelle, bien qu'écrite dans les mois qui suivirent, il m'avait fallu presque quinze ans avant de la trouver.

8
CERCLE DE POINTS

Je jetai une poignée de bois sec dans le poêle et, à la lumière des flammes, je relus les mots de NN que je commençai à savoir par cœur. À nouveau, je focalisai mon attention sur le passage qui parlait de Báez.

Il n'y a maintenant plus aucune raison de le cacher : Raúl est mort depuis presque une année et en ce qui me concerne, je ne sais quelle longueur de fil il me reste sur la bobine.

Pour une part, cette phrase suggérait que la mort de Fabiana Orquera était directement reliée à Báez. Que quelqu'un l'avait effacée d'un trait de plume pour l'incriminer lui. Sinon, ça n'avait aucun sens de garder le secret jusqu'après la mort de Báez. Mais, pour moi, il y avait quelque chose dans cette histoire qui ne cadrait pas. Pourquoi personne n'avait jamais signalé la disparition de Fabiana ? N'avait-elle pas un seul parent qui aurait remarqué son absence ? Pas même un ami ?

D'autre part, il y avait l'identité de l'auteur de la lettre. Je me demandai si NN étaient ses véritables initiales ou s'il s'agissait d'une signature anonyme, comme les inscriptions sur les pierres tombales des morts non identifiés.

Je regardai les deux côtés de la feuille de papier sans trop savoir ce que j'espérais y trouver. Elle était du même type que celles utilisées par ma grand-mère il y a vingt ans de ça pour envoyer ses lettres par avion. D'un côté, l'écriture serrée de NN. De l'autre, des lignes bleues et vides. Rien de particulier.

Tout en baillant, je jetai un dernier coup d'œil à l'enveloppe. « *Pour celui qui la trouvera* » d'un côté, et le cachet de cire rouge de l'autre. Dans la cire était gravé un cercle de points avec deux lignes parallèles à l'intérieur et deux étoiles à l'extérieur. Il y avait quelque chose dans ce dessin qui me semblait familier, mais je fus incapable de trouver ce que c'était.

C'était comme avoir un mot sur le bout de la langue.

J'essayai de renforcer la lumière des flammes en utilisant celle projetée par l'écran de mon portable qui, à Las Maras, ne pouvait que servir de lampe car, de réseau, il n'y en avait point. Le réveil matin, c'était Carlucho. Je commençai à compter les points du cercle et, cela faisant, je remarquai qu'ils n'étaient pas équidistants. Il y en avait qui étaient très serrés et d'autres plus écartés. De fait, quand j'eus fini de les compter – il y en avait trente-sept – je me rendis compte que ceux qui étaient les plus proches se trouvaient toujours par groupes de quatre.

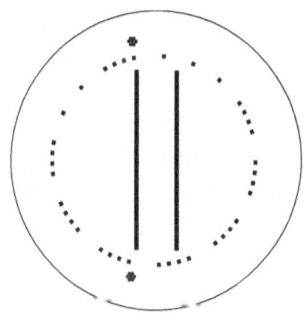

9
POUR TOI

Le jour suivant, après avoir mangé quelques milanaises de guanaco préparées par Dolores, nous fûmes tous pris par le sommeil. Il s'était levé un vent si fort que Carlucho annula son plan initial pour l'après-midi qui consistait, pour Pablo et moi, à réparer une éolienne à mi-chemin entre la maison et Cabo Blanco.
– Nous pourrions en profiter pour ranger un peu le garage, nous dit-il.
– Mon amour, intervint Valeria tout en se dirigeant vers Pablo, si un jour tu te trouves sans travail, ne mets pas un cierge à San Cayetano, mets-le à mon papa qui est le véritable patron des sans-travail.
Je ne pus retenir un éclat de rire. C'était certain, lors de nos séjours à Las Maras, Carlucho « San Cayetano » Nievas s'était toujours débrouillé pour qu'il ne manque pas une éolienne à réparer, des moutons à baigner ou un mur à peindre. En revanche, il y avait toujours un agneau à la broche et du vin. Parfois, c'était même un bon vin.
– Ne compte pas sur Pablo et moi, p'pa. Nous allons faire la sieste.
– Sur moi non plus, dit Dolores en embrassant son mari sur la joue avant de se diriger vers sa chambre.
Bien que je n'eusse personne avec qui faire la sieste, moi aussi j'aurai bien aimé aller m'allonger un moment. Mais je connaissais Carlucho, s'il se mettait quelque chose dans la tête, il le faisait, avec ou sans aide. Je ne pouvais pas le laisser seul pour déplacer tout un tas de lourdes vieilleries d'un endroit à un autre.
– Moi je t'aide, et nous partîmes vers le garage.
Quand nous entrâmes par la porte qui communiquait avec la salle à manger, je sentis l'air frais sur mon visage. Il faisait

sombre et le vent sifflait en s'infiltrant par les mille interstices du mur en planches. Je tirai le rideau de l'unique fenêtre et un peu de lumière réussit à traverser la vitre couverte de crasse.

– Commençons par ça, dit-il en me montrant deux grandes étagères qui pliaient sous le poids de centaines de revues.

J'en pris une au hasard. Sur la couverture, le portrait d'une femme ressemblant à Marylin Monroe, mais avec les cheveux bruns, souriait l'air absent. Sous le bouquet de fleurs blanches qu'elle tenait à la main, sept lettres rouges et rondelettes formaient la phrase « Pour Toi ». À l'intérieur il y avait des recettes, des patrons pour le tricot et des articles sur la mode. C'était un exemplaire de 1943 et, d'après la couche de poussière qu'il y avait dessus, personne n'avait dû y toucher depuis plus ou moins la même époque.

– Je ne sais pas si c'est ma grand-mère qui les a achetées ou les anciens propriétaires, mais tout ce qui fait la vie est étalé là sur ces étagères. Et si ça ne dépendait que de moi, elles y resteraient, mais Dolores s'est mis dans la tête de récupérer la pièce pour y ranger ses conserves.

– Et où va-t-on les mettre ?

– Dans ces caisses. Ici elles ne gêneront pas.

Carlucho indiqua trois cartons de la taille d'un téléviseur dans un coin du garage. En les voyant, je ne pus m'empêcher de sourire devant la coïncidence. De toutes les étagères, recoins et armoires qu'il y avait dans le garage, Carlucho avait précisément choisi cet emplacement pour les ranger. Le seul endroit de la maison qui me rappelait des souvenirs amers.

Je fus surprise en me rendant compte qu'il y avait déjà deux ans que ce coin crasseux s'était transformé en un lieu important dans ma vie. Et un an que je le haïssais.

J'essayai de gommer d'un trait ces souvenirs et mis le « Pour Toi » que j'avais fini de feuilleter dans un des cartons vides.

– Est-ce que tu sais le nombre de fois où j'ai voulu me débarrasser de ces revues et où, à chaque fois, Dolores m'en a empêché parce qu'elle pensait, disait-elle, les regarder un de ces jours ? Mais jamais au grand jamais elle n'en a lu une seule.

Des pages à la portée de tous et que personne ne lit ni ne se rappelle, pensai-je, moitié en plaisantant moitié sérieusement. J'attrapai un autre exemplaire et le feuilletai mécaniquement. Au mieux, c'était mon jour de chance et il y avait une lettre de NN qui m'attendait à l'intérieur.

– Tout à coup tu as envie d'apprendre à tricoter ? Ou bien tu cherches une recette de confiture ?

– C'est que maintenant je suis en âge de me marier, chantonnai-je d'une voix aigüe.

– Tu es aussi en âge de mériter un coup de pied tu sais bien où. Que cherches-tu ?

Je fus tenté de lui dire la vérité, mais si je le faisais je devrais mentionner la lettre de NN. Et, le connaissant comme je le connaissais, Dolores et Valeria ne mettraient pas longtemps à être au courant. Et par voie de conséquence, Pablo. Et, à la fin de l'été, quand tout le monde rentrerait en ville, des centaines de personnes le diraient à des centaines d'autres en jurant et parjurant de garder le secret. À Puerto Deseado, comme dans n'importe quelle bourgade, être discret ne signifiait pas ne rien dire, mais faire promettre le silence à celui qui vous écoutait.

– Rien, dis-je, et je posai la revue sur la première, me faisant la promesse que, dès que j'en aurais l'opportunité, je les examinerais une par une.

Pendant que Carlucho et moi remplissions les cartons, je me demandai comment NN avait bien pu faire pour mettre la lettre dans ma chambre. Si ce qu'il disait était vrai, il était revenu à l'estancia quinze ans après avoir commis le crime parfait, pour laisser là sa confession.

Sous une commode, où personne ne pouvait la trouver ?

Il lui aurait été facile de revenir à Las Maras sans éveiller les soupçons, conclus-je. Après tout, Carlucho n'avait jamais cessé de recevoir des locataires dans l'estancia. Il s'était limité à les changer d'endroit après la disparition de Fabiana Orquera, aménageant le logement en pierre que l'on voyait de la fenêtre de ma chambre.

– Crois-tu que je pourrais en tirer un peu de pognon en les vendant sur Internet ? demanda Carlucho quand les cartons furent pleins à craquer et qu'il ne resta plus une seule revue sur les étagères.

– Les vendre ? N'y pense même pas.

Carlucho parcourut du regard le garage bourré de vieilleries qui n'avaient plus aucune utilité.

– Regarde un peu ce qu'est devenu cet endroit, soupira-t-il, il y a des années qu'il n'abrite plus une seule voiture, et maintenant c'est à peine s'il y a assez de place pour passer. En plus, la moitié des choses ne m'appartiennent pas. Pas plus qu'à mon père. Personne ne sait depuis combien de temps elles sont dans cette maison.

– Et pourquoi veux-tu un garage ? Tu as des problèmes de stationnement ? Le Cholo Freile te prend ta place ?

Carlucho éclata de rire. Le Cholo* Freile était le propriétaire de l'estancia voisine de Las Maras, à quinze kilomètres d'ici.

– Sérieusement, à quoi ça me sert de garder des choses qui ne font qu'accumuler la poussière ? Il y a des années que les seules affaires que j'utilise dans ce garage se trouvent là-dedans.

Carlucho s'approcha d'une énorme penderie et ouvrit en grand ses deux portes en bois massif. Me tournant le dos, il introduisit la moitié de son corps dans le meuble.

– Matériel de pêche et caisse à outils, car il y a toujours quelque chose à réparer, dit-il en donnant deux coups sur la caisse en métal que tant de fois il m'avait fait porter d'un endroit à un autre. C'est ce que j'utilise le plus. Ah, et le Rupestre de temps en temps. D'ailleurs un de ces jours je vais sortir chasser.

Le Rupestre était la première arme à feu avec laquelle j'avais tiré. C'était un Mauser 1909 Modèle Argentin, sur la culasse, Carlucho avait fait graver deux scènes de chasse datant de l'époque d'avant les indiens Tehuelche. D'un côté du fusil, un homme avec une lance poursuivait un guanaco. De l'autre, le même homme courait derrière un nandou et ses petits.

D'aussi loin que je me souvienne, Carlucho gardait le Rupestre dans cette penderie, toujours déchargé. Les cartouches, il les cachait dans un endroit seulement connu de Dolores et de mes parents.

– Le reste sert juste à accumuler de la crasse, dit-il en

fermant les portes de l'armoire et en revenant vers moi.

– Si dans tout ce bazar tu mets quelque chose en vente, il faut avant tout que tu comprennes que la majeure partie de ce qui est là a cessé d'être vieux. C'est plus que vieux maintenant, c'est devenu *vintage*.

– Et ça veut dire quoi ?

– Que tu peux en tirer plus d'argent.

Nous rîmes de bon cœur.

– Parlons sérieusement. Si un de ces jours tu décides de vendre un de ces trucs, donne-moi au-moins la possibilité d'être le premier à pouvoir l'acheter. Là où toi tu ne vois que des vieilleries, moi je vois un tas de petits trésors qui attendent d'être découverts.

– Ne fais pas ton poète, je n'ai pas l'intention de t'offrir quoi que ce soit.

– Je ne veux pas de cadeaux. Je parle sérieusement. Tu te rappelles de la carte postale des années vingt que nous avions trouvée dans cette vieille édition du *Martín Fierro** ?

– Je m'en souviens. Celle où l'on voit les passagers qui débarquent dans l'estuaire. Quelqu'un l'avait expédiée de Deseado à Rosario et nous ne savions pas comment elle avait pu arriver ici. Tu l'as toujours ?

– Bien sûr, c'est un petit bijou. Je l'ai encadrée et maintenant elle est accrochée chez moi.

– Ça, c'est un mystère.

– Exactement, c'est ce que je veux dire, m'exclamai-je. Beaucoup d'objets ordinaires peuvent cacher de petits mystères.

Ou pas si petits, pensai-je, en me souvenant de la lettre de NN.

– Depuis que tu es gamin, les choses *vinchas* t'ont toujours plu.

– *Vintage* !

– C'est ça. Je me rappelle encore que tu as fait une drôle de tête quand je t'ai dit que tu pouvais garder la carte postale. Ou du jour où tu as trouvé la pièce de monnaie dans les salins de Cabo Blanco.

– Celle-ci je ne l'ai pas emportée.

– Elle doit être dans un coin de ce paradis pour

collectionneurs.

Carlucho rit et, après avoir fait le tour du garage du regard, se frotta les mains.

– Allons à la cuisine, que je prépare le maté.

Il fit demi-tour et se dirigea vers la porte par laquelle nous étions entrés.

– Carlucho.

– Oui ?

– Je pensais au jour où cette fille a disparu, Fabiana Orquera. L'ouvrier n'a vu personne ?

– Tu continues à retourner ça dans ta tête ?

– Je t'ai déjà dit que j'aimerais écrire quelques lignes dans *El Orden* à propos de cette histoire. C'est sûr qu'il n'a vu personne ? insistai-je. Ces gens sont toujours au courant de tout.

– Personne, je lui ai posé la question mille fois. C'est bizarre, en vérité, car ce jour-là il travaillait dans les parcelles de l'ouest, pas très loin de la route. Il aurait dû voir n'importe quel véhicule venant de Deseado.

– N'aurait-il pas pu mentir ? Et si on l'avait acheté ?

– Ça, encore moins, rit Carlucho. Ce gars était pire que toi. Personne ne lui faisait peur. Devant la moindre menace il sortait son coutelas et, immédiatement, tout rentrait dans l'ordre.

– Ils ont pu menacer quelqu'un de sa famille.

– Sa famille ? Pas plus moi que mon oncle Lito ne lui connaissions de parents. Il n'avait ni femme ni enfants. En fait, cela fait des années qu'il est à la maison de retraite de Deseado et, d'après ce que j'en sais, jamais personne ne va le voir.

Je remarquai une note de culpabilité dans sa voix. Certainement que Carlucho avait dû reporter ses visites à Muñoz plus que ce que sa conscience considérait comme acceptable. Je décidai de changer de sujet.

– Et la Cabane n'existait pas quand la fille a disparu ?

– Elle existait, mais était abandonnée.

Bien que ce fût une construction en pierre, pour je ne sais quelle raison tout le monde l'appelait la Cabane. Il s'agissait d'une petite maison d'une pièce, avec salle de bain et cuisine, qui avait été construite il y a presque un siècle pour loger un second ouvrier agricole, à l'époque où la propriété était à son apogée. C'était le troisième et dernier bâtiment sur les vingt mille hectares de Las Maras.

– Nous avons commencé les transformations durant l'été 84. Ton père m'a beaucoup aidé.

– L'année qui a suivi la disparition de Fabiana Orquera, remarquai-je.

Carlucho s'assit sur un carton de revues.

– Peu de temps après ce qui s'était passé avec cette fille et Báez, je me suis rendu compte que si je voulais continuer à louer les fins de semaine, il faudrait que ce soit dans un autre endroit. Dolores ne voulait toujours rien savoir sur la possibilité de laisser des inconnus dormir dans notre propre maison.

– Ça ne m'étonne pas.

Carlucho tourna la tête pour vérifier que personne ne nous écoutait.

– Bien que, quand je loue la Cabane, si nous ne sommes pas là, j'informe les locataires de l'existence du petit tronc.

Le petit tronc est un morceau de bois pétrifié de la région de Jaramillo. Il a la taille d'une canette de bière et se trouve derrière la maison, sous la fenêtre par laquelle Báez avait vu pour la dernière fois Fabiana Orquera. Sous ce bout de bois, il y a toujours une clef qui permet d'entrer dans la maison par la porte de la cuisine.

– Je leur dis d'entrer seulement en cas d'urgence. S'ils n'ont plus rien à manger ou s'ils ont des problèmes avec le…

La moustache bien fournie de Carlucho continua de remuer, mais je cessai d'écouter. Ce qu'il venait de me dire, expliquait comment NN avait fait pour laisser la lettre dans la maison, presque dix ans après avoir tué Fabiana Orquera. Il n'avait pas cassé de carreau comme l'avait fait Báez quand il avait décidé de se pendre dans la remise. NN était entré par la porte, utilisant la clef que Carlucho en personne lui avait indiqué où la trouver. Il suffisait ensuite de louer la Cabane un jour où les Nievas n'étaient pas là. Un jour de travail, par exemple.

– Tu m'écoutes ?

– Bien sûr, sursautai-je. Tu m'expliquais que tu leur dis

toujours où est la clef.

— Oui, mais attention, je leur dis bien de ne l'utiliser qu'en cas d'urgence.

— Et tu as un registre des locataires ?

— De l'époque de Fabiana Orquera et Báez, non. Je t'ai déjà dit que les gens qui viennent ici cherchent la discrétion.

— Et après ?

— Je n'ai jamais tenu de registre. Il y a seulement un cahier de remarques sur la Cabane, où écrit celui qui veut. Ceux qui viennent incognito, bien entendu, ne signent pas.

Et celui qui vient confesser un assassinat, non plus, pensai-je. Mais la désillusion se transforma vite en doute. Quelles pages à la fois plus à la vue de tous et en même temps plus oubliées que celles d'un livre des visites ?

— En ce moment la Cabane est occupée, non ? Hier quand je suis arrivé j'ai vu une Polo rouge garée devant la porte.

— Oui. Tu te rappelles de l'espagnole qui est venue l'année dernière ?

— Ne me dis pas que cette mère patrie est ici, dis-je, me prenant la tête entre les mains en un geste exagéré.

— Si. Elle est venue cette année encore. Elle continue l'écriture de son livre sur Cabo Blanco et nous aide à restaurer la maison de l'employé qui était chargé de l'entretien du télégraphe.

— Ce n'est pas plutôt une thèse qu'elle rédige ?

— Un livre, une thèse, c'est la même chose. Le fait est qu'elle est là.

— Quelle belle femme, bon Dieu.

— Pardon si je parle comme mon épouse, mais cette femme pourrait être ta mère.

Je haussais les épaules et souris.

— Et jusqu'à quand reste-t-elle ?

— Encore un mois.

— Je le regrette profondément, mais je crois que je vais être obligé d'aller la déranger, dis-je à Carlucho avec un sourire narquois. Je ne peux pas attendre aussi longtemps pour consulter le livre des visites.

10
LA MERE PATRIE

Les grains de sable heurtaient avec force la tôle rouge de la Volkswagen Polo stationnée près de la Cabane. Avant de frapper à la porte en bois, je séchai les larmes que le vent de face avait fini par m'arracher.
En ouvrant, l'espagnole me reçut avec un sourire.
– Nahuel, c'est ça ? dit-elle en élevant la voix pour que je puisse l'entendre malgré le vent.
Elle était vêtue d'un *jean* moulant et d'une chemise beige. Ses cheveux, teints en noir, n'avaient pas plus de deux doigts de longueur et son décolleté était trop parfait pour les quarante et quelques années que je lui donnais. Probablement grâce au bistouri.
Techniquement, Carlucho avait raison : cette femme qui avait dans les vingt ans de plus que moi, pourrait être ma mère.
– Nahuel, acquiesçai-je, tout en arrangeant les mèches de cheveux qui volaient dans tous les sens sur ma tête, je passe quelques jours chez Carlos et Dolores Nievas.
– Entrez.
Quand la porte fut refermée, le bruit du vent s'atténua et j'entendis des violons qui jouaient de la musique classique. Le son provenait d'un ordinateur portable posé sur la table. Près de l'appareil il y avait un maté et une Thermos. Au milieu des livres et des dossiers étalés un peu partout, je reconnus « Cabo Blanco, histoire d'un village disparu », de Carlos Santos.
– Nina Lomeña, dit-elle en me plaquant deux baisers quand nous fûmes au centre de la pièce.
L'été dernier déjà, cette femme avait loué la Cabane. Elle avait passé plusieurs semaines ici pour écrire une thèse ou quelque chose comme ça sur les villages abandonnés de Patagonie.

Elle avait aussi versé quelques euros à l'Association des Amis de Cabo Blanco et avait aidé aux premiers travaux de restauration de la maison de l'employé du télégraphe. La dernière à être encore debout dans le village disparu.

— Vous avez besoin de quelque chose, demanda-t-elle en mettant les mains dans les poches de son pantalon.

— Non. Enfin, en réalité si. Avant tout, excusez-moi de vous déranger. Je viens vous demander...

— Avant tout, me coupa-t-elle, tutoie-moi. J'ai maintenant un âge ou ces choses commencent à me déprimer.

Sa voix pleine de maturité et son accent espagnol me plaisaient bien.

— Je recommence, donc : excuse-moi pour le dérangement. Je venais te demander si je peux emporter le livre de visites.

— Il est tout à toi, me dit-elle en m'indiquant une petite table près de la porte sur laquelle il y avait un vase vide et un cahier à couverture rigide avec un stylo posé dessus.

Je m'approchai et lus le message le plus récent.

IL N'Y A PAS DE PAIX EGALE A CELLE DE CE LIEU, NI D'ASADOS COMPARABLES À CEUX DE DON CARLOS. FAMILLE MORA. COMODORO RIVADAVIA. 15/11/2012

— Tu ne vas pas le signer ? ai-je demandé.

— Si, mais j'ai du temps pour ça. Il me reste encore un mois à passer ici.

— Il y a longtemps que tu es à l'estancia ?

— Je suis arrivée deux jours avant Noël.

— Donc tu vas rester presque un mois et demi au total.

Nina acquiesça d'un sourire.

— Presque chaque été, je passe la période des fêtes ici, dis-je.

— Mais l'année dernière tu es resté moins longtemps, non ? Je n'ai pas le souvenir de t'avoir beaucoup vu.

— Non, l'année dernière, ce fut différent.

Je souris devant l'euphémisme. Les fêtes de l'année dernière avaient été pour moi une vraie merde. Je n'avais jamais

passé de pires fêtes à Las Maras.
– C'est une longue histoire. En fait je suis arrivé le vingt-quatre au soir, quasiment à l'heure du repas, et je suis reparti le premier janvier. Je ne suis donc pas resté longtemps.
– Pourquoi passes-tu tous les Noëls ici ? a-t-elle voulu savoir.
– J'ai grandi en célébrant tous les Noëls dans cette maison. Mes parents et les Nievas sont des amis de toujours.
– Eh bien, tes parents ont beaucoup de chance. Les Nievas sont d'excellentes personnes. Je ne pouvais pas y croire quand ils m'ont invitée à dîner avec eux et toute leur famille pour les réveillons de Noël et de la saint Sylvestre. La maison était pleine de gens qui ont chanté et dansé jusqu'au lever du jour. Tu n'imagines pas ce que furent ces fêtes.
– Au contraire, je l'imagine très bien, dis-je en riant.
– Cet endroit est unique au monde, dit-elle les yeux rivés sur la meseta grise que l'on apercevait par la fenêtre.
– C'est bien vrai, confirmai-je tout en feuilletant les pages du livre de visites sans trop y prêter attention. Et toi, qu'est-ce qui t'amène dans un coin comme celui-ci ? Je crois que l'année dernière tu m'avais expliqué que tu écrivais sur Cabo Blanco, non ?
– Oui, dit-elle en m'indiquant l'ordinateur sur la table. Ça fait quelques années que j'ai commencé ma thèse de doctorat en sociologie. J'établis une comparaison entre Cabo Blanco et Bujalcayado, en Castille-La Manche.
– Pourquoi ? fut la seule question qui me vint à l'esprit.
– Bujalcayado, parce que ma grand-mère était de là-bas. Un village au milieu de l'Espagne qui vivait de l'exploitation des gisements de sel. Quand le commerce du sel cessa d'être rentable, il fut abandonné. Pareil que Cabo Blanco, c'est pour cela que j'étudie les deux.
– Et il y a d'autres villages qui ont disparu pour la même raison ?
– Pas mal. En Espagne, sans aller plus loin, il y en a au moins dix.
– Alors, pourquoi Cabo Blanco ?
– Parce que le cas de Cabo Blanco est très particulier. À la

différence des villages espagnols, ici le climat ne permet pas aux gens de compléter leurs revenus grâce à l'agriculture. Cabo Blanco vivait uniquement du sel. Et en plus il est isolé, loin de tout. Quand les gens se sont retrouvés sans travail, ils n'ont pas eu la possibilité de faire dix kilomètres pour aller au village d'à côté. C'est un village qui est né et qui est mort avec les salines.

C'est bizarre, pensai-je. Une femme de l'autre bout du monde me raconte une histoire que la plupart des habitants de Puerto Deseado ne connaissent même pas.

– En plus, je suis amoureuse de la Patagonie.

– Il y a beaucoup de touristes qui viennent et qui ne veulent plus repartir, dis-je. La première fois que je suis allé à Puerto Madryn, j'ai rencontré une irlandaise qui venait là depuis dix-sept étés rien que pour voir les baleines.

– C'est que la Patagonie est la destination rêvée de beaucoup de gens, moi la première. Bien que je sois une touriste assez singulière.

– Evidemment, tous ceux qui viennent n'écrivent pas une thèse.

– C'est sûr, dit Nina en riant. Mais ce que je voulais dire, c'est que la majorité des touristes prennent l'avion de Buenos Aires directement à El Calafate pour voir le glacier. De là ils vont skier sur les pentes d'Ushuaïa ou voir les pingouins et les baleines de la péninsule de Valdez, comme ton amie irlandaise. Mais dis-moi une chose, que verraient ces touristes si au lieu de prendre l'avion ils allaient du Perito Moreno aux pingouins en voiture ?

– Mille cinq cents kilomètres de steppe. Des petits buissons, six ou sept villages, et quelques guanacos.

– Tu m'as comprise, conclut Nina, satisfaite.

Puis elle désigna la fenêtre.

– Moi je suis amoureuse du désert. Tous les matins je me lève et sors courir dans le vent, et plus il souffle et plus ça me plaît.

Je regardai par la fenêtre et acquiesçai. Puis je baissai le regard, souris et secouai la tête.

– À quoi penses-tu ? demanda-t-elle.

– Chaque fois que je quitte Puerto Deseado, les premiers kilomètres je rouspète en me disant que j'en ai assez de vivre dans le cul du monde. Mais, plus j'avance dans la meseta, et plus je suis convaincu que je ne pourrais jamais quitter cette région. C'est sûr que c'est un endroit très spécial. Sinon, pourquoi des gens seraient prêts à payer des milliers de dollars pour que le vent les emporte.

– Eh bien, pour moi c'est de l'argent bien dépensé et, tant que ma santé me le permettra, je crois que je continuerai à venir ici. En fait, j'aimerais bien rester une année entière, pour vivre l'expérience de l'hiver.

– Alors là, c'est une histoire totalement différente, prévins-je.

Ensuite je restai silencieux. Elle veut venir une année entière, pensai-je. Un an de vacances. Et moi qui avais difficilement économisé le fric pour aller passer dix jours à Mendoza la première quinzaine de février.

Lui demander d'où venaient ses revenus me paraissait exagéré, aussi me contentai-je de faire des suppositions. Plus que ses mains soignées et douces, ses vêtement ajustés laissaient deviner un corps habitué à faire de l'exercice. Peu d'enfants, probablement. Voire aucun. Je risquai un mari impresario, plein aux as, mais sans le temps de rien faire d'autre. Et puis, qui préparerait un doctorat à quarante ans et quelques, s'il devait travailler pour manger.

Sans rien révéler de mes pensées, je regardai autour de moi cherchant un sujet de conversation ; je vis alors le maté sur la table, près d'un porte-documents de l'université de Málaga.

– Il est facile de s'accoutumer aux bonnes choses, hein ? dis-je en montrant le maté.

– Au contraire, elle laissa échapper un petit rire, ce n'est pas facile. Le maté est un goût acquis, comme le café ou la bière. Personne n'aime la première fois qu'il y goûte.

Je fronçai les sourcils et fus sur le point d'ouvrir la bouche pour lui dire que j'en prenais depuis tout petit. Mais je me souvins que mes premiers matés étaient très différents de ceux que je buvais maintenant ; ils venaient de la main de mon papa. Quand il était déjà trop froid pour les adultes, il y rajoutait une cuillerée de sucre bien pleine et me le donnait.

– Puis-je t'aider pour autre chose ? proposa-t-elle.

– Non, c'est tout, dis-je en prenant le livre sur la table pour le coincer sous mon bras. Merci beaucoup et pardon pour le dérangement.

– Il n'y a aucun dérangement. Au contraire, la tranquillité c'est très bien, mais de temps en temps ça fait du bien de parler avec quelqu'un, dit-elle en ouvrant la porte et en me posant deux baisers.

Je cessai d'entendre la musique classique. Le vent envahit tout une fois de plus.

Je revins à la maison des Nievas avec le sourire aux lèvres. Par chance, Nina Lomeña n'était pas ma mère.

11
LE LIVRE DES VISITES

Le menton collé à la poitrine et les épaules rentrées, je pressai le pas vers la maison. En entrant par la porte principale, je trouvai la salle à manger vide et entendis des voix qui venaient de la cuisine. Je les évitai et me dirigeai directement vers ma chambre pour regarder le livre des visites.

Sur la première page, Carlucho Nievas souhaitait la bienvenue aux visiteurs en son nom et au nom de sa famille. À la suivante je trouvai le mot du premier hôte :

> CELA FAISAIT LONGTEMPS QUE DESEADO AVAIT BESOIN DE QUELQUE CHOSE COMME ÇA. 17-10-1984.

Personne n'avait signé.

Je mouillai mon index avec la langue et continuai à tourner les pages. Sur chacune d'elles les remerciements formaient une mosaïque de paragraphes de diverses calligraphies et couleurs d'encre. La plupart étaient datés, presque toujours entre octobre et avril, et à peu près la moitié étaient signés. Il y en avait même deux ou trois avec le numéro de carte d'identité.

Après une vingtaine de pages, apparut le premier message de l'année 1998, année de la mort de Raúl Báez et de la lettre de NN. Il était signé de janvier, tout comme les trois suivants. Appuyant mon doigt humide sur le papier, je feuilletai lentement les pages jusqu'au premier message de novembre.

Une écriture serrée dans un coin, presque dans la marge, m'apparut reconnaissable entre toutes.

> *Rebonjour ! Cet endroit est si particulier qu'il est difficile à décrire avec de simples mots. La beauté de ses*

paysages n'a d'égal que les secrets qu'il garde enterrés. Les découvrir est toute une aventure, un voyage accessible uniquement à ceux qui comprennent l'importance de l'ordre et de la persévérance. NN.

C'était le même NN qui avait écrit la lettre que j'avais trouvée sous la commode. La calligraphie serrée et inclinée vers l'arrière ne laissait aucun doute.

Je souris devant le « rebonjour ». N'importe qui d'autre penserait qu'un locataire ne faisait que saluer les Nievas une nouvelle fois, après l'avoir fait de vive voix. Mais pour moi, la phrase prenait une signification totalement différente.

Rebonjour, estancia Las Maras. Nous nous sommes déjà vus, il y a presque quinze ans, quand j'ai commis un crime qu'aujourd'hui je viens confesser.

Rebonjour, inconnu qui a trouvé la lettre. Pour certaines raisons, dans l'immédiat je ne souhaite pas dire toute la vérité.

Ce qui attirait aussi mon attention, c'était que NN parle de secrets *enterrés*. Secrets qui ne pourraient être découverts que par ceux qui comprennent « l'importance de l'ordre et de la persévérance ».

Je m'allongeai sur le lit avec le livre ouvert sur la poitrine, essayant de trouver un sens quelconque à cette dernière phrase. Ordre et persévérance. Je comprenais le deuxième mot ; il était clair que NN n'était pas disposé à me faciliter les choses. Mais l'ordre ? Que fallait-il remettre en ordre ?

Je tendis la main jusqu'à la commode et tirai la lettre du carton où je l'avais rangée. J'observai un bon moment le cachet de cire rouge sur l'enveloppe. S'il y avait dans ces lignes parallèles et ce cercle de points un ordre à comprendre, je n'arrivais pas à le trouver.

Mais il devait y avoir quelque chose. De la même manière que la lettre m'avait mené au livre des visites, le message gribouillé dans la marge devait être une piste vers autre chose. Et la clef pour découvrir cette piste se trouvait dans l'importance d'un certain ordre.

12
CABO BLANCO

Je toussai et, en refermant la bouche, eus la sensation de mâcher du sable. Valeria elle aussi toussa.
— Tu es obligé de rouler aussi vite ? demanda-t-elle en regardant Pablo.
— Tu veux conduire ? rétorqua celui-ci sans lâcher le volant ni quitter des yeux la camionnette grise de Carlucho et madame, à peine quelques mètres devant nous.
Bongo, mon chien, nous observait à travers le nuage de poussière. Il était le fils de deux chiens de berger de l'estancia, et l'ouvrier agricole m'en avait fait cadeau, à peine sevré, il y dix ans de ça. Comme tous les chiens habitués à la campagne, il aimait voyager à l'arrière de n'importe quelle camionnette. Ce matin-là, quand Carlucho avait ouvert la plate-forme arrière de sa Ford Ranger grise pour charger son équipement de pêche, Bongo avait grimpé sans que personne ne lui dise rien.
— Non, la seule chose que je veux, c'est respirer un peu mieux, dit Valeria en toussant, et il m'a semblé que tu le faisais exprès.
Clac ! Le coup retentit comme une balle. Sur le pare-brise de la Renault Clio flambant neuve de Pablo apparut un dessin en forme de toile d'araignée de la taille d'une pièce de monnaie.
— Qu'est-ce que c'est ? demanda Pablo diminuant un peu la vitesse et alternant le regard entre la camionnette, qui s'éloignait un peu, et la marque sur le pare-brise.
— Voyons, je te donne des indices, dit Valeria tendant le cou pour voir le compteur de vitesse. Sur une route couverte de graviers, à soixante-dix kilomètres par heure une camionnette, en plus de soulever de la poussière, projette aussi des gravillons.
Le dernier mot elle le dit en désignant par trois fois, une

par syllabe, la vitre fissurée. Gra-vi-llons.

Pablo bloqua les freins et la Clio dérapa faisant presque un quart de tour.

– Mais qu'est-ce qui t'arrive, mon chéri ? Tu veux nous tuer.

Sans se préoccuper de redresser la voiture ou de la ranger sur le bas-côté, Pablo descendit et passa son doigt sur la marque laissée par l'impact. Après avoir lancé quelques insultes en l'air, il fit de tour de la Clio et ouvrit avec force la portière de Valeria.

– Tu conduis !

Trois cents mètres devant nous, les feux stop de la camionnette de Carlucho s'allumèrent.

– Évidemment que je conduis, et elle descendit de la voiture en bousculant Pablo pour l'écarter.

Moi j'observais tout ça depuis le siège arrière sans rien dire. J'avais la sensation de m'être trompé de salle en allant au cinéma. Au cours du dîner d'hier au soir, Pablo et Valeria s'étaient comportés de manière respectueuse l'un envers l'autre. Et maintenant, ils se comportaient comme un frère et une sœur en pleine crise d'adolescence. Avec encore plus de mauvaise humeur que n'en aurait provoquée Carlucho frappant à la porte de notre chambre à huit heures du matin, cette dispute me paraissait exagérée.

La rage que mit Valeria pour enclencher la première, ne correspondit en rien à la façon dont elle démarra la Clio. Elle le fit en douceur, presque trop lentement, comme si elle voulait s'arranger pour que les roues ne soulèvent pas la moindre pierre. La camionnette des Nievas démarra elle aussi.

Nous roulâmes un bon moment en silence. Valeria et Pablo, les yeux rivés à la route. Les miens, à la meseta marron qui s'étendait de chaque côté, aussi loin que portait le regard.

– Voilà Cabo Blanco, dit Valeria après un virage, il y avait dans sa voix comme un ton de reproche.

Son doigt montrait l'horizon, où un rocher se découpait sur le bleu clair et brillant de l'atlantique. Comparé au rocher, le phare qui se dressait dessus semblait minuscule.

– Je l'avais imaginé plus grand, observa son fiancé.

– Il reste quinze kilomètres, répondit-elle.

Pablo se tourna alors vers moi.
– La lampe du phare est de la taille d'un ballon de football, affirma-t-il.
– Tu es déjà venu ? Demandai-je.
– Non, jamais, se contenta-t-il de répondre, sans me préciser d'où il tenait l'information.

Je me rappelai la dernière fois que j'étais monté. L'ampoule était de la même taille que celles à incandescence qu'on utilisait autrefois dans n'importe quelle maison avant qu'ils ne les remplacent par les ampoules basse consommation. Mais je ne fis aucun commentaire. Ce n'était pas le moment.

En approchant, quand de simple poteau le phare devint une forme rouge surmontée d'une coupole noire, nous croisâmes Patipalo, l'employé qui m'avait donné Bongo. Sur son cheval, il longeait une clôture, accompagné par ses deux chiens de berger, un sous chaque étrier, le regard dirigé droit devant.

D'aussi loin que je me souvienne, Patipalo avait été l'ouvrier de Las Maras, même si son surnom il l'avait gagné une nuit, bien avant de connaître les Nievas. Le groupe de tondeurs avec lequel il travaillait avait fini de raser trois mille brebis près de Mazaredo et quittait l'estancia avec un chapon rôti et deux bombonnes de vin. Personne ne put dire le motif de la vive et brève altercation qui se termina avec une balle dans la rotule. Depuis cette nuit-là, Patipalo ne plia plus jamais sa jambe gauche.

Mais cela ne l'empêchait pas de grimper sur son cheval tous les jours pour surveiller les vingt mille hectares de steppe de Las Maras. Du haut de l'animal, il nous salua en levant la main, et nous ne croisâmes plus aucun autre être vivant jusqu'à Cabo Blanco.

En arrivant à l'isthme qui reliait le cap au reste du continent, nous vîmes la Ranger grise de Carlucho garée tout près de la plage, à côté de deux maisons. L'une d'elle était en planches, et des années entières de vent, de sel et d'abandon l'avaient laissée en ruines. L'autre, en pierre de taille, que je n'avais pas vue depuis plus d'un an, était méconnaissable. Elle avait maintenant un toit, des portes et des fenêtres. Je supposai que les graffitis sur les murs intérieurs avaient eux aussi disparu, mais les rideaux m'empêchèrent de vérifier.

La maison de l'employé du télégraphe, comme tout le monde l'appelait, avait beaucoup changé en une année. De quatre murs et rien d'autre, elle s'était maintenant transformée en une véritable maison.

Valeria arrêta la Clio à côté de la camionnette des Nievas. À une vingtaine de mètres, le couple était assis sur les rochers du bord de plage. Marchant sur les galets, nous nous approchâmes bruyamment. Carlucho préparait son attirail de pêche et Dolores, le maté.

– La maison du télégraphiste a vachement avancé, Carlucho, dis-je.

– Pas mal, oui, répondit-il sans cacher sa fierté. Cette année nous avons travaillé dur. À l'intérieur aussi, nous l'avons bien améliorée, mais il reste pas mal à faire. Aujourd'hui je n'ai pas la clef, mais si tu veux, un de ces jours je te la fais visiter. En passant, nous pourrons en profiter pour donner un coup de pinceau à la cuisine.

– Ça ne te suffit pas de me faire travailler à l'estancia ? dis-je en riant.

– Toi, avec l'âge, tu deviens de plus en plus expert pour éviter le boulot.

– Et toi, pour obtenir de la main d'œuvre bon marché. Tu vas même jusqu'à faire travailler la locataire de la Cabane.

Il éclata de rire et se jeta sur son matériel de pêche.

– Là, tu te trompes. Nina, il n'y a pas besoin de lui demander de travailler, comme à certains. Ce n'est qu'une volontaire de l'Association des Amis de Cabo Blanco, et elle vient donner un coup de main comme Dolores, comme moi et comme un tas de gens. Par amour de l'art.

– Je ne sais pas où cette femme trouve toute cette énergie, ajouta Dolores. Elle sort courir tous les matins, qu'il y ait du vent ou non, elle nous aide pour la maison du télégraphiste et en plus elle rédige sa thèse. Elle a la vitalité de quelqu'un de vingt ans plus jeune.

Je fus soulagé de constater que Dolores, elle aussi, trouvait que Nina avait un esprit beaucoup plus jeune que son âge. Ce n'était pas simplement une de mes inventions pour justifier mon attirance envers une femme qui avait deux décennies de plus que moi.

Carlucho regarda son futur gendre et montra les environs :

— À Cabo Blanco il n'y a que deux occupations, dit-il entre ses dents, tandis qu'il mordait un bout du fil de pêche en tirant pour serrer le nœud autour d'un hameçon : pêcher et monter dans le phare.

— Moi, je n'ai jamais été très patient pour la pêche. Est-ce que quelqu'un veut monter ? dit Pablo en montrant le phare à la pointe nord de la presqu'île.

Il y eut un court silence.

— Pas moi, dit Carlucho tout en embrochant sur l'hameçon un appât constitué d'une grosse crevette panée à la polenta.

— Nous y sommes montés trop souvent, dit Dolores en lui tendant un maté. Nous préférons user ce qui nous reste de genoux pour autre chose.

— Moi, ça fait plus de cinq ans que je n'y suis pas monté, dis-je. Je te suis.

— Oui, allons-y, ajouta Valeria.

Nous nous séparâmes de Dolores et Carlucho pour parcourir les cinquante mètres qui séparaient la maison du télégraphiste des escaliers qui permettaient de grimper sur le rocher.

Quand nous passâmes près des voitures, Pablo appuya une main sur le large mur en pierre de la maison. Puis il regarda autour de lui. La mer et la steppe d'un côté, et l'énorme rocher de l'autre. Le phare était l'unique autre construction à portée de vue dans ce paysage hostile.

— Situation un peu excentrée, mais très belle vue, dit-il en souriant. L'annonce pour vendre la maison devait à peu de chose près ressembler à ça.

— Je ne crois pas qu'ils aient jamais mis une annonce, répondis-je. Cette maison en planche servait de bureau de poste et d'habitation pour le chef. L'autre était celle de l'employé du télégraphe.

— Il était chargé de la maintenance de la ligne du

télégraphe, précisa Valeria.

– Du courrier ? demanda Pablo en désignant les environs.

Tandis que nous marchions vers le phare avec Bongo gambadant autour de nous, Valeria et moi nous lui avons expliqué ce que ni lui ni aucun touriste n'aurait pu deviner en visitant Cabo Blanco. Nous lui avons parlé de tout ce qui s'était passé ici durant la première moitié du vingtième siècle. L'arrivée des géomètres pour délimiter la saline, les soutes des premiers vapeurs se remplissant du sel transporté à dos de cheval, le premier voyage du petit train qui remplaça les chevaux, beaucoup plus de vapeurs et beaucoup plus de sel.

Nous lui avons raconté que ce même village, où les habitants étaient habitués à des hivers avec de la neige jusqu'aux genoux, aussi incroyable que cela puisse paraître, c'est le froid qui l'avait tué. Quand la réfrigération se popularisa comme procédé pour la conservation des aliments, le sel n'eut plus aucune utilité.

Nous lui avons parlé des vapeurs qui peu à peu se sont espacés et de la fermeture du bureau de poste parce qu'il ne restait plus personne à qui envoyer une lettre. Du phare qui avait vu mourir le village où il était né.

Il ne restait plus aucune trace du port, ni de la voie du petit train et encore moins des maisons des habitants. Les uniques survivants étaient le phare et les constructions de la poste et du télégraphe. Le reste consistait seulement en quatre croix vieilles et délavées desquelles nous nous approchions maintenant.

Les tombes auraient à peine attiré l'attention si l'une d'elle n'avait pas été entourée d'une grille en fer. Bongo s'approcha, renifla les barreaux et continua son chemin.

– Et cette tombe, de qui est-elle ? demanda Pablo.

– Je me suis toujours posé la même question, dit Valeria en haussant les épaules.

– C'était un bébé, dis-je. La fille du quincaillier. Ils l'ont enterrée et lui ont fait un berceau autour.

– Et toi, comment tu sais ça ? demanda Pablo.

– Mon hobby, les histoires anciennes, ma rubrique dans le journal, tu te souviens ?

– Ah, oui. Le journalisme d'investigation, dit-il, et je crus

percevoir du sarcasme dans sa voix.
 Je l'ignorai et repartis en direction des escaliers.

13
LE PHARE

La discussion se fit de plus en plus espacée à mesure que nous grimpions l'escalier qui nous amenait au pied du phare. Pablo commença à compter les marches, d'abord une par une puis de dix en dix, pour économiser l'air. Le seul à qui la montée ne semblait pas poser de problème, c'était Bongo, qui de temps en temps abandonnait le ciment de l'escalier pour la roche escarpée, pleine de fissures et de petites grottes.
— Cent quatorze ! cria Pablo en arrivant en haut.
Un petit homme engoncé dans un bleu de travail sortit en souriant de la maison qui se trouvait près du phare. Ses cheveux noirs étaient si courts que le vent – qui ici soufflait deux fois plus fort qu'au niveau de la mer – ne parvenait pas à les faire bouger.
— Bonjour, dit-il, son sourire dévoilant des dents parfaitement alignées et d'une blancheur telle qu'elle contrastait avec son teint bronzé. En visite ?
— Oui et non, dit Valeria presque en criant pour se faire entendre par-dessus le vent. En réalité nous sommes en vacances à Las Maras. Mes parents sont les propriétaires.
— Ah, alors vous devez connaître le phare bien mieux que moi. Je ne suis ici que depuis six mois. Je m'appelle Tadeo, dit-il en nous tendant la main.
— *Que depuis six mois* ? dit Pablo en riant. Au milieu de nulle part, sans personne avec qui parler pendant la moitié d'une année, pour moi ce n'est pas rien.
— Je crois que tu n'as pas compris, coupai-je.
Tadeo me remercia du regard.
— Je suis caporal dans l'armée, et il y a six mois qu'ils m'ont transféré ici. Je travaille là vingt jours à la maintenance et à la surveillance du phare, puis je passe un mois au poste de Puerto

Deseado.
– Et tu n'es pas seul, non plus, ajouta Valeria.
– Non, nous sommes toujours deux, il nous montra avec le pouce par-dessus son épaule la maison d'où il était sorti pour nous accueillir.
– On peut monter, demanda Pablo en montrant le phare d'un mouvement de tête.
– Bien sûr.
Tadeo sortit d'une poche une petite clef tout ce qu'il y avait d'ordinaire.
– Dans la maison des gardiens nous avons un livre des visites. Si vous voulez, après, vous pouvez passer le signer.
Nous entrâmes dans le phare par une petite porte dans le mur de briques rouges et commençâmes à gravir l'escalier en colimaçon. Quand Tadeo ferma la porte, l'unique lumière qui nous permettait de voir où nous mettions les pieds était celle qui provenait des petites fenêtres de la taille d'une boîte à chaussures dans le mur incurvé du phare. Je calculai que ce devait être la cinquième ou sixième fois de ma vie que je montais.
Cette fois Pablo n'eut pas à compter les marches à voix haute. Juste avant de monter, Tadeo nous dit, avec la fierté de l'élève qui connaît bien sa leçon, que l'escalier comportait quatre-vingt-dix-huit marches et que le phare mesurait vingt-trois mètres.
Une fois arrivés en haut, c'est à peine si nous logions tous les quatre dans la petite salle circulaire. Au centre il y avait un cylindre en verre épais de la taille d'un baril.
– Pour amplifier la lumière, dit Tadeo.
Je me penchai pour regarder à l'intérieur du cylindre de verre. L'ampoule était telle que dans mon souvenir, pas plus grosse qu'une orange.
– De la taille d'un ballon de football, dis-je en lançant un clin d'œil à Pablo.
Valeria me regarda avec un certain mépris, mais ne dit rien.
Son fiancé se pencha pour observer la lampe, et durant quelques instants seul le bruit du vent se fit entendre ; un sifflement qui devenait aigu avec les rafales les plus fortes et qui, supposai-je, à cette hauteur n'arrêtait jamais.

– Ça ressemble à une ampoule tout ce qu'il y a d'ordinaire, commenta Pablo après l'avoir examinée à la manière d'un expert, mais elle est certainement d'un voltage très élevé.

– Douze volts, précisa Tadeo sans cesser de regarder la mer à travers la vitre en arc de cercle. Comme une batterie de voiture.

Pablo se tut et se tourna vers la verrière pour profiter de la vue : un horizon plat à trois cent soixante degrés. Bleu vers la mer et gris vers la terre, mais toujours plat.

Je sortis l'appareil photo du sac à dos et fis plusieurs prises. L'isthme par lequel nous avions accédé à la presqu'île, la mer bleue et infinie et les deux voitures près des bâtiments de la poste, qui d'ici semblaient deux miniatures dans une maquette. Les dos de Carlucho et Dolores, toujours assis au même endroit à regarder la mer, ils étaient à peine deux points au bord de l'eau.

– Et comment faites-vous pour vous distraire ? demanda Pablo.

– Comme nous pouvons, dit Tadeo en haussant les épaules. Nous jouons aux cartes, nous pêchons, nous lisons. Nous avons aussi la télévision par satellite.

– Internet ? demandai-je.

– Pas encore, mais ils disent qu'ils vont nous l'installer dans quelques mois.

– Et tu t'ennuies beaucoup ? voulut savoir Valeria.

– Eh bien... un peu. Mais ce n'est rien par rapport à ce que c'était il y a une centaine d'années. À cette époque c'était vraiment difficile. Le phare fonctionnait au gaz de pétrole et l'escalier en ciment pour monter sur le rocher n'existait pas. Ils allaient à Deseado à dos de cheval et n'avaient ni radio ni rien d'autre pour se parler ; c'était seulement en morse qu'ils communiquaient les anciens.

– Comparé à ça, c'est sûr que tu ne peux pas te plaindre, conclut-elle.

– Nous descendons ? dit Pablo sans apparemment se rendre compte que je continuais à prendre des photos.

– Allons-y, acquiesça Valeria.

Tadeo fut le premier à entamer la descente. Et moi le

dernier.

    Pendant que je descendais l'escalier en colimaçon, je pensais à la vie des gardiens de phare du début du siècle que venait de nous décrire Tadeo. Je me demandais comment, cent ans avant notre société complètement addict aux communications, ces hommes passaient des journées entières sans aucun contact avec personne, ou du moins très peu.

    L'idée me vint si soudainement que je la reçus comme une gifle. Je regardai vers le bas et vis les têtes de Pablo, Valeria et Tadeo s'éloignant de mes pieds.

    – Je descends dans un instant. Je prends quelques photos d'ici et j'arrive, dis-je en m'arrêtant près de l'une des petites fenêtres.

    – Aucun problème, la voix de Tadeo rebondit sur la paroi circulaire.

    Je remontai dans l'historique de mes photos jusqu'à ce qu'apparaisse sur le petit écran le cachet de cire rouge sur la lettre de NN que j'avais photographié la nuit précédente. Je zoomai pour observer le cercle de points.

    Point, trait. Quatre points formant une ligne. Espace. Point. Plus d'espace, plus de points et plus de lignes.

    – Du morse, murmurai-je.

    J'éteignis l'appareil photo et descendis les marches deux par deux pour rattraper les autres.

14
POINT. TRAIT.

Pendant que je descendais l'escalier du phare, trois pensées me vinrent à l'esprit. La première fut pour me reprocher de ne jamais avoir accompagné mon père au club des radioamateurs. La seconde était de me dire qu'en ce moment un accès à Google me serait bien utile. Et la troisième que, s'il y avait vraiment un message en morse gravé dans la cire, mon histoire sur Fabiana Orquera ne logerait pas dans *El Orden*, même si le directeur me laissait les vingt pages du journal pour moi tout seul.

Je ne pus éviter de fantasmer sur la possibilité d'écrire mon premier livre.

Tadeo ferma à clef la porte du phare et tous les quatre nous entrâmes dans sa maison pour signer le livre des visites. Cinq minutes plus tard, Pablo, Valeria et moi descendions du rocher par l'escalier en ciment.

En arrivant en bas, je m'arrêtai soudainement et fouillai dans mon sac à dos en faisant comme si je cherchais quelque chose.

– Quel idiot je fais !
– Qu'est-ce qu'il y a ? demandèrent Valeria et Pablo.
– J'ai oublié l'appareil photo dans la maison du phare.
– Tu en es sûr ? demanda-t-il défait en regardant les cent quatorze marches que nous venions de descendre.
– Oui, j'ai dû le laisser sur la table. En fait, c'est comme dit ma mère : je n'oublie pas ma tête parce qu'elle est attachée, dis-je en souriant.

J'attendis quelques secondes durant lesquelles, comme je l'imaginais, ni Pablo, ni Valeria, ne se proposèrent pour remonter.

– Mais ça ne change rien. Vous rejoignez Carlucho et Dolores, moi je remonte chercher l'appareil et dans un instant je suis de retour.

Je n'eus pas à insister pour les convaincre. Ils continuèrent vers la maison du télégraphiste tandis que je remontai vers le phare. Pas même Bongo, mon plus fidèle ami, ne daigna m'accompagner. Tout en remuant la queue, il se coucha au pied de l'escalier pour m'attendre, sa tête couverte de cicatrices appuyée sur les pattes avant.

Quand je fus arrivé au phare, Tadeo ressortit de sa maison sans que j'aie besoin de frapper à la porte.

– Tu as oublié quelque chose?

– Non, rien. En fait je voulais juste te poser quelques questions. Tu as cinq minutes ?

– J'ai six jours, répondit-il en lâchant un petit rire. Entrons que je prépare le maté.

– Quelle paix, dis-je quand, une fois à l'intérieur, le bruit du vent eut disparu comme par magie.

– Double vitrage, dit-il en frappant avec les jointures de ses doigts une fenêtre à travers laquelle on ne voyait rien d'autre que la mer.

Le gardien m'indiqua une chaise et s'assit sur une autre.

– Alors, que veux-tu ?

– Vous n'auriez pas un manuel d'alphabet morse ?

Tadeo me fit un clin d'œil et, se penchant en arrière, ouvrit un tiroir près du four.

– Note ! me dit-il en jetant sur la table un cahier et un crayon. A : point, trait. B : trait, point, point, point. C : ...

– Attends, attends, le coupai-je. Quand nous étions en haut du phare, tu m'as dit que tu ne l'utilisais plus.

– Dans l'armée on étudie mille choses qui ne servent jamais à rien.

– Dans n'importe quel métier, j'imagine, commentai-je en repensant à mes cours d'*Histoire générale de l'éducation* durant mes études pour être professeur.

– De toute façon, ajouta Tadeo en penchant la tête pour regarder le bas de son torse, de tout ce que j'ai et que je n'utilise pas, l'alphabet morse est ce qui me préoccupe le moins.

Nous éclatâmes de rire et il me dicta l'alphabet en entier.

– Nous allons vérifier si je m'en souviens si bien que ça, dit-il après avoir récité le trait, trait, point, point du Z, et il s'engouffra dans le couloir qui, je supposais, donnait sur les chambres et les toilettes.

En revenant dans la cuisine, il posa sur la table un gros livre intitulé « Histoire des communications électroniques ». Quand il eut trouvé la page avec l'alphabet morse, nous le comparâmes lettre par lettre à ce qu'il venait de me dicter.

Il s'était seulement trompé sur le Q : trait, trait, point, trait.

– Vous êtes un chef! m'exclamai-je. Une mémoire prodigieuse. Vous devriez aller à l'une de ces émissions de télé.

– Quand même pas, mon gars.

J'allais partir quand je pensai au livre des visites de la Cabane, où j'avais trouvé le second message de NN. Sans trop vraiment croire que cela allait me mener quelque part, je demandai à Tadeo si je pouvais voir le livre des visites du phare pour l'année 1998, invoquant que c'était l'année où j'étais monté pour la première fois au sommet du phare. Je lui dis que j'étais à peu près sûr de l'avoir signé.

Une minute plus tard, Tadeo m'amenait le volume qui couvrait la deuxième moitié des années quatre-vingt-dix. Je trouvai assez rapidement l'année 1998 et passai en revue chacune des pages cherchant l'écriture haute et serrée de NN. S'il y avait quelque chose, je pensais le trouver au mois de novembre qui correspondait à l'époque où la lettre et la note dans le livre de la Cabane avaient été signées. Mais j'arrivai à l'année 1999 sans trouver une seule trace de NN.

– Eh bien, non. La mémoire a dû me jouer un mauvais tour. J'étais sûr de l'avoir signé.

– Parfois, ça arrive.

– Ah ! J'ai encore failli oublier. Vous savez que j'avais un oncle qui travaillait pour l'armée. Mais je ne sais pas s'il a été envoyé au phare. Avez-vous un registre des gardiens qui passent ici ?

La probabilité que les gardiens d'il y a trente ans se trouvent toujours dans la région était minime. Les forces armées n'ont pas l'habitude de laisser leurs employés dans la même routine plus de deux ou trois ans. Cependant, si j'obtenais un nom, je pourrais essayer de chercher le téléphone correspondant. Et, pour continuer dans les miracles, au mieux j'arriverais à entrer en contact avec des gens qui étaient dans le phare le jour où Fabiana Orquera a disparu.

Malgré tout, d'après Carlucho, l'employé agricole n'avait vu aucun véhicule, dans un sens ou dans l'autre, entre Deseado et Las Maras cette matinée-là. Et si cela était vrai, la seule direction par laquelle l'assassin de Fabiana Orquera avait pu arriver à l'estancia, c'était celle de Cabo Blanco. Le plus étrange, c'est que la route se terminait dans le village fantôme. Pour arriver à Cabo Blanco, il n'y avait pas d'autre solution que celle de passer par Las Maras.

– À quelle époque travaillait ton oncle ? demanda Tadeo.
– En 1983.

Une fois de plus il me laissa seul dans la cuisine. Quand il revint, il portait un livre plus gros et plus grand que celui que nous avions signé avec Pablo et Valeria quinze minutes plus tôt.

– Si ton oncle était dans le phare entre 1978 et 1984, il est enregistré là.

Les pages du livre étaient organisées en lignes et colonnes. Chaque entrée mentionnait les dates de début et de fin de séjour du gardien, son nom et les tâches effectuées. Il y avait aussi plusieurs colonnes avec des codes et abréviations que je ne comprenais pas.

Tous les vingt jours, deux nouveaux gardiens relevaient les anciens. Et, selon le livre que j'avais entre les mains, il en avait été ainsi durant des années. Je fus donc surpris en trouvant le 6 mars 1983. Le jour où Fabiana Orquera avait disparu il n'y avait qu'un seul occupant dans le phare et non pas deux.

– Tu as trouvé ton oncle ? me demanda Tadeo en me tendant un maté.

– Toujours pas, mais il y a quelque chose d'étonnant ; il y a toujours deux gardiens et cette fois-là un seul. Pourquoi ?

Tadeo fit tourner le livre sur la table, l'orientant vers lui.

– Aucune idée. En effet, c'est bizarre.

Peut-être une coïncidence. Énorme, mais finalement, rien qu'une coïncidence.

– Ce n'est pas l'époque à laquelle la fille a disparu? demanda Tadeo.
– Quelle fille ? dis-je, faisant semblant de ne rien savoir.
– Une qui était venue avec un politique à Las Maras.
– Ah oui, je vois de qui tu veux parler. C'est curieux que tu connaisses cette histoire alors que tu n'es dans le sud que depuis six mois.
– C'est l'histoire la plus intéressante de la région. Mes camarades du poste me l'ont racontée juste avant que je vienne ici pour la première fois. C'était pour me faire peur, rien d'autre. Ils disaient que parfois on pouvait voir le fantôme.

Je souris et secouai la tête.

Avant de partir, je m'assurai de mémoriser le nom du gardien qui était de service le jour où Fabiana Orquera avait disparu:

Marco Pintaldi.

15
LE SOURIRE DE VALERIA

Comme je descendais les premières marches, juste après avoir quitté Tadeo, j'aperçus Valeria assise au pied de l'énorme escalier. Elle caressait Bongo toujours couché à l'endroit même où il avait décidé de m'abandonner. Je levai le regard vers la plage, à côté de la maison du télégraphiste, et c'est à peine si je distinguai les silhouettes des Nievas et de Pablo au bord de l'eau.

Valeria m'attendait, seule.

Elle me montra son dos jusqu'à ce que je ne sois plus qu'à quatre marches d'elle. Elle se tourna alors vers moi et, écartant les cheveux que le vent lui jetait sur le visage, elle me fit un sourire que je n'avais pas vu depuis bien longtemps. C'était une mimique douce, avec les lèvres serrées et la tête inclinée sur un côté.

C'était le sourire que Valeria Nievas utilisait quand elle avait un service à te demander.

– Tu rassembles ton courage pour remonter ? demandai-je.

– Non. Je t'attendais, dit-elle sans se lever.

– Et en quoi puis-je vous aider, mademoiselle Valeria ?

Sans rire, elle me fit un geste pour que je m'asseye à côté d'elle.

– Je dois te demander quelque chose.

– Je m'en doutais.

– C'est en rapport avec Pablo.

– Impossible. Cela fait des années que je me suis retiré de la corporation des tueurs à gage. Tu l'as trouvé toute seule, tu t'en débarrasses toute seule. Bien qu'en vérité je te comprenne, la scène de la voiture était un peu exagérée...

Un coup sur le bras m'obligea à me taire.

– Je te parle sérieusement. J'ai quelque chose d'important à te demander, Nahuel.

– Dis-moi.

– Nahu, ça ne me plaît pas du tout la façon dont tu traites Pablo.

– À quoi fais-tu allusion ?

– Par exemple, le jour où tu as fait sa connaissance, tu l'as traité de fasciste.

– Mais tu as bien vu vers où partait la conversation. Tu me connais, Valeria. Tu as entendu l'histoire de mon oncle Hernando. Je ne pouvais pas rester sans rien dire.

– Et aujourd'hui tu l'as ridiculisé avec l'ampoule du phare.

– Mais ce n'est qu'une plaisanterie, rien d'autre. Tu sais bien que...

– Moi, la seule chose que je sais, c'est que Pablo est déjà assez nerveux d'être chez mes parents qu'il vient juste de rencontrer, pour que toi tu viennes en rajouter une couche en faisant le malin. Si tu penses continuer à le traiter ainsi, le mieux serait que tu reviennes à Deseado.

Valeria cessa de parler et, sans me regarder, s'employa à caresser le dos de Bongo. Ses doigts paraissaient se focaliser sur une cicatrice de la taille d'une pièce de monnaie sur l'épaule gauche de mon chien.

– Tu dois me comprendre, s'excusa-t-elle. Je ne me sens pas très à l'aise.

Ses paroles me prirent complètement par surprise. Me demander de partir de Las Maras, c'était comme me demander de quitter ma propre maison. Les Nievas faisaient partie de ma famille et Valeria avait toujours été comme une sœur pour moi. Du moins avant les deux derniers étés.

– Pouvons-nous faire table rase de tout ça ? S'il te plaît, Valé. Tu sais comme j'aime être ici.

C'était certain. Et encore plus maintenant, quand la solution à l'un des plus grands mystères de la Patagonie était sur le point de m'être révélée après trente années sans rien de nouveau.

– Je ne sais pas... répondit Valeria.

– De plus, au cours des prochains jours je dois aller à Deseado. D'ici deux ou trois jours au grand maximum, je vais là-bas. Je ne t'en demande pas trop, non ?

– Tu sais ce qui se passe, Nahu ? Pablo est très important pour moi. Vraiment beaucoup. Et, te connaissant comme je te connais, savoir que tu n'es pas en bons termes avec lui, ça me fait peur.
– Peur de quoi ?
– De tes réactions. Toi, quand on t'attaque, tu te défends sans te soucier des blessures que tu infliges. En cela, tu es pareil au puma qui a fait ça à Bongo.

Le doigt de Valeria montrait la cicatrice sur le dos de mon chien. Cette balafre et les trois autres qui lui zébraient le museau, il les avait récoltées le jour où il s'était battu contre une femelle puma. Elle défendait ses petits, et Bongo nous défendait, Valeria et moi.

– De la même façon que tu l'as traité de fasciste, continua Valeria, j'ai peur que dans un de tes moments enfiévrés tu lui racontes...

Valeria détourna les yeux, feignant de s'intéresser à la colonie de loups de mer qui prenait le soleil sur un îlot à cinquante mètres de la côte.

– Tu sais bien de quoi je veux parler, non ?

Je le savais parfaitement, et à moi aussi il m'était difficile d'en parler explicitement. Tout avait commencé à Las Maras la nuit du 31 décembre, il y avait deux ans de ça. Valeria venait de quitter définitivement Córdoba après six années infructueuses durant lesquelles elle avait essayé de suivre des études pour devenir vétérinaire. Peu après le toast de minuit, quand tous les autres étaient partis se coucher, nous étions entrés dans le garage avec une bouteille entière de *Tía María*. Quand nous nous sommes embrassés pour la première fois, la bouteille était déjà à moitié vide.

Durant tout le reste du temps que j'ai passé à l'estancia cet été-là, nous nous sommes éclipsés dans le garage chaque nuit. Et bien qu'il n'y ait pas eu de couverture pour nous isoler du sol glacé, dans le coin où sont maintenant les cartons avec les revues, le souvenir que j'avais de ces nuits était torride.

L'erreur nous l'avons commise en voulant continuer ce que nous avions commencé à Las Maras. En fin de compte, jusqu'à cet été, notre relation n'avait été rien d'autre que ce qui existe entre un frère et une sœur. Je connaissais ses qualités, ses défauts et ses secrets. Et elle, les miens. Les seules surprises que nous pouvions avoir l'un pour l'autre, elles étaient dans un lit, et ça ne dura même pas une année.

— Je te comprends très bien, lui dis-je, mais crois-tu que tu avais besoin de me le dire ? Jamais il ne me serait venu à l'idée d'en parler.

— J'imagine. Mais je suis plus tranquille si les choses sont claires.

— Alors je peux rester ?

— OK. Mais si quelque chose t'échappe, je te tue. Et je n'en ai rien à fiche de tes raisons. Si tu dis un seul mot à Pablo, ne serait-ce qu'une allusion, je ne te parle plus de toute la vie.

— Je vais vous raconter une histoire, dis-je d'une voix exagérément grave. Elle commence ici, à l'époque où je me tapais Valeria Nievas.

Un autre coup de poing dans l'épaule. C'était incroyable la douleur que pouvait causer une aussi petite main.

Elle me planta deux yeux qui se voulaient furieux, mais immédiatement elle partit d'un éclat de rire.

— Tu n'es qu'un taré.

Les rares fois où nous avions essayé de parler de *notre truc*, après que tout fut terminé, nous l'avions fait en adoptant une attitude décontractée, comme si cela ne nous avait pas affectés. Ou bien nous rigolions. Nous nous disions que si cela s'était passé dix ans auparavant, nous aurions pu accuser les hormones de l'adolescence. Nous utilisions la plaisanterie comme un mécanisme de défense. Une façon de nous convaincre que tout cela n'avait été qu'une erreur causée par une soûlerie de fin d'année. Comme si nous n'avions pas continué à nous voir presque une année entière.

— Je crois que tu es plutôt en train de me traiter comme un taré. Comment peux-tu penser que je vais parler de ton passé à ton fiancé, encore moins quand cela me concerne ? En plus, nous sommes tout le temps avec tes parents. S'ils apprenaient notre histoire, je mourrais de honte. Je crois que ce serait mon dernier été...

– Ils le savent déjà, me coupa Valeria.
– Hein ?

Tout naturellement, elle se leva de la marche d'escalier et commença à se diriger vers la plage où se trouvaient ses parents et son fiancé. Elle fit quelques pas, puis se retourna pour me regarder.

– Quoi ? demanda-t-elle en levant les sourcils. Tu sais bien que je fais entièrement confiance à ma mère pour ces choses-là. De plus, elle comme ta mère ont toujours voulu nous marier, si bien que j'ai cru que ça lui ferait plaisir d'être au courant.

J'ouvris la bouche pour dire quelque chose, mais Valeria me devança. Sans me laisser la possibilité de prononcer un seul mot, elle recommença à parler de son fiancé.

– Ce qui se passe avec Pablo, dit-elle, c'est qu'il est assez jaloux. Très jaloux, en réalité. Et en plus il vient d'une famille ultra catholique, et je ne crois pas que ça passerait bien que le classique ami de la famille... bon, tu as compris.

– Et que fait une hippie comme toi avec un type jaloux, religieux et qui collectionne les pièces de monnaie ?

– Est-ce que je sais, moi. Je l'aime. Et la plupart du temps on s'entend bien, dit-elle en me servant une fois encore son sourire de mendiant.

Nous continuâmes notre marche en silence, avec Bongo qui reniflait les buissons autour de nous. Quand nous arrivâmes, Carlucho rembobinait sa ligne qui ondulait avec un *pejerrey** accroché à l'hameçon, Dolores était toujours assise sur les galets avec un thermos à côté d'elle et Pablo jetait des bouts de viande à un manchot de Magellan.

Tous les quatre tournèrent la tête en entendant nos pas sur les galets. Le manchot eut peur de Bongo et retourna dans l'eau, Dolores et Carlucho sourirent, Pablo se montra indifférent.

16
LE FEU

– Je te laisse cet honneur, dis-je en essuyant avec le dos de la main la sueur sur mon front.
Nous étions tous les deux nus et accroupis. Il n'y avait pas une heure que nous étions revenus de Cabo Blanco et, malgré cela, *San Cayetano** nous avait déjà trouvé du travail : amener du bois de la maison de l'ouvrier agricole jusqu'au patio où nous nous trouvions maintenant et allumer un feu pour faire griller les quinze poissons qu'il avait pêchés ce matin.
Pablo frotta une allumette et enflamma les bouts de papier journal qui dépassaient d'entre les morceaux de bois.
– Ça faisait un moment que je voulais te parler seul à seul, dit-il en jetant l'allumette sur le papier qui commençait à brûler.
– Et de quoi ?
– De Valeria. De notre relation.
– Je me considère comme faisant quasiment partie de la famille, mais pas au point de me mêler de ta relation avec Valeria.
Pablo lâcha un petit rire et commença à tousser à cause de la fumée. Le papier finissait de brûler et le bois n'avait toujours pas pris.
– Je voulais parler de *notre* relation, dit-il en se désignant avec son index puis en le pointant vers moi. Celle que nous avons toi et moi. Ou plutôt, celle que nous allons avoir.
– Je ne comprends pas ce que tu veux dire.
– Nahuel, avec tout mon respect, laisse-moi te demander une chose. Tu crois vraiment que je n'ai pas compris pourquoi tu es resté parler avec Valeria ? Je pense que le plus important, avant toute chose, c'est que tout soit clair entre nous.
Sans rien dire, je commençai à souffler sur le feu pour l'attiser. À la troisième tentative, une flamme apparut.

– Vois-tu, Nahuel, je sais très bien que Valeria t'a attendu au phare pour te parler de moi.

Bien que les flammes fussent de plus en plus hautes, je continuai à souffler.

– Qui ne dit mot, consent, conclut Pablo.

J'arrêtai de souffler mais restai muet, sans quitter les flammes des yeux. Il était impossible que Pablo sût ce que Valeria m'avait dit. Impossible.

Sa main me serra l'épaule nue avec plus de force qu'il me parut nécessaire.

– Que fais-tu ? lui dis-je en écartant sa main d'un geste brusque.

Il y eut un silence durant lequel nous nous regardâmes sans ciller.

– C'est bon, dit-il, me montrant les paumes de ses mains en un geste conciliateur. Je n'ai pas besoin que tu me dises quoi que ce soit. En fin de compte, Valeria m'a tout raconté.

– Qu'est-ce que Valeria t'a raconté ?

– Que tu es jaloux de moi, Nahuel. C'est normal. Moi aussi, je le serais.

– Jaloux, moi ?

Pablo acquiesça de la tête.

– Moi, à ta place, je réagirais de la même façon.

– Bordel, vas-tu me dire une fois pour toute de quoi tu me parles ?

– Vois-tu, Nahuel, je veux que tu saches que je comprends parfaitement l'amour que tu as pour Valeria. Elle te considère comme sa famille, et toi pareillement.

J'acquiesçai, soulagé. C'était donc ça.

– Tu dois comprendre que nous nous sommes pratiquement élevés ensemble, dis-je.

– Ne t'en fais pas, je comprends très bien. De même que je conçois cette attitude qui consiste à vouloir me ridiculiser depuis que nous nous connaissons. L'ampoule du phare, par exemple.

Encore une fois l'ampoule, pensai-je.

– Nahuel, je comprends tout cela, mais à l'âge que nous avons, ça me paraît trop. N'importe qui dirait qu'il y a autre chose entre elle et toi.

— Quelle connerie es-tu en train de raconter ?

— Moi, la seule chose que je veux, c'est que tu comprennes que Valé t'aime comme un frère et rien de plus.

Ces paroles firent que les souvenirs affluèrent dans ma tête. Valeria, moi et la bouteille de *Tía María* dans ce coin de garage, deux ans auparavant. Les autres nuits de cet été et les rencontres sporadiques quand j'allais chez-elle à Comodoro. Et les fêtes d'il y a un an à Las Maras. Moi me préparant au même été que le précédent. Valeria me disant, la nuit du nouvel an, qu'elle avait rencontré un certain Pablo. Que c'était du sérieux. Qu'elle préférait que nous ne nous voyions plus.

Je respirai profondément trois fois de suite pour me calmer.

Ça ne marcha pas, si bien que je le saisis à la gorge de la main droite.

17
THE GREAT PRETENDER

– Comment ça se passe ? demanda une voix, et automatiquement je lâchai Pablo qui me jeta un regard menaçant.

Carlucho apparut à la porte de la cuisine, vêtu d'une chemise blanche sans manche et d'un pantacourt. Appuyé sur son ventre il portait un plateau en acier inoxydable rempli de poissons.

– Vous venez seulement de démarrer le feu ? Vous avez amené le bois à dos de tortue ou quoi ? Allons, aidez-moi à sortir la table. Un après-midi comme celui-ci on ne doit pas le gâcher.

En silence, tous les deux nous nous levâmes d'à côté du feu. Pablo se massa le cou avec la main.

– Continuez. Continuez avec ça, je me charge d'aider Carlos.

La voix de la locataire de la Cabane nous parvint depuis le chemin qui bordait les tamaris. Celui-là même où, trente ans auparavant, Raúl Báez avait vu pour la dernière fois Fabiana Orquera.

– Avec plaisir, accepta Carlucho, posant le plateau sur un énorme pot de fleur rempli de terre grise sans une seule plante.

Il s'empressa de tendre la main à l'espagnole, mais s'interrompit à mi-chemin.

– Il ne vaut mieux pas, sinon tu vas sentir le poisson. Les enfants, attisez le feu, nous avons une invitée d'honneur. Pablo, je te présente madame Nina, la locataire de la Cabane. Nina, Pablo est le fiancé de ma fille Valeria.

La femme le salua avec deux baisers.

– Et je suppose que tu connais déjà Nahuel, au moins de vue.

– Bien sûr, dit Nina en me souriant, puis elle entra dans la cuisine derrière Carlucho.

J'étais sur le point de reprendre ma discussion avec Pablo

quand Valeria est apparue nous apportant un verre de bière à chacun, et elle est restée là.

Une heure plus tard nous étions tous assis autour de la table dans la cour de la maison. Moi, qui avais passé des semaines entières dans l'estancia presque chaque année de ma vie, je savais que des journées comme celle-ci étaient une exception. Pas de vent, un ciel dégagé et la chaleur. Il y avait des étés entiers sans un seul jour comme celui-ci dans ce coin de Patagonie. Nous le célébrions comme on célèbre tout à Las Maras : en mangeant sans retenue et sans complexe.

Entre les *pejerreyes* grillés et la purée de pomme de terre, la conversation tourna autour des questions que Pablo posait à notre invitée. Qu'est-ce qui la poussait à rester un mois entier dans un endroit comme celui-ci, et d'autres questions dans le même style. En plus de ce que je savais déjà, au cours de cet après-midi j'appris qu'elle avait un fils un peu plus jeune que moi, et que son mari, un capitaine de la marine marchande espagnole, était mort depuis dix ans. Elle nous dit que c'était à partir de ce veuvage qu'elle avait commencé à étudier, mais ne nous parla pas de ce qu'elle faisait avant.

Nina s'en sortit avec aisance durant le déjeuner, faisant l'éloge chaque fois qu'elle le put de la nourriture de Carlucho et du flan de *dulce de leche* que Valeria servit pour le dessert. Elle alla même jusqu'à frapper la table du poing quand Dolores arriva avec un gâteau au chocolat pour accompagner le maté.

– Je vous l'ai déjà dit la nuit de Noël et je le répète aujourd'hui : vous n'avez pas le droit de me traiter aussi bien. Je ne partirai pas d'ici sans vous faire une paella.

– Ça va être difficile de trouver les ingrédients, rit Carlucho.

– Tu ne vas pas aller en ville pour acheter de la nourriture, alors qu'ici il y en a plus qu'il n'en faut, ajouta Dolores.

– J'ai une idée, pourquoi ne ferions-nous pas une paella de Patagonie ? suggéra Carlucho. Au lieu d'aller en ville acheter des langoustines, on y met des moules et des *pejerreyes* de Cabo Blanco.

– Mais dans ma paella il n'y a pas de poisson, dit Nina en riant. Seulement des fruits de mer et de la viande.

– Mais dans la paella de Patagonie, que nous sommes en train d'inventer en ce moment, il y en a. Non seulement des *pejerreyes* et des moules, mais aussi du guanaco.

– Du guanaco ? ai-je demandé à l'unisson avec Valeria.

Nina éclata de rire.

– Maintenant, je suis sûre que c'est non, Carlos.

– Quel est le problème ? demanda Carlucho. Nous sortons un de ces jours avec le fusil et tu t'offres le luxe de faire une paella avec du guanaco que tu auras toi-même chassé. Avec ton adresse, ce serait du tout cuit.

– Je dois te dire, Carlos, que je suis incapable de tuer un animal.

– Tuer pour tuer, bien sûr que non. Moi non plus, je ne ferais jamais ça. Mais si c'est pour le manger, où est le problème ? Tu n'es pas végétarienne, dit-il en montrant le coin du patio où nous venions de griller le poisson.

– Je le sais bien. Et je sais aussi que pour vous ce n'est pas logique, mais si pour manger de la viande je devais tuer moi-même l'animal, alors je serais végétarienne.

– Pour sûr que c'est illogique.

Carlucho s'adressa alors à moi, à Pablo et à Valeria :

– Demain nous invitons Nina à tirer quelques cartouches avec le Rupestre. Je poserai quelques boîtes de conserve sur les rochers à environ cent mètres et je tirerai deux ou trois cartouches ainsi que Dolores. Puis je lui proposerai d'essayer.

– Si elle avait besoin que tu lui apprennes, le corrigea Dolores. Tu fanfaronnes, comme d'habitude.

– Et moi, comment je pourrais savoir que c'est une tireuse professionnelle ?

Tous nous regardâmes Nina.

– Professionnelle ? Rien de cela. Je vais de temps en temps dans un club de tir à Málaga, mais je n'ai même pas mon propre fusil. J'utilise ceux du club.

– Bon, semi-professionnelle, lui accorda Carlucho. C'est pareil, le fait est qu'un de ces jours nous irons ensemble chasser un guanaco, non ? D'ailleurs nous avons mangé hier le dernier morceau du guanaco que j'avais ramené après Noël.

– Que non, Carlos, répondit patiemment Nina. De plus, je dois absolument aller en ville le plus tôt possible. J'aimerais téléphoner à mon fils, c'était son anniversaire la semaine dernière, et il faut aussi que j'envoie quelques mails importants en Espagne. L'un d'entre vous a-t-il projeté d'y aller un de ces jours ?

– Un problème avec la Polo? demanda Carlucho. Veux-tu que j'y jette un œil ?

– Non, la voiture marche très bien. Mais je ne me sens pas capable de conduire sur les pistes de graviers. Ça va sur les courtes distances ; aller à Cabo Blanco, par exemple. Mais jusqu'à Deseado, si je pouvais éviter, ce serait mieux.

– Je dois y aller demain ou après-demain, dis-je.

C'était la vérité. Avec l'étranglement que je venais d'infliger à Pablo, il fallait que je quitte Las Maras de toute urgence. En outre, si je voulais avancer sur le cas Fabiana Orquera, il était maintenant grand temps que je parle avec certaines personnes, que je regarde les journaux de l'époque et que je fasse des recherches sur Internet.

– Pour quoi faire ? demanda Valeria, surprise.

– Pour avoir des nouvelles de mon père et aussi pour régler quelques affaires.

– Quelque chose à voir avec cet article que tu es en train d'écrire ? demanda Pablo.

Et en quoi ça te regarde, bordel, pensai-je. Comment ce type pouvait-il me parler comme si rien ne s'était passé, alors que quelques instants auparavant nous étions sur le point de nous taper dessus ? Je me rappelai du titre d'une chanson des Platters : *The great pretender*. Pablo, le grand simulateur, ce n'était pas de la bonne graine.

Pour sa première visite, il voulait faire bonne impression à ses beaux-parents, mais il paraissait se transformer quand il n'était pas en face d'eux. Moi-même, j'avais pu observer comment il avait traité Valeria en allant à Cabo Blanco, quand la pierre avait heurté le pare-brise. Et comment il avait semé la zizanie pendant que nous allumions le feu.

– Tu écris ? voulut savoir Nina.

Une question en entraînant une autre, nous passâmes le

reste de l'après-déjeuner à expliquer à une locataire comment, il y avait trente ans, une autre locataire avait disparu de Las Maras. Carlucho, de mauvaise humeur, intervenait de temps en temps pour souligner les différences entre avant et maintenant et pour garantir à Nina qu'il n'y avait plus aucun risque. Nina Lomeña acquiesçait avec un sourire, pour en diminuer l'importance, mais il me sembla que la conversation l'avait un peu inquiétée.

Pour changer de sujet, Dolores apporta la guitare qui était accrochée au mur de la salle à manger depuis toujours. De temps en temps quelque parent ou ami des Nievas – mon père très souvent – la décrochait pour jouer des *zambas** et des *chacareras*.

– Joue quelque chose, me dit-elle en me tendant l'instrument.

Je jouai « Chaltén » de Hugo Giménez Agüero et tous, Nina Lomeña comprise, reprirent en chœur « *Aonikenk Chaltén* ». Quand ce fut terminé, j'eus droit à une salve d'applaudissements.

Pablo aussi joue, s'empressa de dire Valeria, et elle m'ôta la guitare des mains.

Son fiancé sourit, changea à peine les réglages de l'instrument, puis s'adressant à Nina :

– Je dédie ce morceau à notre invitée de luxe.

Il commença à jouer et je le haïs. Pour ce que j'en savais, jamais personne n'avait arraché à cette guitare des sons aussi purs. C'était un rythme de flamenco qui commençait comme un arpège lent et triste. Peu à peu, les accords impeccables gagnaient en force et rapidité. Nina accompagna le morceau en frappant dans ses mains.

L'écho de la dernière note ne s'était pas encore évanoui quand tous nous applaudîmes la bouche ouverte.

– Ça t'a plu ? demanda Pablo à Nina.

– Ça m'a enchantée.

– Comme c'est beau. Qu'est-ce que c'est ? interrogea Dolores.

– Paco de Lucia, dirent Pablo et Nina à l'unisson.

– Je ne savais pas que tu jouais, il y a longtemps que tu as commencé ? l'interrogea de nouveau sa future belle-mère.

– J'ai eu ma première guitare classique à six ans. Et à dix-sept j'ai obtenu le titre de professeur, mais cela n'a pas suffi pour intéresser mes parents. Et à cet âge, d'autres choses ont commencé à attirer mon attention.

Tandis qu'il prononçait cette dernière phrase, Pablo parcourut le contour de la caisse de la guitare avec sa main droite tout en regardant Valeria.

18
MOBY DICK

Pablo continua à parler de son historique musical pendant que les autres l'écoutaient intéressés. Ensuite Valeria commença à l'interroger sur sa collection de pièces de monnaie. Pathétique. Dès que j'en eu l'opportunité je m'éclipsai à l'intérieur de la maison.

    Je m'enfermai dans ma chambre et ouvris le tiroir en bas de la commode. Il y avait là, exactement comme je les y avais laissées, l'enveloppe et la lettre.

    De l'une de mes poches je sortis le papier où Tadeo m'avait dicté l'alphabet morse. Je le posai sur la commode, près d'un petit carnet pour prendre des notes.

A .-   B -...   C -.-.   D -..   E .   F ..-.   G --.   H ....

I ..   J .---   K -.-   L .-..   M --   N -.   O ---   P .--.

Q --.-   R .-.   S ...   T -   U ..-   V ...-   W .--   X -..-

Y -.--   Z --..   1 .----   2 ..---   3 ...--   4 ....-   5 .....

6 -....   7 --...   8 ---..   9 ----.   0 -----

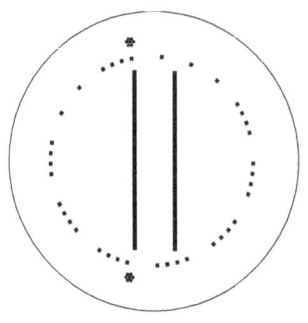

    Mes yeux alternèrent entre l'alphabet et le cachet de cire jusqu'à ce que, sous l'étoile du haut, je distingue les quatre points qui, selon ma théorie, formaient un trait. À leur droite il y avait un point. Trait, point, pensai-je, et je notai un N sur mon carnet. Je continuai dans le sens des aiguilles d'une montre et inscrivis un U. puis un O. De la même façon je déchiffrai les autres lettres que je notai frénétiquement sur mon carnet, jusqu'à ce que j'aie parcouru la totalité du cercle.

NUOMD

À première vue, je n'avais pas la moindre idée sur la signification de ces lettres. Je fixai mon regard sur le reflet de mon nez dans le miroir derrière la commode. J'essayai de me concentrer sur une possible signification de la séquence NUOMD. Ou peut-être OMDNU, ou DNUOM. Comme le code était circulaire, il n'y avait aucun moyen de savoir où commençait le mot. S'il s'agissait bien d'un mot.

C'est alors que je réalisai que j'étais en train d'omettre un détail fondamental. Regrouper trois traits pour le O était une décision totalement arbitraire. Il se pouvait très bien que, de ces trois traits, le premier soit la fin d'une lettre et les deux autres, le début d'une autre. Ou peut-être s'agissait-il de trois T à la suite.

Déçu, je me rendis compte que, sans savoir où se terminait une lettre et où commençait l'autre, il y avait des millions de combinaisons possibles. Ne serait-ce que des milliers, cela ne servirait à rien de les calculer. Le plus important, c'était que je pouvais passer toute la soirée à générer des mots sans savoir s'ils avaient un sens.

Tout cela à condition que les points et les traits du cercle soient réellement du morse. Car, après tout, peut-être que les séries que je venais de noter dans mon carnet n'étaient rien d'autre que mon désir de trouver un message là où il n'y en avait pas.

Je me souvins d'un article que j'avais lu il y a plusieurs années. Un journaliste nord-américain avait publié un livre où il révélait les messages cachés dans la bible. Il prédisait, entre autres choses, l'assassinat du premier ministre israélien Yitzhak Rabin. À mesure que le livre gagnait en popularité, les scientifiques du monde entier sautaient à la gorge de l'auteur, lui disant dans des lettres ouvertes qu'il était possible de trouver des messages cachés dans n'importe quel livre. Non parce qu'ils avaient été mis là à dessein, mais parce que les possibilités de combinaison des lettres étaient énormes. Offensé, le journaliste mit au défi ses détracteurs de trouver des messages cachés dans Moby Dick puis il continua, comme si de rien n'était, à fasciner des millions de lecteurs avec son livre. Quelques mois plus tard, un mathématicien australien publia sur le Web de quelle façon le roman de la baleine prédisait les assassinats de Luther King, Lincoln, Kennedy et la mort de Lady Di.

En examinant le cachet de cire, je me sentais un peu pareil : un homme cherchant un message prophétique dans Moby Dick.

19
GUANACOS

– Tu as un problème avec la voiture ? demanda Nina dans mon dos.

Deux jours s'étaient écoulés depuis l'après-midi où je m'étais proposé pour l'amener à Deseado.

– Aucun, tout va bien, dis-je, replaçant la jauge de niveau d'huile d'une main et soutenant le capot de l'autre.

Il y avait un moment que le vent avait rompu la trêve.

En me retournant je trouvais une Nina souriant derrière ses lunettes de soleil. Elle portait un sac à dos et tenait dans une main ce qui me sembla être un nécessaire à maté.

« *Elle pourrait être ta mère* », me dit une voix dans ma tête.

« *Mais elle ne l'est pas* », répondit une autre.

Je fermais avec force le capot de la Uno, et le fracas dissipa ces pensées.

– Prête pour le voyage ? demandai-je.

– Quand tu veux.

– Il ne me manque qu'une seule chose, dis-je.

Levant mes deux annulaires à la bouche, j'émis le coup de sifflet que m'avait appris Patipalo quand je n'étais encore qu'un gamin et passais presque tout mon temps avec lui, le harcelant avec mes questions.

De derrière les tamaris, là où nous avions l'habitude de chasser la perdrix, apparut mon chien. Il vint en courant jusqu'à moi et posa ses pattes avant sur ma poitrine, sa tête à quelques centimètres de la mienne.

– Où étais-tu, Bongo ? l'interrogeai-je, et il me lécha le visage.

J'ouvris la portière de la Uno et poussai le siège du conducteur vers l'avant. Comme d'habitude Bongo sauta pour s'installer sur celui de derrière.

— Vous partez déjà ? demanda Carlucho en sortant de la maison. Il tenait le Rupestre dans une main, la culasse sculptée tirée en arrière.

— Oui, on part tout de suite. Tu n'as pas besoin de nous tirer dessus, plaisantai-je.

— Vous allez chasser ? demanda Nina en désignant le Mauser.

— Je vais voir si je peux débusquer un guanaco. Tu ne veux pas venir ?

La femme éclata de rire et s'installa dans la voiture. Je me préparais à faire la même chose quand Carlucho leva une main.

— J'ai failli oublier, dit-il. Viens m'aider.

Je fis signe à Nina de m'attendre et entrai dans la maison derrière Carlucho.

Deux minutes plus tard nous mettions dans le coffre de ma voiture une caisse en bois que nous arrivions à peine à porter à nous deux. Dedans il y avait, selon Carlucho, une cuisse de porc entièrement recouverte du sel de Cabo Blanco.

— C'est pour ton père, dit Carlucho. Nous avions acheté la patte à deux et nous devions la saler ici cet été, mais comme il n'a pas pu venir, je l'ai préparée tout seul. Emporte-la.

— Il n'a pas pu venir parce qu'il a fait un pré infarctus, Carlucho, lui rappelai-je. Il ne peut pas manger cette bombe atomique.

— Avec une tranche ou deux, ça ne risque rien. Dis à ta mère de le rationner et ça ira.

En secouant la tête je fermai le coffre, montai dans la voiture et enclenchai la première.

Nous roulâmes lentement durant les premiers kilomètres du chemin qui nous amenait de la maison à la route provinciale 91. Une fois arrivé là, je passai de la troisième à la quatrième et accélérai jusqu'à quatre-vingts kilomètres par heure. Plus, sur une route comme celle-là, c'était du suicide.

Les premiers kilomètres nous les fîmes en silence. Nina Lomeña avait passé un bras derrière et caressait le cou de Bongo, étalé de tout son long sur le siège arrière.

– Ça te dirait un maté ? me demanda-t-elle comme nous approchions de la barrière à bestiaux qui séparait Las Maras de l'estancia du Cholo Freile.
Je laissai échapper un petit rire.
– Quoi ? demanda-t-elle.
–Rien. Juste que ça me paraît bizarre que tu le demandes avec cet accent et avec ces mots.
– Bon. Voyons... je recommence. *Che**, couillon, tu veux prendre un maté ?
Cela dit avec un parfait accent argentin.
– Eh bien d'accord, ma grande, répondis-je, mais ma tentative d'espagnol ressemblait plus à du cubain qu'à autre chose.
En riant, Nina Lomeña, plus espagnole qu'une peseta, prépara un maté sans sucre très convenable.
– Des guanacos ! cria-t-elle alors que nous prenions un virage juste après une côte.
En effet, un troupeau de six ou sept guanacos adultes et deux ou trois petits broutaient sur le bord de la route.
Je ralentis et Nina, coinçant le thermos entre ses jambes et me tendant le maté vide, se dépêcha de chercher dans son sac à dos un grand appareil photo Canon. Elle baissa la vitre et, sortant la moitié du corps par la fenêtre, prit des dizaines de photos.
– Merci d'avoir freiné pour que je puisse faire les photos, dit-elle quand nous eûmes laissé derrière nous les guanacos.
– De rien. Quoiqu'en réalité... j'aie plutôt freiné par précaution. La plupart du temps les guanacos s'éloignent en voyant une voiture et il n'arrive rien. Mais s'ils prennent peur, ils peuvent sortir en courant de n'importe quel côté et ça se termine avec un animal de quatre-vingt-dix kilos dans le pare-brise.

20
LE CHASSEUR DE LION

— Tu sais à quoi me fait penser ce paysage ? demanda Nina en regardant à travers la vitre la meseta plate et interminable.
— À Mars ? risquai-je.
— Presque, mais un peu plus proche. Au désert australien.
— Tu es allée en Australie ? C'est l'un des pays où j'aimerais le plus aller.
— Oui, nous y sommes allés avec mon mari deux ans avant qu'il ne décède, dit-elle sans nostalgie ni tristesse. La plus grande partie de l'île est un grand désert qu'ils nomment l'*outback*.
— Et en quoi ressemble-t-il à ça ?
— En beaucoup de choses, dit-elle, pleine d'enthousiasme. Il est entièrement plat et l'unique végétation est constituée de petits buissons comme ceux-ci. La terre aussi est dure et sèche comme celle d'ici, sauf qu'elle est un peu plus rouge.
— Mais le climat est complètement différent, non ?
— Complètement. Nous y sommes allés en été, et tu peux y frire un œuf sur une roche. Une autre différence, c'est que là-bas il y a un grand nombre de serpents et d'araignées parmi les plus venimeux du monde. Ici en revanche, quel animal va te faire du mal ? Un guanaco ? Ou une de ces autruches si gentilles... Comment les appelles-tu ? Chuques ?
— Choiques*. Tout en riant je prononçai l'un des rares mots que nous autres en Patagonie nous avons conservé de la langue éteinte des Aonikenk*.
— Choique, répéta-t-elle. Le fait est qu'ici vous n'avez que des animaux gentils.
— Moi je sais qu'il y en a un qui, s'il pouvait parler, ne serait pas d'accord, dis-je en regardant Bongo dans le rétroviseur.
— Que veux-tu dire ?

— De temps en temps un fermier se lève et découvre dix ou quinze brebis mortes. Il faut alors faire appel au chasseur de lion.
— Au chasseur de lion ?
— Le lion est le terme local pour désigner le puma. Et le chasseur de lion est la personne qui se charge de le chasser quand dans l'estancia on considère que l'on a perdu trop de moutons.
— Tu es en train de me dire que, à l'endroit même où les pingouins viennent te saluer quand tu pêches, il y a des gens qui se consacrent à la chasse aux pumas ?
— Dans cette zone, de temps en temps, répétai-je. Mais à mesure que tu t'éloignes en direction de la cordillère, les chasseurs ont de plus en plus de travail. Près du Bois Pétrifié, par exemple, il y a des champs entiers sans une tête de bétail. Et dans la zone de la Grotte de las Manos, il y a longtemps qu'ils ont remplacé les moutons par des chevaux, qui sont trop grands pour le puma.
— Et comment on chasse un puma ?
— Durant des jours, à cheval, le chasseur suit les traces avec l'aide de plusieurs chiens jusqu'à ce qu'au final le puma se fatigue et se terre. Alors il le tue de quelques balles.
— Et Bongo, qu'a-t-il à voir avec tout ça ?
Je vis dans le rétroviseur qu'en entendant son nom, mon chien avait levé la tête une seconde, pour ensuite la reposer sur ses pattes avant.
— La dernière fois qu'il a fallu faire appel au chasseur de lions, à Las Maras, c'était un été il y a neuf ans, dis-je. Comme d'habitude, j'étais à l'estancia avec ma famille pour les fêtes de fin d'année. À la demande de Carlucho, Patipalo avait parqué six agneaux dans le corral qui est à côté de sa maison. Ils devaient être abattus pour Noël et le Nouvel An. Si tu as passé les fêtes avec eux, tu t'es rendue compte de la quantité de viande que peuvent manger vingt et quelques personnes.
— Eh bien cette année nous n'étions même pas une vingtaine et Carlos n'a grillé que deux agneaux pour Noël.
— Bon, il y a neuf ans, c'était peut-être un peu exagéré. Toujours est-il qu'au lever du jour suivant, les six agneaux étaient morts dans le corral. Tous, le ventre ouvert et les tripes à l'air.
— Un puma ?

– Pire que ça. Une femelle apprenant à tuer à ses petits.
– Et Carlos a appelé le chasseur de lions ?
– Effectivement. Mais, comme tu peux te l'imaginer, si maintenant nous n'avons pas le téléphone, ni Internet, ni aucun autre moyen de communication ; encore moins il y a neuf ans. Si bien que Carlucho dut faire passer le message par un cousin à lui qui rentrait en ville. Quelques heures après, ils annonçaient déjà à la radio AM qu'on avait besoin du chasseur de lions à l'estancia Las Maras.

Je freinai un peu la Uno pour passer une barrière à bétail. Une pancarte nous souhaita la bienvenue à l'estancia La Luna. Propriété privée. Champs traités. Chasse interdite.

– Quelques jours après, un après-midi, Valeria et moi sommes allés faire une balade. Elle avait son chien qui s'appelait Zoilo, et moi Bongo, qui avait déjà la taille qu'il a maintenant mais qui n'était encore qu'un chiot.

– Nous avons tous été jeunes un jour, même si cela semble être un mensonge, dit Nina en se tournant vers Bongo pour lui donner une petite tape sur les pattes.

C'était le moment idéal pour lui adresser un compliment. Lui dire qu'elle ne devait pas se déprécier. Qu'il y avait des gens, moi par exemple, qui pensaient qu'elle était canon. Mais je décidai de m'abstenir.

– Nous avons marché environ deux kilomètres depuis la maison jusqu'à un endroit que nous appelons Las Cuevas, continuai-je. C'est un petit cañon qui n'a pas plus de quinze ou vingt mètres de large.

– C'est là que Carlos m'a emmenée pour m'exercer avec le fusil. C'est une très jolie promenade.

– Et sans vent, précisai-je. Cet après-midi-là il n'y avait presque rien, c'est pour cela qu'avec Valeria nous décidâmes de faire ce que nous avions l'habitude de faire : aller jusque là-bas, manger quelque chose à l'abri du cañon et y passer un moment.

Nina m'offrit un maté.

– Quand nous eûmes fini de manger, nous fîmes une promenade dans le cañon. Nous escaladions tel ou tel rocher. Nous lancions des bouts de bois aux chiens pour qu'ils aillent les

chercher. Les trucs habituels.
— Jusqu'à ce que... devina Nina.
— Exactement. Jusqu'à ce que les chiens commencent à grogner et à grimper sur les rochers d'une des parois du cañon. Ils aboyaient aussi fort qu'ils le pouvaient et s'éloignaient chaque fois un peu plus de nous, sans s'occuper de nos appels, de nos coups de sifflet ni de rien d'autre.
— Ça ne me plaît pas du tout.
— Ils s'arrêtèrent devant l'entrée d'une grotte creusée dans la paroi et aboyèrent de plus belle. J'ai dit à Valeria qu'ils avaient sûrement trouvé un lièvre ou un mara*. Et comme nous les appelions et qu'ils ne venaient toujours pas, nous avons commencé à grimper pour aller les chercher. Tout fut très rapide. Quand nous sommes arrivés près des chiens nous avons entendu un grognement horrible et l'instant d'après le puma sortit de la caverne, montrant les dents, à trois mètres de nous.
— Oh, non ! s'exclama Valeria.
— Derrière l'animal, trois petits apparurent.
— La mère et ses petits, ceux qui avaient tué les brebis.
— Oui. Des petits deux fois plus grands qu'un chat adulte, qui eux aussi grognaient.
— Et qu'avez-vous fait ?
— Rien. Nous étions paralysés par la peur. Je me souviens comme si c'était aujourd'hui, d'avoir pensé que la mère était si proche que ça n'avait plus aucun sens de courir. J'avais un bâton à la main, et la seule chose que j'arrivai à faire fut de l'interposer entre elle et nous.
Il y eut un moment où l'on n'entendit plus que le bruit des pierres frappant le bas de caisse de la Uno.
— Peut-être que je n'aurais pas dû faire ça, dis-je en lui rendant le maté vide.
— Pourquoi ?
— Je crois qu'elle s'est sentie menacée, parce qu'elle s'est ruée sur Valeria et moi sans même regarder les chiens.
Je tendis la main derrière moi pour caresser Bongo.
— Par chance ce fou, lui il a réagi. Je me souviens qu'il a cessé d'aboyer. Il a lâché un grognement que je ne lui ai plus jamais

entendu et a sauté sur le puma la gueule ouverte. Emmêlés, ils ont roulé sur le sol, transformés en une boule de rage.

Nina se prit la tête entre les mains.

– Zoilo, le chien de Valeria, s'est immédiatement joint à la mêlée. Nous avons commencé à crier, mais ça n'a servi à rien. Ils ont continué à se battre durant quelques secondes, jusqu'à ce que nous entendions un gémissement aigu et que Zoilo tombe d'un côté. Le puma, se libérant de Bongo, s'échappa en grimpant sur les rochers avec ses petits courant derrière lui.

Nina m'offrit un autre maté que je pris avant de continuer le récit.

– Je n'oublierai jamais l'image de nos chiens quand nous nous sommes approchés. Ils étaient totalement détruits. Zoilo avait le ventre ouvert d'un coup de griffe, de la poitrine jusqu'à l'aine, et par chacune des trois estafilades faites par les griffes du puma, le sang coulait et les tripes sortaient. Le pauvre mourut immédiatement.

– Et Bongo ?

– Il ne pouvait plus marcher et il avait le museau en lambeaux. Les cicatrices qu'il a lui viennent de là.

– Celle du dos aussi ?

– Aussi. Le puma lui a arraché un morceau de viande gros comme le poing. Je me souviens qu'on lui voyait l'os de l'omoplate.

– Et qu'avez-vous fait, là, tout seuls ?

– Nous avons marché jusqu'à la maison en portant Bongo chacun notre tour.

Me rappeler cette marche me fit penser à tout ce que Valeria et moi avions vécu ensemble. Quand nous étions encore comme frère et sœur, avant de tout foutre en l'air à cause d'une soûlerie de nouvel an.

– Et ? demanda Nina.

– Quand nous sommes arrivés à la maison, Carlucho a attrapé le Rupestre et une boîte de balles puis il est parti avec Patipalo à Las Cuevas chercher le corps de Zoilo pour l'enterrer. Pendant ce temps, mes parents et moi sommes retournés à Deseado pour emmener Bongo chez le vétérinaire. Je me rappelle que nous avons dû aller le chercher chez sa belle-mère, parce que c'était un dimanche. Quand il a vu Bongo, il a estimé à vingt-cinq pour cent sa probabilité de survivre.

Nina s'est alors retournée pour tendre la main jusqu'à la poser sur la zone sans poils du dos de Bongo.

– C'est bien toi, dit-elle en le caressant, tu as défié les probabilités.

Bongo remercia l'espagnole pour sa caresse en lui donnant un coup de langue sur la main.

– C'est-à-dire, en un mot comme en cent, Bongo t'a sauvé la vie.

– Ni plus ni moins, répondis-je. Sans lui, aujourd'hui je ne serais plus là. Du moins pas en entier.

Nous gardâmes le silence. Nina me servit encore deux matés puis se retourna deux ou trois fois pour de nouveau caresser Bongo.

– Et que s'est-il passé avec le puma ? demanda-t-elle quelques kilomètres plus loin.

– Quelques jours après, le chasseur de lions est arrivé à l'estancia. Quand Carlucho lui eut raconté ce qui s'était passé, l'homme partit à cheval en direction de Las Cuevas, emmenant plusieurs chiens avec lui. Le jour suivant il revint avec les quatre peaux.

– Il a aussi tué les petits ?

– On le paye pour ça, répondis-je et je ralentis pour traverser une barrière à bétail.

21
LE FANTÔME DE FABIANA ORQUERA

Je laissai Nina à l'hôtel Los Acantilados après avoir convenu que je passerai la chercher dans deux jours pour revenir à Las Maras. Une fois seul je dirigeai la Uno vers ma maison.

En arrivant, la porte à peine ouverte, Bongo se dépêcha d'entrer et de faire le tour de reconnaissance de rigueur. Il commença par ma chambre, puis fit un tour dans la salle à manger, passant près des éraflures que lui-même avait faites sur la porte au long des années. J'avais l'habitude de dire en plaisantant que Bongo était le chien de garde qui faisait le moins de discrimination au monde. Il aboyait après tout le monde de la même façon. Chaque fois que quelqu'un sonnait, même moi quand je mettais la clef pour entrer, il se ruait sur la porte en aboyant et il gravait une griffure de plus dans le bois.

Satisfait par son exploration de la maison, Bongo se coucha dans un coin sur la couverture pleine de poils où il avait l'habitude de dormir depuis tout petit.

J'enlevai mon blouson et l'accrochai au porte-manteau du mur, à côté de la carte postale encadrée que j'avais trouvée dans un *Martín Fierro* à Las Maras. Comme ils le faisaient il y a quatre-vingt-dix ans, les passagers continuaient de débarquer à Deseado.

J'allumai mon ordinateur. En trois jours, j'avais reçu vingt-trois messages, presque tous sans intérêt. Je cherchai dans Google « Fabiana Orquera » et je fus surpris de voir apparaître des milliers de résultats. J'ouvris le premier, une page nommée « Le blog de Fabiana Orquera » qui souhaitait la bienvenue au visiteur en affichant la photo d'une adolescente arborant une frange de cheveux noirs coiffée sur un côté ainsi qu'un décolleté avantageux. Comme si c'était nécessaire, avant de fermer la page, je lus que cette Fabiana Orquera était née à Caracas dans les années quatre-vingt-dix.

J'affinai ma recherche en tapant « Fabiana Orquera Puerto Deseado » et les résultats se réduisirent à une seule page. C'était un article des archives digitalisées du journal *Reportes* de Santa Cruz, l'un des plus importants tabloïds de toute la province. L'article s'intitulait: « Le fantôme de Fabiana Orquera », il avait été publié le 4 octobre 1993. Dix ans après la disparition de la jeune habitante de la province d'Entre Ríos.

> PUERTO DESEADO – *Comme nous l'avions laissé présager dans l'édition d'hier, après le dépouillement du scrutin de plusieurs bureaux de vote, il se confirme que don Luis Àngel Diaz du Parti Libéral a été réélu maire de la localité de Puerto Deseado. De son côté, Raúl Báez obtient un petit cinq pour cent qui ne suffit pas à son Parti de Deseado pour obtenir ne serait-ce qu'un siège au Conseil Délibérant de la localité. Báez se retrouve pour la troisième fois privé de la plus haute charge exécutive de la ville.*
>
> *La première déroute du politicien remonte aux élections générales d'octobre 1983. Aux débuts de la campagne électorale, Báez arrivait en tête dans les sondages du journal* El Orden *avec une différence de vingt points sur don Ceferino Belcastro. Cependant, à sept mois des élections, une aventure extra-conjugale, avec une fin tragique, a tout changé. Le dimanche 6 mars 1983, la jeune Fabiana Orquera, originaire de la province d'Entre Ríos, a disparu de l'estancia Las Maras où elle passait la fin de semaine avec le candidat. Báez déclara qu'un coup violent sur la tête lui avait fait perdre connaissance et qu'à son réveil il était couvert de sang, sans aucune trace de la jeune femme. Quelques jours plus tard, il fut confirmé que le sang n'était pas humain mais qu'il s'agissait de sang ovin.*
>
> *Après ce scandale politique, Raúl Báez se vit obligé de se retirer comme candidat de son parti qui à l'époque s'appelait l'Union Civique Radicale. Six mois plus tard il fut soumis à un jugement public oral pour Homicide Simple – bien que l'on n'ait jamais retrouvé le corps de Fabiana*

Orquera – à la suite duquel il fut déclaré innocent par manque de preuves. Malgré l'absolution, l'image publique du politicien souffrit d'une considérable détérioration dans la société conservatrice de Puerto Deseado.

Six ans plus tard, pour les élections de 1989, l'Union Civique Radicale présenta de nouveau Báez comme candidat à la plus haute fonction politique de la localité. Les enquêtes indiquaient que la popularité du candidat s'était considérablement améliorée. Malgré cela, un matin, en pleine campagne, la plupart des photos du visage de Báez qui tapissaient les murs de la ville se réveillèrent recouvertes d'une affiche avec les mots FABIANA ORQUERA. MÉMOIRE. Finalement Báez perdit ces élections en faveur de don Luis Àngel Díaz, du Parti Libéral, avec une différence de sept points.

Ce fut donc une défaite dimanche dernier, la troisième dans la carrière de Báez, qui cette fois se présentait à la tête du Parti de Deseado, fondé par lui-même après qu'on lui eut refusé la possibilité d'être de nouveau candidat pour l'Union Civique Radicale. Cette fois, durant la campagne, il n'y eut ni jugement ni affiche demandant de se souvenir, même si on ne manqua pas, au cours de débats radiophoniques, de faire allusion à un « passé trouble » voire une « morale douteuse », confirmant que, après dix ans sans nouvelles de Fabiana Orquera, le fantôme de sa disparition continue à tourmenter Raúl Báez.

Même si c'était l'unique référence que j'avais pu trouver sur Internet à propos de la disparition, en terminant la lecture de cet article, j'eus la sensation que j'avais réussi à emboîter une pièce de plus dans le casse-tête.

Jusqu'à maintenant je croyais que la seule façon de découvrir l'identité de NN était de déchiffrer sa phrase ambigüe sur la nécessité de comprendre l'importance de l'ordre et de la persévérance. Cependant, dans sa lettre laissée à Las Maras, NN indiquait que, maintenant que Raúl était mort, le moment de confesser l'assassinat était venu. D'une certaine manière, cela confirmait que l'homicide était lié à Báez. Et si c'était un ennemi politique qui avait assassiné Fabiana Orquera pour détruire la réputation de Báez ?

Je fis alors une recherche sur « Ceferino Belcastro ». Presque tous les résultats provenaient d'archives de journaux. Des articles sur les six années durant lesquelles Belcastro avait été maire de Puerto Deseado. Il me suffit de lire quatre ou cinq articles pour vérifier que cet homme était un politicien argentin avec tout ce que cela implique. C'était un ami des mesures populistes, plutôt enclin à supprimer les autorisations, pas toujours en utilisant les bonnes procédures, à tous ceux qui n'étaient pas de son avis. Les choses n'avaient pas beaucoup évolué en trente ans, pensai-je.

Je continuai ma lecture sur le rival de Báez jusqu'à ce que, dans un article beaucoup plus récent, j'apprenne qu'il était mort en avril de l'année 2000. Je sortis de mon sac à dos la lettre de NN. Elle était datée de novembre 1998. Un an et demi de différence. Pouvait-on considérer ce temps comme « peu de fil autour de la bobine », comme le disait NN dans sa lettre ? NN et Ceferino Belcastro étaient-ils la même personne ?

Même si Belcastro ne me revenait pas après une demi-heure de lecture le concernant, j'avais du mal à le croire. En analysant froidement les faits, il semblait peu probable que quelqu'un fût capable d'assassiner et de faire disparaître le corps d'une personne innocente, rien que pour gagner les élections municipales. Peu probable, mais pouvait-on l'écarter ?

N'importe comment, même en supposant que NN et Belcastro ne fassent qu'un, rien de tout cela n'expliquait le fait d'avoir caché le corps jusqu'après la mort de Báez. On ne pouvait même pas retenir la possibilité que ce fût pour conserver une mauvaise image à Báez et continuer à gagner les élections, comme le suggérait « Le fantôme de Fabiana Orquera ». Car après tout, Belcastro et Díaz, le maire qui lui a succédé, n'étaient pas du même parti. Et de fait, ils se haïssaient à mort.

Je conclus que si l'assassinat de Fabiana Orquera avait été perpétré pour nuire à Báez, l'objectif était sa vie personnelle. Peut-être une vengeance. Je pensai à une épouse qui découvre que son mari est infidèle et qui décide de ruiner sa vie et celle de sa maîtresse. C'était extrême, mais c'était arrivé des milliers de fois. Je notai mentalement de vérifier où était la femme de Báez ce jour-là.

Je continuai à naviguer sur Internet. Au bout d'un bon moment sans rien trouver d'autre, je fus convaincu que l'information dont j'avais besoin pour avancer sur le cas ne se trouvait pas sur la toile. Si je voulais apprendre autre chose, je devrais utiliser la vieille méthode.

J'éteignis l'ordinateur et décrochai mon blouson du portemanteau.

22
LE RUBAN

J'ouvris la porte et l'alarme retentit dans la salle vide, me transperçant le crâne. Je me bouchai une oreille avec l'épaule et l'autre avec une main, me dépêchant de sortir de ma poche le bout de papier que m'avait donné Lucía Dimópulos. Suivant ses instructions, je trouvai un petit clavier numérique sur le mur de l'autre côté de la salle. Je rentrai les quatre chiffres du digicode notés sur le papier et la sonnerie de l'alarme s'arrêta.

Je souris. En quel autre endroit du monde pouvais-je me présenter un dimanche à trois heures de l'après-midi chez la directrice de la bibliothèque de la ville pour en ressortir avec la clef du bâtiment et le code pour désactiver l'alarme ?

Je descendis dans une petite pièce au sous-sol et m'assis face au bureau comme je l'avais fait les nombreuses fois où, pour écrire mes articles dans *El Orden*, je devais consulter les éditions antérieures. J'ouvris un tiroir large et peu profond et passai le bout des doigts sur les plus de deux cents boîtes en carton blanc qu'il contenait. À peine plus grande qu'une boîte d'allumettes, chaque caisse avait écrit sur le dos le mois et l'année. Je localisai celle qui indiquait JAN-MAR 1983 et en sortis une bobine de microfilm.

J'allumai le projecteur et l'écran se remplit d'une lumière jaunâtre. Je plaçai la bobine et tournai la manivelle jusqu'à ce que, après un mètre de ruban vierge, la une du premier samedi de janvier 1983 apparaisse devant moi. Je continuai à tourner la manivelle et les pages de l'hebdomadaire défilèrent sur l'écran comme un paysage aperçu de la fenêtre d'un train. M'arrêtant de temps en temps pour regarder la date, je repérai l'édition du 12 mars 83 : le samedi, une semaine après la disparition de Fabiana.

Sur la quatrième page, à côté d'un article qui annonçait la construction d'un aqueduc depuis Los Antiguos, je trouvais les premières références à sa disparition. C'était une simple colonne portant le titre « *Appelle à la solidarité* ».

> *Il faut de toute urgence localiser l'endroit où se trouve mademoiselle Fabiana Orquera, une argentine originaire de la province d'Entre Ríos, âgée de vingt-trois ans. Elle a été vue pour la dernière fois à l'estancia Las Maras à quatre-vingts kilomètres de Puerto Deseado et quinze de Cabo Blanco, le dimanche 6 mars. Elle portait une chemise à carreaux rouges et blancs et une jupe marron foncé. Signes particuliers : de constitution plutôt menue ; taille 1,50 m ; cheveux bruns, raides, descendant sous les épaules ; yeux marrons. À tous ceux qui auraient des informations, nous les remercions de contacter le commissariat de Puerto Deseado.*
> *Avec toute mon attention.*
> *Julían Prieto. Commissaire de Puerto Deseado.*

Et c'était tout. Il n'y avait aucune chronique sur la disparition et encore moins une référence à Raúl Báez. J'essayai de me rappeler : Carlucho m'avait dit que Báez avait signalé la disparition au commissariat le dimanche. *El Orden* paraissait le samedi, et moi je savais, grâce aux articles que j'apportais, que le vendredi à six heures de l'après-midi ils bouclaient l'édition. En estimant que les délais avaient dû être les même trente ans auparavant, l'histoire avait eu presque cinq jours entiers pour s'amplifier, passant de bouche en bouche. Je m'imaginai comment ce samedi, tandis que les gens lisaient la demande d'information publiée dans l'hebdomadaire, ils commenteraient les rumeurs de corps dépecés, de viols et de rites sataniques.

J'avançai le microfilm jusqu'à trouver la une de la semaine suivante. D'énormes lettres noires couvraient presque la moitié de la page annonçant : « Treize jours sans Fabiana ». L'autre moitié était occupée par une photo en noir et blanc d'une jeune femme qui souriait à l'objectif.

Je centrai sur l'écran le visage un peu flou de cette fille qui sans doute avait été jolie. Je souris tout en cherchant mon appareil photo dans mon sac à dos. Je venais d'obtenir ma première image de Fabiana Orquera.

La sonnerie de mon téléphone rompit le silence de la petite salle au sous-sol de la bibliothèque.

– Maman, comment vas-tu ? répondis-je.
– Que fais-tu mon fils, il t'est arrivé quelque chose ?
– Pas que je sache, non. Pourquoi ?
– Parce que tu es rentré.
– Et comment le sais-tu ?
– Il y a peu, Petiso López a appelé.

Petiso López était un ami de mon père, il travaillait à la surveillance des navires marchands.

– Il a parlé avec ton père. Il a dit qu'il sortait du port quand il a vu ta voiture qui entrait en ville. Qui était la femme qui t'accompagnait ?
– Je vois que Petiso n'a pas perdu sa bonne vue ni sa grande langue.
– Et toi tu n'as pas perdu ton habileté pour changer le sujet de la conversation. Qui c'était ? Valeria ? demanda-t-elle avec enthousiasme.
– Non, non ce n'était pas Valeria. C'est une longue histoire.
– Et pourquoi ne viens-tu pas manger demain pour me la raconter ? Ton papa va faire sa recette de tagliatelles.
– On va plutôt faire comme ça : je viens demain pour manger les tagliatelles, mais je ne te raconte rien. Qu'en penses-tu ?
– Ça me paraît stupide. De toute façon je saurai, ne t'inquiète pas.

Je n'avais pas le moindre doute là-dessus, pensai-je en disant au revoir à ma mère. Je raccrochai, rangeai le téléphone dans ma poche et me concentrai sur l'article qui concernait Fabiana Orquera et qui débutait sous les grosses lettres de la première page.

LA REDACTION – *Treize jours ont passé depuis que Fabiana Orquera a été vue pour la dernière fois à l'estancia Las Maras. Raúl Báez, avocat bien connu dans notre localité et candidat au mandat de maire pour l'Union Civique Radicale, se trouve retenu comme unique suspect dans la disparition de la jeune fille.*

Selon des sources proches de l'enquête, Báez vivait une idylle extra-matrimoniale avec Fabiana Orquera depuis plusieurs mois. Le couple s'était rendu à l'estancia Las Maras dans les environs de Cabo Blanco pour y passer la fin de semaine... (Suite p. 7).

Je tournai avec force la manivelle du microfilm. Quand je m'arrêtai j'étais à la sixième page. Je continuai un peu moins vite. Juste avant de passer à la septième, le projecteur émit un bruit qui me fit grincer des dents. C'était un bruit de cellophane plissée, comme celui que faisaient les bandes magnétiques au démarrage dans les vieux radiocassettes.

En même temps que ce grincement apparurent, sur la droite de l'écran, des lettres écrites à la main avec une calligraphie serrée et inclinée vers l'avant. Un style qui maintenant m'était familier.

À SOIXANTE-CINQ DE LA TOUR. EN LA REGARDANT, VERS LE QUART DE N'IMPORTE QUELLE HEURE. TOUJOURS DANS LA DIRECTION DE L'EAU. NN.

Ma première réaction en découvrant cela, fut de me demander comment j'avais pu passer à côté de quelque chose d'aussi évident. Dans son message antérieur, presque dans la marge du livre de visite de la Cabane, NN mentionnait l'importance de l'ordre. Malgré cela, il ne m'était pas venu à l'esprit d'associer cette phrase avec le nom du journal – celui où moi-même j'écrivais. L'importance de *El Orden*[2].

Honteux d'avoir été aussi long à la détente, j'essayai de trouver un sens au message sur lequel je venais de tomber.

La première proposition : À *SOIXANTE-CINQ DE LA TOUR*, je la comprenais à moitié. La tour devait être le phare de Cabo

---

2   - L'ordre.

Blanco. En premier lieu, parce que la maison près du phare avait toujours été la maison des gardiens. Ensuite, le fait que la deuxième construction la plus haute dans un rayon de deux cents kilomètres soit un hôtel de quatre étages – l'unique ascenseur de Puerto Deseado –, aidait à lever les doutes. Les *SOIXANTE-CINQ*, je le supposai, étaient une distance. Peut-être des mètres, ou des kilomètres, ou des lieues.

La seconde phrase me bloqua un bon moment. *EN LA REGARDANT, VERS LE QUART DE N'IMPORTE QUELLE HEURE*. La première idée qui me vint à l'esprit était que je devais regarder où tombait l'ombre du phare au quart de l'heure. Mais je compris vite qu'à chaque heure du jour, chaque jour de l'année, l'ombre serait à un endroit différent. Je penchai alors pour une tâche routinière qui aurait lieu au quart de chaque heure. Peut-être plus de nos jours, maintenant que tout était automatisé, mais qui s'accomplissait encore à l'époque. Ou peut-être cela concernait-il la lumière du phare la nuit. En résumé, je n'avais aucune idée de ce que cette indication voulait dire.

La dernière phrase : *TOUJOURS DANS LA DIRECTION DE L'EAU*, m'apparut comme la plus claire de toutes. Quoi que je fasse – marcher, regarder – je devais le faire en allant vers la mer.

En définitif, je ne comprenais pas entièrement les mots collés sur le microfilm, mais je supposai qu'il s'agissait d'instructions. Je désirai qu'elles le soient. Et avec un peu de chance, des instructions pour arriver à la tombe de Fabiana Orquera.

Je m'inclinai en arrière sur la chaise et soufflai. Etais-je le premier à voir ça ? Si la lettre que j'avais trouvée à Las Maras avait été écrite il y a quinze ans, j'en déduisais que le message sur le microfilm devait avoir le même âge. Etait-il possible que personne n'ait consulté cette édition en une décade et demie ? Il n'y avait aucun moyen de le savoir à coup sûr car, à la bibliothèque, seuls étaient enregistrés les accès aux archives sur microfilms mais pas les bobines consultées. Cependant, je n'étais pas surpris : moi-même, de temps en temps je déroulais une bobine en tenant la pointe du ruban, donc sans le pli caractéristique du fait de l'avoir passé dans le projecteur au moins une fois.

Je recopiai le message sur un bout de papier puis enlevai la bobine du projecteur. Je vis sur le microfilm un carré minuscule collé avec du ruban adhésif transparent. Avec soin, je le retirai pour réunir les pages six et sept de *El Orden* afin que maintenant personne ne trouve, par hasard ou non, le message de NN.

En regardant par transparence le petit ruban carré, j'essayai d'imaginer ce qu'aurait fait quelqu'un qui – ayant lu ou non sur le cas Fabiana Orquera – serait tombé sur le message de NN avant moi. Probablement aurait-il averti le personnel de la bibliothèque, qui l'aurait immédiatement enlevé. Mais sachant ce que je savais après avoir lu la carte de NN, le message entre les pages six et sept pointait vers la vérité sur ce qui s'était passé avec Fabiana Orquera.

Le petit carré de plastique tournait maintenant entre les doigts de ma main. En le regardant, je me demandai pourquoi NN faisait autant de tours et de détours. C'était comme si depuis sa tombe – si sa prédiction s'était vraiment réalisée et qu'il était mort peu de temps après avoir écrit la lettre et le message que je tenais dans ma main – il se moquait de moi, me faisant jouer au chat et à la souris. Je pouvais comprendre que, à la veille de sa mort, un assassin décide de confesser un crime parfait, probablement plus par orgueil que par repentir. Mais pourquoi de cette façon, en laissant un indice après l'autre ?

À nouveau, je regardai par transparence le petit carré. Quoi qu'il me reste à découvrir pour arriver au but, maintenant j'avais avancé d'un pas.

23
CARREAUX CASSÉS

J'arrêtai la Uno dans un des coins de la ville que je connaissais le mieux. Je regardai l'heure sur mon téléphone. Neuf heures du matin. Je descendis et observai l'énorme édifice en briques rouges qui occupait la moitié du quartier. J'avais passé ici dix-sept années de ma vie : sept comme élève et dix comme professeur.
 Tout en pivotant sur mes talons pour traverser la rue, je souris. Il me restait un mois avant de retrouver les salles de classe.
 La chilienne Edith Godoy vivait en face du collège dans une maison au toit en tôles ondulées qui, à en juger par les parties qui avaient résisté au vent et au sel, avait été verte. Je frappai trois coups à une porte gauchie et une femme aux cheveux blancs et au front couvert de rides m'ouvrit.
 – Bonjour.
 – Bonjour, doña Edith.
 Il était rare de ne pas la voir en train de pousser de la sciure dans les couloirs de l'école avec son gigantesque balai-brosse. Ou bien prenant un maté dans la cuisine, toujours avec une main dans la poche de sa blouse bleue.
 – Je suis Nahuel Donaire. Vous vous rappelez de moi ? J'allais au collège quand vous étiez concierge, dis-je en montrant l'autre côté de la rue. Maintenant j'y travaille comme professeur.
 – Ni à un professeur, ni au directeur en personne ! protesta l'ex-concierge.
 – De quoi parlez-vous, doña Edith ?
 – À personne ! Je n'ai pas l'intention de rendre un seul ballon à qui que ce soit tant que le collège ne m'aura pas remboursé ce que m'a coûté la vitre.
 L'unique vestige de l'autre côté des Andes dans sa manière de parler, était la façon dont elle se mordait la lèvre inférieure en

prononçant le mot « vitre ».

Je ne pus éviter de laisser échapper un petit rire, et la femme me regarda déconcertée.

– Je ne viens pas pour vous réclamer un quelconque ballon, mais comme nous en parlons, si vous voulez je peux en toucher un mot au directeur, dès la rentrée des classes, pour lui rappeler votre histoire de carreau.

– Ça fait quarante-cinq ans que je vis dans cette maison. Depuis que je suis arrivée de Coyhaique. Quarante-cinq ans à rendre les ballons qui atterrissaient dans mon jardin. Quand je travaillais à l'école, à chaque fois qu'ils me cassaient une vitre, ils me la payaient le mois suivant. Mais maintenant que je suis à la retraite, cela fait six mois que je leur cours après.

– Pourquoi ne faisons-nous pas une chose ? dis-je en sortant mon portefeuille tout en essayant de sourire. Vous avez la facture ? Donnez-la-moi et je vous paie la vitre. Je me chargerai ensuite de me faire rembourser par le collège.

Le maigre salaire de ma profession et ma croyance religieuse – mon dévouement à la « Vierge de la Main Fermée » –, ne me facilitèrent pas les choses. Mais au moins la stratégie donna un résultat et, cinq minutes et quelques billets plus tard, j'avais réussi à arracher un sourire à la femme.

– Et pourquoi es-tu venu si ce n'est pas pour la vitre ? demanda Edith d'un ton aimable tout en rangeant les billets dans la poche de son tablier.

– Je voudrais vous parler de l'une de vos vieilles amies. Fabiana Orquera.

En entendant ce nom, toute trace du sourire que je venais de lui acheter s'effaça.

24
POUR FABIANA ORQUERA

Le jour d'avant, à la bibliothèque, j'avais trouvé un article de *El Orden* qui rapportait que, à un mois de la disparition de Fabiana Orquera, il n'y avait toujours rien de nouveau sur le cas. En passant, l'article mentionnait que la disparue n'avait pas de famille à Puerto Deseado et que la personne la plus proche était Edith Godoy qui lui louait une chambre dans la maison même où, trente ans plus tard, je venais de frapper à la porte.

Edith Godoy m'invita à entrer. Le vent qui se faufila en même temps fit vaciller la flamme bleue et jaune de la gazinière. Près de la fenêtre il y avait une petite table carrée avec une chaise en bois de chaque côté. Elle s'assit sur celle qui avait le verni le plus abîmé et m'indiqua l'autre de sa main ouverte.

– Je n'avais rien à voir avec ça, dit-elle sans préambule.

Je la regardai surpris, sans savoir comment réagir. J'ouvris la bouche pour dire quelque chose, mais je n'en fis rien.

– Je te connais. J'achète le journal tous les samedis, et de temps en temps je lis un de tes articles. Sais-tu lequel m'a le plus intéressée ?

– Celui du poker ? risquai-je

– Celui du poker, confirma Edith. Et si le type qui a soulevé le couvercle de cette marmite arrive pour me poser des questions sur une femme qui a disparu et dont on n'a plus jamais rien su, il n'est pas difficile d'imaginer vers où se dirigent les tirs. Mais je te préviens, tu peux m'interroger autant que tu veux, j'ai la conscience tranquille.

– Madame Edith, je crois que vous interprétez mal ma visite. Je viens juste vous demander un peu d'aide.

– De l'aide ?

– Fabiana a vécu avec vous dans cette maison jusqu'au jour

où elle a disparu, non ?

La femme acquiesça et, appuyant les mains sur la table, se leva de sa chaise. Elle passa à côté de moi et mit de l'eau à chauffer sur le feu de la gazinière.

– Du jour où elle est arrivée d'Entre Ríos jusqu'au jour où elle a disparu, Fabiana a vécu ici. Du thé ?

– Oui, merci. Quand l'avez-vous connue ?

– Le jour où elle est arrivée à Puerto Deseado. Je vivais seule dans cette maison depuis que j'étais séparée de mon mari, cela faisait deux ou trois ans. De nos jours c'est plus facile, mais à l'époque c'était un grand déshonneur.

– J'imagine, commentai-je pour dire quelque chose.

– En travaillant comme concierge à l'école, je devais jongler avec l'argent pour payer le loyer et arriver à la fin du mois, dis la femme en posant sur la table les tasses, l'eau et les sachets de thé. J'ai donc décidé de mettre une annonce afin de chercher une jeune femme pour partager la maison. À cette époque les petites annonces dans *El Orden* étaient très chères et, comme tu peux l'imaginer, il n'y avait pas Internet. C'est pour cette raison que j'ai collé une carte sur le tableau d'affichage du club *Deseado Juniors* et deux jours après, Fabiana frappait à ma porte.

– Et comment était-elle ?

– Elle avait un corps menu et n'était pas très grande, mais son visage était celui d'une poupée : les sourcils les plus longs que j'ai jamais vus.

– Et de personnalité ? Était-elle loquace ?

– Vois-tu, le jour où elle est arrivée, elle a parlé le strict nécessaire. Elle m'a dit qu'elle venait de la province d'Entre Ríos pour chercher du travail. Quand je lui ai demandé pourquoi à Puerto Deseado, elle a haussé les épaules et m'a présenté un sourire étrange auquel j'ai mis un certain temps à m'habituer.

La chilienne leva sa tasse pour l'amener à sa bouche, mais s'arrêta à mi-parcours. Elle la reposa sur la table et resta le regard dans le vide. Sur son visage il y avait une expression à mi-chemin entre la nostalgie et la frayeur.

– Il y a quelque chose qui ne va pas ? demandai-je.

La femme nia de la tête.

– Non, rien. C'est seulement que ça faisait longtemps que je ne m'étais pas rappelé le sourire de Fabiana. Elle souriait sans desserrer les lèvres, les yeux mi-clos. Alors tu te rendais compte qu'elle te fixait du regard. C'était comme si la bouche et les yeux avaient eu leur vie propre.

Après une gorgée de thé, la femme continua.

– Bouche souriante et regard menaçant. Une expression difficile à déchiffrer. Mais bon, s'agissant de Fabiana, ce n'était pas non plus si bizarre.

– Que voulez-vous dire ?

– C'était une femme très peu transparente, dit-elle. Elle ne parlait pas de sa vie. Ni de son passé en Entre Ríos, ni de ce qu'elle faisait quand elle n'était pas à la maison. Moi, par exemple, j'ai appris son aventure avec Báez dans un article qu'a publié *El Orden* deux ou trois semaines après sa disparition.

– Elle ne vous a jamais rien dit ?

– Rien. Et pourtant j'étais ce qui ressemblait le plus à une amie pour cette fille. J'ai même été jusqu'à lui obtenir un travail de concierge à l'école.

– Et sa famille en Entre Ríos, ça non plus elle ne vous en a pas parlé ?

– Jamais.

– Mais, c'est qu'elle n'avait pas confiance ? En vivant et en travaillant ensemble vous n'êtes pas devenues complices ?

– On s'entendait bien, mais vivre avec Fabiana, c'était comme vivre avec une étrangère. Aimable, bonne payeuse, très intelligente, mais en fin de compte une étrangère. C'était une sensation étrange que celle de partager autant de temps avec quelqu'un et finalement de si peu le connaître. Je ne vais pas pouvoir beaucoup t'aider, me semble-t-il.

– Si peu que ce soit, racontez-moi tout ce dont vous vous rappelez. Vous êtes la seule personne que je peux interroger à propos de Fabiana Orquera.

La femme me fit un signe de la main pour que j'attende. Elle se leva de sa chaise et se dirigea, d'un pas agile, vers l'intérieur de la maison en traversant un couloir. Quand elle revint, elle posa sur la table une caisse en bois un peu plus grande qu'une boîte à chaussures. Elle était munie d'une serrure en métal qui avait été forcée.

– Il y a là-dedans tout ce que je sais d'important sur Fabiana, dit-elle en m'invitant à ouvrir la caisse.

À l'intérieur je trouvais une pile de partitions de l'épaisseur d'un livre. J'estimai qu'il y en avait une cinquantaine, beaucoup d'entre elles écrites au crayon sur du papier à musique.

– Fabiana Orquera jouait d'un instrument ? demandai-je.

– Oui, de la guitare. Toujours enfermée dans sa chambre, évidement. Mais ce n'est pas ça qui est important. Qu'y a-t-il ici ? demanda-t-elle en me montrant le début d'une des partitions.

– Je lus : Vers le sud. Par Fabiana Orquera.

Non seulement Fabiana Orquera savait lire les notes sur une portée, ce qui la mettait déjà bien au-dessus de la majorité des guitaristes, mais en plus elle était capable de composer sa propre musique.

– Cette chanson est magnifique, ajouta avec nostalgie la femme en prenant le papier entre ses mains.

– Vous aussi vous savez lire la musique ?

– Non, mais je sais l'écouter. Un jour, plusieurs mois après sa disparition, j'ai emmené cette partition au professeur de musique du collège et je lui ai demandé de me la jouer.

Edith Godoy ferma les yeux et inspira lentement.

– C'était un blues lent et triste, dit-elle sans rouvrir les yeux. J'ai toujours la mélodie gravée dans la tête.

– Et celles-ci, elles vous ont plu aussi ? interrogeai-je, me référant aux autres partitions que je tenais dans mes mains.

– Je ne sais pas. En entendant cette musique j'ai eu l'impression de la trahir. J'ai pensé que si elle avait voulu que je l'écoute, elle aurait joué quelque chose devant moi.

– C'est-à-dire que vous ne l'avez jamais vue jouer de la guitare ?

– Jamais. Je n'ai pas cessé de la complimenter quand elle sortait de sa chambre après avoir joué, mais elle n'a jamais rien joué pour moi. Tout ce que j'ai entendu, c'est à travers une porte.

La femme avala une longue gorgée de thé.

– À l'exception du professeur de musique qui a interprété

cette chanson, je n'ai jamais montré le contenu de cette caisse à personne, dit-elle en me regardant dans les yeux.
— Pas même à la police ?
— Encore moins !
— Mais ils sont venus ici, non ?
— Évidemment qu'ils sont venus. Quelques jours après sa disparition, ils ont débarqué pour fouiller la maison. Ils ont emporté tout ce qu'il y avait dans la chambre de Fabiana. Les vêtements. Le maquillage. La guitare. Tout.
— Sauf la caisse.
— Sauf la caisse. J'avais fait le tour de sa chambre quelques jours avant qu'ils ne viennent et je l'ai trouvée dans une penderie, sous un tas de vêtements pliés. Elle était fermée à clef et en la bougeant je me suis rendue compte qu'elle contenait des papiers. J'ai pensé qu'ils devaient être très importants pour Fabiana si elle les avait rangés de cette façon.

Elle but une autre gorgée de thé, et quand elle recommença à parler ce fut avec un accent de culpabilité.

— Pour autant que j'aie cherché, je n'ai jamais pu trouver la clef, alors j'ai fait sauter la serrure à coups de marteau. C'était pour essayer de trouver une piste. Pour l'aider. Mais je n'ai rien trouvé d'autre que ces partitions.

Le coffret en bois était au milieu de la table. La femme le poussa lentement jusqu'à moi.

— Si tu écris sur elle, rends-lui justice. Montre-la comme la personne qu'elle était vraiment. Une femme brillante que personne, pas même Báez je pense, n'a réussi à connaître ne serait-ce qu'un tant soit peu.

— Merci beaucoup de me confier ceci, dis-je en remettant les partitions dans la caisse.

Edith Godoy fit un geste de la main, comme pour atténuer la solennité de mes paroles. Elle contempla la partition de la seule chanson de Fabiana Orquera qu'elle avait écoutée et la rangea dans la caisse avec les autres. Puis elle se leva de sa chaise et, du regard, me fit comprendre que maintenant elle n'avait plus rien à me dire. Elle me donna un baiser sur la joue pour me dire au revoir et posa la main sur la poignée de la porte d'entrée.

– Est-ce que je peux vous poser une dernière question ? dis-je avant qu'elle n'ouvre la porte.
– Bien sûr.
– Que croyez-vous qu'il soit arrivé à Fabiana ?
– Je crois que Báez l'a tuée, répondit la femme sans hésiter.
Comme presque tout le monde ici, pensai-je.
– Même s'il a été jugé innocent ?
– Ce genre de personne peut arranger ces choses-là.
– Ce genre de personne ?
– Il faisait de la politique, il était avocat et avait de bons contacts dans la province et à Buenos Aires. Ça tout le monde le savait. Il y en a même qui disent qu'il était ami avec le grand chef de la Police Fédérale. Tu vas me dire que ça n'aide pas ?
Je ne sus que dire.
– Et sais-tu comment et quand est mort cet homme ?
– Il s'est pendu à l'endroit même où a disparu Fabiana, exactement quinze ans après.
– Et à toi ça ne te paraît pas bizarre.
– Ça me paraît très triste, dis-je.
– Pour moi, c'est du repentir, dit la femme, et elle m'ouvrit la porte.

25
BÁEZ FILS

Mon rêve récurrent durant tout le secondaire, fut de coucher avec Carmencita Ibáñez. C'était une obsession. C'est pour cela qu'au cours du bal de printemps, dans le salon du Club Ferro, je fis semblant de trébucher pour lui toucher les seins, ce qui me valut une gifle en pleine figure.

Trois ans plus tard, quand je revins chez moi après avoir étudié à Comodoro, la vie m'accorda une opportunité. Une histoire peu glamour, pour dire la vérité. Tous les deux ivres à la sortie du Jackaroe, la discothèque du patelin, je l'invitai à prendre le petit déjeuner chez moi, et elle accepta.

Six ans après l'unique nuit que nous passâmes ensemble, Carmencita Ibáñez leva le regard en me voyant entrer dans le bureau de la rue Oneto.

– Bonjour, me salua-t-elle, professionnelle.

Impossible de déceler dans ce simple mot la moindre trace de la baffe qui avait fait faire un demi-tour à ma tête, pas plus que de la nuit où mon fantasme d'adolescent avait culminé puis s'était éteint. Maintenant, chacun jouait un rôle différent.

– Comment vas-tu, dis-je. J'aurais besoin de parler à Báez.

– Tu as rendez-vous avec maître Báez ?

– Non.

– Je peux t'en donner un si tu veux. Mais il n'y a rien de disponible avant deux semaines.

– Je ne viens pas le voir en tant qu'avocat. Je suis en train d'écrire un article pour le journal et j'aimerais avoir une entrevue avec lui.

– Et sur quoi porterait cette entrevue ?

– Sur son père.

Carmencita m'indiqua une des deux chaises de l'accueil.

Puis elle souleva le téléphone et m'annonça à voix basse. Elle raccrocha et se concentra sur l'écran de son ordinateur sans rien me dire.

Je m'assis pour attendre l'avocat comme on l'avait fait des milliers de fois depuis trois générations que l'étude juridique était aux mains des Báez. De fait, le bureau se trouvait dans l'une des plus anciennes maisons de la ville : grands toits, sol en bois et façade de pierres taillées par les mêmes tailleurs de pierre yougoslaves qui avaient construit la gare au début du vingtième siècle.

Cinq minutes plus tard une des portes qui donnaient sur l'accueil s'ouvrit et la silhouette corpulente de Sergio Báez remua comme de la gélatine en secouant la main d'un bolivien de petite taille qui partit avec un porte-documents marron sous le bras.

– Entre, Nahuel, dit Báez.

Il ferma la porte de son bureau derrière moi et se laissa tomber dans une chaise pivotante avec un dossier si haut qu'il dépassait sa tête.

– En quoi puis-je t'aider ? dit-il en tambourinant avec ses doigts sur son bureau en bois entièrement vide hormis un bloc de papier et un stylo.

– Je ne sais pas si tu en es informé, mais j'ai une tribune dans *El Orden*, dis-je en m'asseyant de l'autre côté du bureau.

– Tout le monde le sait, dit-il en riant. Surtout depuis que tu as écrit à propos de la place et du poker. Deseado entier a parlé de « La place des autres jeux ». Et même encore ils en parlent. Tu t'es fait conseiller au niveau légal avant d'écrire ça ?

– Non.

L'avocat haussa les sourcils.

– Tu as été à deux doigts de te retrouver avec un procès, tu le savais ? Tu t'es bien débrouillé, vraiment. Si tu avais ajouté une ou deux informations, aujourd'hui tu serais dans un sacré pétrin.

Je souris.

– Je viens te voir parce que je suis en train de travailler sur un nouvel article et j'aimerais te poser quelques questions.

– Et sur quoi écris-tu cette fois ?

– Sur Fabiana Orquera.

Le fils de Raúl Báez me regarda sans sourciller.
— C'est une très vieille histoire, tu ne crois pas ? dit-il.
— Assez. Vingt-neuf ans et dix mois.
— Et pourquoi ça t'intéresse d'écrire sur cette histoire après si longtemps ?
— Justement parce que cela fait presque trois décades, et que l'affaire n'est toujours pas résolue. C'est un cas fascinant.
— Fascinant, murmura l'avocat, plus pour lui-même que pour moi.

Avant de recommencer à parler, il se frotta le cou et glissa l'index dans le col de sa chemise jusqu'au nœud de cravate, pour le desserrer.

— Je vais t'expliquer quelque chose, Nahuel. La disparition de cette femme a été la plus grande tragédie qu'ait eue à endurer ma famille. Ma mère a appris deux choses en même temps : qu'elle avait des cornes qui ne passaient pas sous la porte et que son mari était accusé d'assassinat. As-tu une idée du désastre que cause ce genre de chose dans une famille.
— J'imagine.
— Je ne pense pas que tu le puisses, dit-il avec un sourire caustique. Il vaut mieux que je t'explique. Ma mère a mis mon père à la porte de la maison puis est entrée en dépression au point de ne plus sortir, pas même pour faire ses courses. Mon père survécut quelque temps. Il continua avec cette étude et alla même jusqu'à fonder son propre parti politique quand ils ne voulurent plus de lui comme candidat de son parti. Mais après avoir perdu sa troisième élection, il partit à la dérive. Il commença à négliger son travail et à déjeuner au whisky. Il termina en ivrogne crasseux et se pendit, pile quinze ans après, à l'endroit même où cette fille a disparu. Tu continues de penser que tu peux imaginer ça ?

Je fus incapable de répondre.

— Nahuel, j'avais quatorze ans quand tout cela est arrivé. Trente ans après, il y a toujours des gens qui continuent de croire que mon père a tué cette fille. Tu sais tout le mal que tu peux causer à ma famille si tu ravives tout cela avec ce que tu vas écrire dans ton article ?
— Je ne cherche pas à faire du mal. Au contraire.

– Au contraire ? Après le remue-ménage qu'a provoqué l'article sur la table de poker, excuse-moi mais je ne te crois pas. Maintenant, les enfants de ce conseiller municipal vont devoir endurer toute leur vie la honte d'un père corrompu. Tu sais comment vont ce genre de choses dans cette ville. Dans cinquante ans, il y aura encore quelqu'un qui, sans avoir la moindre putain d'idée de si c'est vrai ou non, rappellera à ces gosses que leur père a joué une place publique aux cartes.

Sergio Báez fit une pause pour reprendre sa respiration.

– Tu sais très bien que, à Deseado comme dans n'importe quelle petite ville, l'image publique est très importante. Nous en avons tous une. Toi, moi, tout le monde. Et celle des enfants du conseiller municipal, tu en as fait de la merde avec ce que tu as publié.

– Mais si tout le monde pensait de cette façon, il n'y aurait pas de journalistes. Quelqu'un doit dire la vérité.

– La vérité ? rugit Sergio Báez. C'est-à-dire que ce que tu écris dans *El Orden* c'est la vérité ? Tu y étais cette nuit-là à jouer au poker avec eux ?

– Bien sûr que non. Mais si tu as lu l'article, tu devrais savoir que j'ai présenté de nombreuses preuves. Les numéros de registre...

– Des preuves ? Les preuves sont des choses entièrement sujettes à interprétation. C'est l'avocat qui te parle, Nahuel.

– Mais...

– Écoute. Tu as le droit de publier ce que tu veux, sur qui tu veux ; y compris mon père. Mais laisse-moi te donner un conseil de professionnel. Même si ce n'est pas considéré comme un délit pénal, une plainte pour calomnies et injures peut te faire un trou grand comme ça.

L'avocat accompagna ses dernières paroles en ouvrant les mains comme s'il tenait un ballon de football.

– Sergio. Tu as mal interprété ce que j'ai dit. Moi, en fait, je crois que ton père n'a rien eu à voir avec cette histoire.

Báez fils considéra ce que je venais de dire durant un instant. Puis il me regarda dans les yeux et frappa du poing la table qui nous séparait. Le bloc, le stylo et moi fîmes un léger bond.

— Évidemment qu'il n'avait rien à y voir. Ça a été démontré par un jugement oral et public. En plus il y a les lettres...

Il s'arrêta immédiatement.

— Quelles lettres ?

— Écoute-moi bien. Donner ton avis sur ce qui te fait envie dans les colonnes de ton journal, c'est une chose. Venir me parler de l'innocence de mon père, c'est une chose totalement différente.

— Quelles lettres ? insistai-je.

Ignorant complètement ma question, il leva le téléphone et appuya sur une seule touche.

— Carmen, faites entrer le suivant, dit-il dans le combiné.

26
EN SILENCE

Je passai la journée suivante chez mes parents. Tout comme l'avait dit ma mère au téléphone, mon père cuisina des tagliatelles faites maison. Nous goûtâmes aussi le jambon que m'avait donné Carlucho, je le trouvai un peu salé, mais il parut plaire à mes parents.

Quand ils me laissèrent partir, après le dîner, il y avait plus d'une heure qu'il faisait nuit. Il devait être environ minuit.

Tôt le lendemain matin je devais passer prendre Nina à son hôtel pour rentrer à Las Maras. J'entrai donc chez moi avec l'intention d'aller directement au lit. Cependant, en fermant la porte derrière moi, je fus envahi par une sensation étrange, comme si quelque chose dans la maison n'était pas à sa place. Je parcourus du regard la salle à manger jusqu'à ce que je tombe sur les griffures que Bongo avait laissées sur le bas de la porte depuis qu'il vivait ici.

C'est alors que je compris. Pour la première fois depuis que nous vivions ici, Bongo n'avait pas aboyé dès le patio quand il m'avait entendu entrer.

Je me penchai vers la petite fenêtre de la cuisine et, dans la pénombre, j'aperçus la silhouette de Bongo qui se découpait sur le sol. En me voyant il essaya de se relever, mais il s'effondra immédiatement avec une plainte aiguë.

J'allumai la lumière du patio et sortis par la porte de derrière. Je ne me rappelle pas si je vis en premier ses yeux brillants aux pupilles contractées au maximum ou la flaque marron sur laquelle était posée sa queue.

– Bongo, mon petit Bongo chéri, qu'est-ce qui t'arrive ? lui dis-je en m'accroupissant à côté de lui pour lui caresser la tête.

Pour toute réponse, mon chien lâcha une longue plainte qui

me serra la gorge. J'essayai de le bouger pour le sortir de ses propres excréments, mais quand je posai une main sur son ventre, il me montra les crocs pour la première fois de sa vie, en lâchant un grognement grave. Le même grognement rageur que je lui avais entendu le jour où il m'avait défendu contre l'attaque du puma.

– Ça va, ça va, lui dis-je en recommençant à lui caresser la tête. Je voulais te bouger un peu pour...

Alors Bongo toussa, expulsant par la bouche une grande quantité de mousse, puis il se secoua sur le sol comme s'il avait une crise d'épilepsie.

27
CARBOFURAN

— On l'a empoisonné, dit Rolando en remplissant la seringue d'un liquide transparent.
L'homme était arrivé chez moi dix minutes après avoir reçu mon appel. C'était le vétérinaire de Bongo depuis son premier vaccin. Le même que celui chez qui, mon père et moi, nous nous étions rendus quand le puma lui avait dévasté la face et le dos.
— Empoisonné ? Pourquoi ?
— Est-ce qu'il a mordu quelqu'un, dernièrement ?
— Pas que je sache, non.
— Alors je ne sais pas, dit-il en haussant les épaules. Généralement ils les empoisonnent quand ils ont attaqué quelqu'un ou quand ils aboient beaucoup et qu'ils dérangent les voisins.
Les voisins, impossible. La cour dans laquelle restait toujours Bongo était bordée d'un terrain vague et d'une salle des fêtes. Non, ce n'était pas contre mon chien, mais contre moi. Je réfléchis au nombre de gens qui n'avaient pas apprécié mes articles dans *El Orden*, spécialement celui sur la fameuse « Place des autres jeux ». C'est sûr, mes aboiements dérangeaient beaucoup de monde.
— Soutiens-lui la tête.
Je fis ce que Rolando me demandait et il injecta le liquide transparent dans la patte arrière de Bongo.
— Maintenant, il faut attendre un peu, dit-il en fouillant dans sa mallette jusqu'à ce qu'il y trouve son stéthoscope.
— Il va mourir ?
Sans me répondre, il ausculta Bongo.
— Rolando, il va mourir ?
Accrochant le stéthoscope autour de son cou, Rolando

s'écarta de mon chien et me regarda dans les yeux.
— Je ne sais pas, il faut attendre un peu.
— Comment tu ne sais pas ? Tu dois pouvoir faire quelque chose. Si tu l'as sauvé quand le puma l'avait presque tué, tu dois pouvoir le sauver cette fois encore.
— Tu te rappelles ce que je t'ai dit ce jour-là, quand tu m'as demandé s'il allait mourir ?
— Que tu allais faire tout ce que tu pourrais pour que ça n'arrive pas. Et qu'il y avait vingt pour cent de chance qu'il s'en sorte.

Rolando acquiesça.
— Cette fois ce serait un miracle, Nahuel. Nous devons attendre.

J'essayai de ne pas perdre espoir et cherchai quelque chose à faire pour que le temps passe plus vite. J'appelai Nina au téléphone et lui expliquai la situation. Je lui dis qu'il fallait repousser notre retour à Las Maras jusqu'à ce que l'on sache ce qui allait se passer avec Bongo. Elle se montra compréhensive et me dit qu'elle attendrait tout le temps nécessaire.

— Avec quoi l'ont-ils empoisonné ? demandai-je à Rolando quand j'eus raccroché.
— Du carbofuran. Sûr que c'est du carbofuran. Il a la diarrhée, un myosis et des convulsions...

Il s'arrêta brusquement, comme s'il regrettait d'en avoir trop dit.
— En fait, c'est un insecticide, mais les gardiens de bétail l'utilisent souvent pour tuer les renards.
— C'est-à-dire que celui qui a fait ça a quelque chose à voir avec la campagne ?
— Pas nécessairement. Tu peux acheter du carbofuran dans n'importe quel magasin de matériel agricole.
— Et quand l'ont-ils empoisonné ?
— Durant les quatre dernières heures. Le temps exact dépend de la dose. Mais le plus probable, c'est qu'ils lui ont jeté de la viande empoisonnée dès qu'il a fait nuit, pour que personne ne les voie.

Je calculai qu'ils avaient dû le faire il y avait moins de deux heures.

À cet instant, le corps de Bongo fut secoué d'un violent spasme. Puis il lâcha un gémissement aigu et ne bougea plus.

Rolando se dépêcha de mettre son stéthoscope et ausculta le poitrail de mon chien plusieurs fois. Puis il se tourna pour me regarder et je sus qu'il n'allait pas me donner de bonnes nouvelles.

Quand il parla, ma première larme depuis bien longtemps roulait déjà sur ma joue.

– Il est mort, dit-il, et il me prit dans ses bras.

28
INSOMNIE

À chaque tour dans le lit, se répétait l'image de Bongo grognant pendant que je lui soutenais la tête et que Rolando lui faisait une injection dans la cuisse. Un autre tour. Emmêlé dans les draps avec les yeux comme des soucoupes, et Rolando était parti. Encore un tour. Maintenant j'enveloppais le corps de mon chien dans sa couverture préférée, sur laquelle il avait dormi toute sa vie.

Fatigué de tourner comme une toupie, je me levai pour aller dans la salle à manger. Dans ma petite collection de vins, je choisis un Malbec et revins au lit avec la bouteille, un tire-bouchon et un verre.

J'allumai la télé et mis *Discovery*.

Je ne sais combien de documentaires j'avais regardés, mais quand mes yeux commencèrent à se fermer, il restait à peine le quart du Malbec dans la bouteille et à la télévision un type à lunettes parlait d'empreintes digitales.

Je tripatouillai la télécommande de la table de nuit. J'allai éteindre la télé quand j'entendis que l'homme parlait d'une vieille lettre. Mes yeux s'ouvrirent un peu.

Le type aux lunettes tenait une feuille de papier dans la main et derrière lui on apercevait des microscopes, des gens en blouse et plusieurs écrans allumés. D'après ce qu'il disait, le papier était exactement du même type que celui qu'un excentrique comte anglais nommé Ian Callaway s'était fait ramener de Suède jusqu'à sa maison de Londres. L'homme sur l'écran racontait aussi que cinquante ans après la mort du comte, une riche famille avait acheté sa résidence et, durant les travaux pour changer le sol de la salle à manger, ils avaient trouvé un coffre-fort caché sous une dalle. Dedans, il y avait quelques livres sterling et des documents. L'un de ceux-ci était une enveloppe avec le nom du comte comme expéditeur.

Les nouveaux propriétaires de la maison décidèrent de ne pas l'ouvrir mais de localiser le destinataire pour lui remettre la lettre que le comte n'avait pas eu le temps de poster avant de mourir ; une attaque cardiaque l'ayant soudainement terrassé. Et bien qu'ils se rendissent vite compte que le destinataire était lui aussi décédé depuis un certain temps, ils arrivèrent à faire parvenir la lettre à l'un de ses enfants, presque cinquante ans après avoir été écrite.

Dans cette lettre le comte affirmait à l'un de ses créanciers qu'il paierait sa dette en lui cédant trois maisons situées dans la banlieue de Manchester. Se basant sur cette preuve écrite, le fis du créancier entama une action judiciaire contre la famille du comte, réclamant ces propriétés.

Il perdit le procès et n'obtint rien, commentait avec un sourire l'homme aux lunettes. Ensuite il expliquait, un doigt levé, que cela était un détail mineur, car le plus intéressant dans le cas présent, c'était que la police britannique, cinquante ans après que la lettre avait été écrite, avait pu identifier l'empreinte digitale du comte sur le papier. Le peu de rugosité de celui-ci et le fait qu'il était resté dans une enveloppe durant tout ce temps, expliquait l'homme aux lunettes, avaient rendu possible la mise en évidence d'une empreinte digitale de plus d'un demi-siècle d'ancienneté.

Moitié ivre, moitié endormi, je me demandai s'il y aurait des empreintes digitales sur la lettre de NN. Elle aussi avait été écrite sur du papier peu rugueux et était restée dans une enveloppe durant tout ce temps. En plus, dans ce cas, ce n'était pas cinquante ans mais quinze. Seulement quinze ans, pensai-je, et je ris tout seul.

Je sortis du lit pour aller chercher dans la cuisine une paire de ciseaux et un sac en plastique pour congeler les aliments. Je pris dans mon sac à dos l'enveloppe avec la lettre de NN. En essayant de ne pas trop manipuler le papier, je relis le texte qui occupait la moitié de la page du fin papier. Je découpai la lettre de manière à séparer la partie écrite de celle qui restait vierge. Je mis cette dernière dans un des sacs en plastique et l'enveloppe vide dans un autre.

Le Cabezón[3] Ferreira n'était pas le scientifique aux lunettes qui parlait à la télé, mais il pourrait sûrement m'aider.

---

3   Littéralement: qui a une grosse tête.

29
MENACE

Le jour suivant je me réveillai avec la gorge sèche. Quand j'ouvris la porte de la chambre pour me rendre dans la salle à manger, l'air glacé me frappa au visage. La nuit précédente j'avais mis le corps de Bongo dans la salle à manger et arrêté le chauffage pour éviter qu'il ne commence à se décomposer.
    Je baillai et ressentis un léger mal de tête. Je vis sur mon téléphone qu'il était dix heures du matin et que j'avais un message. C'était Nina, elle répondait au texto que je lui avais envoyé, peu après avoir parlé avec elle, pour lui dire que Bongo était mort et pour lui demander si nous pouvions partir aujourd'hui même pour Las Maras. Elle me disait de passer la prendre vers trois heures de l'après-midi, si cela me convenait.
    Juste après avoir mis à chauffer l'eau pour le maté, je trouvai le courage de diriger mon regard vers la forme enveloppée dans la couverture – couverte de poils, comme elle l'avait toujours été – près de la porte. Je pensai à combien changerait la maison sans lui. Pour commencer, plus d'aboiements pour anticiper la sonnerie de la porte d'entrée. Presque involontairement, je posai le regard sur les griffures gravées dans le bois de la porte.
    C'est alors que mon regard se porta sur le morceau de toile roulée, couvert de sable, que ma mère m'avait cousu en forme de saucisse pour atténuer le vent qui passait sous la porte. Dessous dépassait le coin blanc d'une feuille de papier.
    Je la ramassai. C'était une feuille format A4 pliée en deux. Sur un des côtés il n'y avait que les mots *Monsieur Donaire* écrits en bleu. De l'autre côté, avec les mêmes lettres majuscules et disparates, il y avait une petite note.

    Quand quelqu'un s'amuse à remuer la merde, il est inévitable

qu'il s'éclabousse. La ville a choisi son coupable il y a trente ans, même si le juge l'a déclaré innocent. Laisse les choses comme elles sont. Pour ton bien et celui des tiens.
PS : Quel dommage, c'était un chien adorable.

Mes soupçons se confirmaient : ils avaient tué Bongo par vengeance. Par ma faute, mais pas pour l'article de la place comme je le croyais. On n'avait pas empoisonné mon chien pour ce que j'avais écrit, mais pour ce que j'allais écrire.
La ville a choisi son coupable il y a trente ans, même si le juge l'a déclaré innocent.
Raúl Báez.
Qui que ce soit, celui qui avait tué Bongo l'avait fait pour éviter que la vérité sur Fabiana Orquera n'éclate au grand jour. Maintenir le *statu quo*, comme on dit en latin. *Ne pas faire d'omelette*, comme on dit ici.
Je froissai la lettre dans ma main et donnai un coup de poing dans la porte de toutes mes forces. Une de mes jointures craqua. Prenant ma main endolorie dans ma main valide, je me laissai tomber dans le canapé.
Je récapitulai les personnes au courant de mes investigations. Les Nievas et Pablo – à quatre-vingts kilomètres et sans réseau – ils ne comptaient pas. Il restait donc Edith Godoy, Sergio Báez, mes parents et la directrice de la bibliothèque. Beaucoup trop, pensai-je. Il suffisait que l'un d'eux en parle avec un parent, que celui-ci le dise à un ami et lui-même à son voisin.
À ce stade, n'importe qui à Deseado pouvait avoir entendu dire où ce casse-pieds de Nahuel Donaire mettait mon nez. Et, évidemment, il y a quelqu'un à qui ça n'avait pas plu.
Mais qui ? Je pensai à la réaction de Sergio Báez quand je lui avais parlé de Fabiana Orquera. Peut-être avait-il peur que je découvre quelque chose qui incrimine son père. Après tout, il n'avait pas lu la lettre de NN qui mettait Raúl Báez hors de cause. Quoi qu'il en soit, c'était une chose que Sergio réagisse mal à mes questions, mais c'en était une autre, totalement différente, qu'il empoisonne mon chien pour m'envoyer un message mafieux. En vérité, j'avais du mal à y croire.

Je cherchai qui d'autre la révélation de la vérité pouvait déranger. NN, le véritable assassin disposé à confesser son crime par écrit, bien sûr que non. Mais un parent ? Ou peut-être un ami. Quelqu'un de proche qui, ignorant que NN désirait confesser le meurtre, voudrait garder intacte la mémoire d'un être cher ou de sa famille. Après tout, comme me l'avait dit Sergio Báez il y avait deux jours, dans une petite ville comme Puerto Deseado, nous avons tous une image publique que nous devons soigner.

L'idée me convenait. Il était probable que quelqu'un proche de NN ait assassiné mon chien. Somme toute, ce n'était pas la première fois que l'on me menaçait à cause de ce que j'écrivais. Mais cette fois ils étaient allés trop loin. Et quand j'aurai découvert qui avait fait ça, je n'allais pas me contenter de le démolir publiquement dans les colonnes de *El Orden*.

D'une ruade, je me levai du canapé et, le regard fixé sur le tas informe qu'était devenu Bongo, je serrai fortement le message dans ma main endolorie. J'étais décidé à arriver au fond de tout ça et à découvrir le lien entre l'assassin de Fabiana Orquera et celui de mon chien.

– Avec toi c'est personnel, fils de pute, dis-je en pensant au second.

À cet instant quelqu'un frappa à la porte. J'ouvris, et Sergio Báez entra chez moi.

30
SERGIO, NOUS ALLONS CAUSER UN MOMENT

Il portait le même costume et la même cravate que deux jours auparavant, mais avec une chemise de couleur plus sombre. Dans une de ses mains il tenait un attaché-case de cuir noir.
– Je viens te présenter mes excuses.
– À quel propos ?
Il me regarda étonné, comme s'il ne comprenait pas la question.
– À cause de la façon dont je t'ai traité avant-hier.
– Ah... c'est ça. Ne t'en fais pas. Je n'aurais pas dû débarquer dans ton bureau de cette façon.
– Je peux m'asseoir ?
– Bien sûr, entre. Je peux t'offrir quelque chose à boire ? Maté, thé, café ou un mauvais cognac ?
– Cognac.

De l'unique placard qu'il y avait dans la salle à manger, je sortis deux verres et une bouteille à moitié pleine. Je remplis les verres en tournant le dos à Báez. Quant à nouveau je lui fis face, avec un verre dans chaque main, l'avocat avait le regard fixé sur la couverture qui enveloppait le corps de Bongo.
– Et ça ?
– C'est mon chien. Ils l'ont empoisonné cette nuit.
Báez haussa les sourcils.
– Et tu as une idée du pourquoi ?
– Une menace à cause de ce que j'écris.
– Sur mon père ?
J'étudiai Báez durant une seconde sans pouvoir décider si ses questions étaient sincères ou non.
– Oui, l'histoire de Fabiana Orquera. Mais ça ne m'effraye pas. Au contraire, quand j'aurai découvert celui qui a fait ça, non

seulement je vais le massacrer dans un article, mais je vais le suspendre par les couilles.

— Si tu veux, je peux revenir plus tard.

Je lui fis signe que non et il y eut un silence gênant au cours duquel Sergio Báez but une gorgée de son cognac. À sa réaction, je compris qu'il en avait bu de meilleur.

— Qu'est-ce qui te fait penser que mon père n'y était pour rien.

Je notai une certaine complaisance dans sa question. Comme s'il m'était reconnaissant d'être du côté de son père.

— Je ne sais pas. Un pressentiment. Je mentais, mais c'était pour ne pas avoir à mentionner la lettre de NN.

— Bien-sûr, je ne peux pas être objectif car il s'agit de mon père, mais moi aussi, je suis certain qu'il est innocent.

— As-tu discuté du sujet avec lui ?

— Une seule fois. Le jour de mes dix-huit ans, il est venu me chercher à la maison tôt le matin pour m'emmener pêcher à Bahía Uruguay.

— Il était séparé de ta mère ?

L'avocat acquiesça.

— Ma mère l'a mis à la porte quand elle a tout appris, et ne lui a jamais pardonné. Elle lui a retiré tous ses privilèges, comme elle disait. Elle ne s'est même pas rendue au jugement.

Après la deuxième gorgée de cognac, il fit une autre grimace. Je goûtai le mien, il ne me parut pas si mauvais.

— Quoi qu'il en soit, le jour de mes dix-huit ans mon père est venu me chercher pour aller pêcher. Je me souviens même des appâts que nous avions pris : des calamars. Quand tous les deux nous eûmes mis nos lignes à l'eau, il s'assit sur les pierres à côté de moi et me dit : « Sergio, nous allons causer un moment ».

Une autre gorgée de cognac et un sourire nostalgique.

— Ce fut un moment de quatre heures. Nous avons parlé de tout. De sexe, de fonder une famille, de l'avenir. Jusqu'à ce jour je n'avais aucune idée de l'opinion de mon père sur ces sujets.

— Et sur le passé ? Sur Fabiana Orquera ?

— C'est moi qui ai lancé le sujet. Ne crois pas que ça m'a été facile, c'était totalement tabou. Quatre années avaient passé et je n'avais jamais entendu mon père faire référence à cette partie de sa vie.

Il dit cela en faisant un geste de la main, comme s'il coupait quelque chose avec le tranchant de la main.

– Mais ce jour-là, tout en pêchant à Bahía Uruguay, je vis clairement que si nous n'en parlions pas maintenant, jamais nous ne le ferions. Je m'armai donc de courage et l'interrogeai sur Fabiana Orquera.

L'homme me tendit son verre vide et je lui servis une autre dose.

– Il passa une demi-heure à essayer de se justifier d'avoir fait porter les cornes à maman. L'usure du couple, la passion qui s'en va, mais l'amour qui jamais ne disparaît, et toutes ces choses. Dès qu'il crut les explications suffisantes, il me raconta pas à pas comment s'était déroulée cette fin de semaine.

L'avocat me parla du coup qu'avait reçu son père par derrière, à Las Maras, et de son réveil, baignant dans le sang et sans une seule trace de sa maîtresse où que ce fût.

– Mais ça, tout le monde le sait, c'était dans le dossier, ajoutai-je.

Il acquiesça de la tête.

– Et je suppose que tu es aussi au courant de ce qui s'est passé avec l'autre jugement.

– Il y a eu un autre jugement ?

Báez fils esquissa un sourire fatigué.

– C'est quelque chose que j'aime expliquer à mes clients. Dans un patelin comme celui-ci, chaque jugement se divise en deux : ce que dit le juge et ce que disent les gens.

– Tu fais allusion à l'opinion populaire ?

– Exactement. Dans une petite ville comme Deseado, généralement ça se résume à un seul qualificatif : ce maigrichon de Debarnot a un problème avec le casino, Pepe Sánchez bat sa femme, Adriana Altamirano est plus facile que la table de deux, Marcelo Rosales était un gars normal avant d'aller aux Malouines, je continue ?

Ce n'était pas la peine, Sergio Báez avait raison. Dans ma tête à moi aussi, ces noms et ces descriptions allaient bien

ensemble.
— J'imagine que tu sais quel est le verdict de ce jugement pour mon père, non ?
Je gardai le silence, sans vouloir répondre.
— Raúl Báez est un assassin, dit l'avocat.
— Moi je t'ai déjà dit que je crois que ton père...
— Et je te crois. Mais je ne dis pas tout ça pour savoir ce que tu en penses. Je me réfère à l'inconscient collectif. Dans un patelin comme le nôtre, avec le temps, les opinions finissent par converger.

La voix de l'avocat avait changé de ton. Maintenant il parlait sur un rythme quasi professionnel. Comme s'il expliquait quelque méandre juridique à l'un de ses clients.
— Que veux-tu dire ?
— Il se passe quelque chose en ville. Prenons le cas de Fabiana Orquera par exemple. Le jour suivant il y a mille rumeurs différentes. Des gens racontant à d'autres gens ce qu'on leur a raconté. À mesure que le temps passe, certaines théories meurent et d'autres se renforcent. Chaque fois plus fortes, jusqu'à ce que l'une d'elle atteigne la masse critique, à ce moment-là il n'y a plus de retour en arrière possible. Tout le monde répète, sans en avoir la moindre putain d'idée, que Raúl Báez a tué une gamine dans cette estancia. À ce moment-là tu as perdu ce procès pour toujours.

En repassant dans ma tête tous les ragots dans lesquels j'avais été impliqué, je ne pus que donner entièrement raison à l'avocat.
— Le pire de tout, ajoutai-je, c'est que l'opinion qui finit par former le verdict de ce jugement parallèle dont tu parles, n'a souvent rien à voir avec la vérité.
— Si seulement il n'y avait que ça. Le pire de tout, Nahuel, c'est qu'ils sont si nombreux ceux qui causent, et tant convaincus, que même le plus incrédule commence à douter. Même celui qui s'efforce de ne pas y croire, finit par se demander pourquoi tout le monde dit la même chose.
— Tu ne m'as pas dit que tu étais sûr que ton père n'y était pour rien ? demandai-je.
— Maintenant je le suis, mais quand tu es un adolescent tu

es plus vulnérable. J'avais quatorze ans quand tout cela est arrivé. Au début je faisais le coup de poing avec quiconque insinuait quelque chose sur mon père. Mais avec le temps, j'ai commencé à avoir des doutes. Je doutais de mon propre père.
    – Et quand t'es-tu convaincu de l'innocence de ton père ?
    – Le jour de sa mort.
    – À cause de la façon dont il est mort ? l'interrogeai-je en me rappelant qu'il s'était pendu dans la remise de Las Maras.
    – Non. À cause de ça, et il posa sur ses genoux l'attaché-case de cuir noir.

31
CHER JUAN SANABRIA

Avec un geste perfectionné par les années, les pouces de Sergio Báez actionnèrent les serrures dorées de l'attaché-case qui s'ouvrirent avec un fort *clic*.

— Le jour de la veillée funèbre de mon père, un homme que je n'avais jamais vu de toute ma vie s'est approché pour me présenter ses condoléances. Puis en me donnant ça il m'a dit : « Au cas où quelqu'un voudrait salir le nom de ton père ».

L'avocat posa sur la table une grande enveloppe de papier marron qu'il poussa vers moi du bout des doigts.

Dans l'enveloppe je trouvai une douzaine de feuilles de papier. Je lis la première.

Puerto Deseado le 29 mars 1984
Cher Juan Sanabria,
Je ne sais si tu t'en souviens, mais une année s'est écoulée depuis la disparition de Fabiana Orquera. En tant qu'avocat je sais que, maintenant que le jugement a été rendu, tous ces papiers qui ont eu tant d'importance ces derniers mois vont finir comme nid à poussière dans un quelconque classeur d'archives.

Mais pour moi (et pour beaucoup d'autres) le doute demeurera à propos de ce qui s'est passé avec cette femme, et je ne cesse de me sentir responsable de sa disparition. C'est pour cela que je veux abuser de nos années d'amitié pour te demander, en tant que Commissaire en Chef de la Police Fédérale, de faire tout ce qui est en ton pouvoir pour que les recherches continuent le plus activement possible dans la limite de ce que tu peux faire et des moyens à ta disposition.

Sans plus, je te salue cordialement, et si tu recueilles quelques informations, si minimes soient-elles, je serais impatient de les connaître.

Très affectueusement depuis le sud.
Raúl Báez

Le second papier aussi était une lettre. En fait, tous l'étaient. J'en comptai dix. Je les lus l'une après l'autre. Toutes avaient été écrites en mars, une par an, et pour les deux dernières, Báez avait changé la machine à écrire pour une imprimante à jet d'encre. Quant au contenu, les dix étaient pratiquement toutes semblables : Báez demandant à son ami Juan Sanabria qu'il fasse que la police n'oublie pas le cas de Fabiana Orquera.

Quand je levai le regard en terminant la lecture de la dernière lettre, Sergio Báez observait son verre, vide pour la deuxième fois.

– Juan Sanabria était ami avec mon père depuis l'enfance, à Rosario. Et durant les dix années qui ont suivi la disparition de Fabiana Orquera, mon père lui a envoyé quasiment la même lettre chaque mois de mars. Tu comprends pourquoi je suis sûr qu'il est innocent ? Durant dix années il a demandé à la deuxième personne la plus importante de la Police Fédérale qu'elle fasse son possible pour retrouver Fabiana Orquera.

Je lui servis un autre cognac.

– La dernière lettre est plus ou moins de l'époque à laquelle mon père a abandonné l'étude sans même en informer ses clients. Époque à laquelle il s'est mis à boire et a perdu pied.

Cinq ans avant que, transformé en un vagabond crasseux et alcoolique, il ne se pende dans la remise de Las Maras le jour anniversaire de la disparition, pensai-je.

– Ces lettres n'ont aucune valeur légale, ajouta l'avocat. Et même si elles en avaient, maintenant mon père est mort et a été jugé innocent. Cependant, n'importe qui avec deux sous de jugeote se rend compte que mon père n'a rien à voir avec la disparition de cette femme.

– Bien sûr. Si ton père avait été coupable, que gagnait-il à envoyer ces lettres ?

– Je me suis souvent posé la question. Si mon père avait été coupable, le seul motif pour les écrire aurait été qu'elles sortent "accidentellement" à la lumière et ainsi améliorer son image publique. Mais, que je sache, il n'a jamais parlé de ces lettres à personne, et Juan Sanabria les a conservées jusqu'à ce qu'il me les rende le jour des funérailles, quand il m'a présenté ses condoléances.

Sergio Báez vida son verre en deux gorgées.

– Ce sont ces lettres qui m'ont enlevé tous les doutes. Mon père n'avait rien à voir avec tout ça.

Nous gardâmes tous les deux le silence pendant que Sergio Báez rangeait les papiers dans l'attaché-case.

32

LE PETIT PIANO

Le Cabezón Ferreira et moi avions fait les trois premières années du secondaire ensemble. Ensuite il avait redoublé et nous avions cessé de nous voir, mais étions restés en bons termes. Sauf les trois mois où j'étais sorti avec sa sœur.

Il partit à Río Gallegos et étudia pour être policier, mais maintenant cela faisait bien trois ou quatre ans qu'il avait troqué son pistolet pour un ordinateur et qu'il travaillait dans un bureau décrépit du commissariat de Deseado. Je me présentai ici-même en milieu de matinée, après la visite de Sergio Báez.

– Nahuel, qu'est-ce que tu deviens, mon petit père ? Comment vas-tu ? dit-il d'une voix pointue en me voyant entrer.

Quand il se leva de sa chaise pour faire le tour du bureau, je remarquai qu'il avait au moins dix kilos en plus depuis la dernière fois que je l'avais vu. Et maintenant il portait des lunettes. Il marcha jusqu'à moi en se balançant à chaque enjambée, me prit dans ses bras et me tapa dans le dos, comme si j'étais en train de m'étrangler.

En se décollant de moi, il prit un air grave. Il fit un pas en arrière et me regarda de haut en bas.

– Tu es dans un état lamentable ! dit-il. Que t'est-il arrivé ?

J'ouvris la bouche pour dire quelque chose, mais le Cabezón me devança.

– Ça y est, je sais, ne me dis rien. Les femmes, non ?

– Les femmes et les hommes à égalité.

– Sérieusement ? Ne me dis pas que tu marches à voile et à vapeur.

– Non, dis-je en riant. Ce sont des femmes et des hommes de sept ans qui prennent toute mon énergie. C'est pour cela que je suis, selon ton expression, dans un état lamentable.

Le Cabezón éclata de rire.

– Ne te plains pas. Tu sais ce que je donnerais, moi, pour avoir trois mois de vacances ? Entre. Assieds-toi.

De sa main ouverte il m'indiqua un tabouret en plastique en face de son bureau et je m'y assis, esquivant le commentaire sur les vacances ; c'était une bataille perdue d'avance. Il se laissa tomber de l'autre côté du bureau sur une chaise d'où s'échappaient des morceaux de mousse à travers les trous du revêtement.

– *Che*, as-tu pris ton petit-déjeuner ? me demanda-t-il en me montrant une tasse fumante sur laquelle on pouvait lire « Mon papa est le meilleur policier du monde ». Je peux t'offrir une infusion de maté et les croissants qui restent de ce matin.

Je déclinai l'offre.

– Que viens-tu faire par ici ? voulut-il savoir. Il sortit d'un tiroir un paquet avec le nom d'une boulangerie et s'enfila un croissant d'une seule bouchée.

– J'ai besoin d'un conseil de professionnel, Julio.

J'eus du mal à me souvenir de son véritable prénom. Pour moi, toute la vie il avait été le Cabezón. Au mieux, le Cabezón Ferreira. Mais, étant données les circonstances, il me parut approprié de l'appeler par son prénom.

– Tu t'es fourré dans une sale histoire ? demanda-t-il en crachant des miettes.

– Non, pas du tout. En réalité, plus qu'un conseil, c'est un doute que je veux lever, par curiosité.

Le Cabezón me regarda par-dessus ses lunettes en plastique et, tout en mastiquant, sourit à moitié.

– Encore plus de linge sale au soleil dans les colonnes de *El Orden*.

– Tu les lis ?

– Depuis le bordel que tu as fichu avec cette place qu'ils ont jouée au poker, je ne les manque plus. Pourtant je ne lis même pas ce qu'il y a d'écrit au dos des déodorants quand je suis en train de chier.

– Alors, c'est un honneur, dis-je en enlevant et en remettant un chapeau imaginaire.

– Et sur qu'elle affaire es-tu ? Raconte-moi.

– Il s'agit d'une histoire sur laquelle je travaille depuis un certain temps et que j'aimerais mettre par écrit un de ces jours, mais pas dans le journal. C'est quelque chose de plus important. Peut-être mon premier livre.

– Ah ! Et de quoi ça parle ?

– C'est compliqué. Je ne peux pas te raconter.

– Ah, non, mec, dit le Cabezón en se rejetant en arrière dans sa chaise. Sans questions, ce n'est plus le même prix. Deux bouteilles de vin rouge extra, au minimum.

– Si tu me sors de cette incertitude, plus que deux bouteilles, ce sont deux caisses entières que je t'offre. Peux-tu détecter des empreintes digitales sur un papier ?

– C'est compliqué, mais parfois c'est possible.

Je me redressai dans ma chaise.

– Même si beaucoup de temps a passé ? demandai-je en me rappelant le cas du comte anglais que j'avais vu à la télé.

– Honnêtement je n'en sais rien, mais je peux me renseigner. À Deseado nous n'avons personne qui relève les empreintes ni les analyse. Le plus près, c'est Caleta. Si l'échantillon est de petite taille, nous l'envoyons là-bas. S'il est plus gros, par exemple le mur d'une maison, alors ils viennent.

– Le mien est plutôt petit, dis-je en sortant les deux sachets en plastique contenant l'enveloppe et la demie page blanche que j'avais découpée dans la lettre de NN.

Sûrement qu'il y aurait plus de chance de trouver des empreintes si je lui donnais l'autre moitié, celle où NN avait écrit sa confession et indiqué la piste à suivre. Mais, pour le moment, cela me semblait le juste prix à payer pour garder l'histoire secrète.

– Tout cela est vieux, jugea-t-il.

Le Cabezón n'avait jamais été une sommité.

– Et toi, ce qui t'intéresse, ce sont les empreintes de celui qui a écrit ça ?

J'acquiesçai.

Tout en observant les sachets dans tous les sens, il aspira entre ses dents.

– Je ne sais pas s'ils pourront relever des empreintes aussi vieilles, *che*.

– Il y aura au moins les miennes, dis-je.
– Tu l'as beaucoup manipulée ?
– Un peu. Quand je l'ai trouvée je n'imaginais pas que j'aurais besoin de savoir qui avait écrit cette lettre.
– Quelle lettre ? Sur ce papier il n'y a rien.
– Si je te réponds, tu te retrouves avec deux caisses de vin en moins.

Le Cabezón rit doucement et avala une grosse gorgée de maté.

– Et avec qui veux-tu comparer les empreintes, en admettant qu'il y en ait ?
– Comment avec qui ? Avec personne. Je veux savoir de qui elles sont.

Le rire du policier résonna sur les murs du bureau.

– Ça c'est dans les films. Ils relèvent une empreinte, la rentrent dans l'ordinateur et au bout de quelques heures ils ont un suspect. Mais dans la réalité, il fit une pause pour montrer le plafond dont le plâtre s'écaillait, et encore plus dans *notre* réalité, les empreintes ne servent que pour les comparer avec celles de quelqu'un en particulier.

– Dans ce cas, je ne crois pas qu'il y ait un intérêt quelconque à faire ces analyses. Moi je n'ai aucun suspect.

– Pour le moment. Mais sois tranquille, il en apparaît toujours un. Écoute, j'ai un ami à la Scientifique de Caleta. Si tu veux, je lui envoie tout ça pour qu'il l'analyse. S'il n'y a que tes empreintes, pas de chance. Mais s'il y en a d'autres, au mieux dans quelque temps elles pourront te servir.

Ça me parut être une bonne idée. En fin de compte, je n'avais rien à perdre.

– Autre chose, ajouta-t-il en désignant les sachets en plastique. Tu n'as aucun attachement pour ces papiers, non ?

– Non, pourquoi ?

– Entre les produits chimiques et la poudre pour révéler les empreintes, ils vont être abîmés.

Ça ne m'inquiétait pas le moins du monde. J'avais des photos très nettes des deux côtés de l'enveloppe. Et si je devais à nouveau en avoir besoin, surtout du cachet de cire, cela me suffirait.

– Aucune importance, vas-y, Cabe..., Julio.

– Ne te laisse pas impressionner par ça, mec, dit le policier en montrant les barrettes dorées sur la poche de sa chemise.

– Un grand merci pour l'énorme service que tu me rends, Cabezón. Dans combien de temps penses-tu avoir les résultats ?

– Je croyais que tu n'avais personne avec qui comparer les empreintes ? demanda-t-il avec un sourire narquois.

– Je croyais qu'il en apparaissait toujours un ? répondis-je en prenant en compte tout ce qui s'était passé dans la semaine.

– Toujours. Pour ce qui est des analyses, ne t'en fais pas, ça va très vite, dit-il en faisant un geste de la main comme s'il donnait une succession de claques sur un cul imaginaire. Je me charge personnellement de dire à mon ami qu'il les passe en priorité. Dans deux ou trois jours maximum, nous aurons des nouvelles.

– Deux jours ? Sérieusement ? Et mes yeux allèrent directement au trou dans le papier peint, juste au-dessus de l'épaule du Cabezón.

Je m'étais fait à l'idée de devoir attendre au moins plusieurs semaines.

– Service express, mon petit père. La Scientifique est très différente... Le Cabezón dirigea l'index vers le haut et le fit tourner comme s'il s'agissait de l'antenne d'un radar.

– Alors, que la Scientifique de Caleta soit bénie.

Le policier rit et, du même tiroir d'où il avait sorti les croissants, il sortit un long papier avec une rangée de cases et une petite boîte métallique.

– Maintenant, je vais te faire jouer du petit piano, dit-il en me montrant les objets posés sur la table.

– Du quoi ?

– Toi, on voit bien que tu n'as jamais fait la moindre connerie. Donne-moi ta main.

Dans la boîte métallique il y avait un petit rouleau imbibé d'encre noire. Un par un, il me barbouilla les doigts et me les fit appuyer sur chaque case du papier.

Pour la première fois de ma vie, je jouai du petit piano.

33
DE RETOUR

Après ma visite au Cabezón je mangeai un morceau chez moi et, un peu avant trois heures, me préparai pour aller chercher Nina et rentrer à Las Maras. Je chargeai dans la Uno mon sac à dos avec des vêtements propres et la caisse contenant les partitions de Fabiana Orquera que m'avait données Edith Godoy. Pour finir, je ramassai le corps de Bongo enveloppé dans la couverture et le mis dans le coffre de la voiture.

Je le refermai et restai un moment silencieux. Mes mains, appuyées sur la lunette arrière, avaient encore quelques restes d'encre. Observant le bout de mes doigts, je me demandai pour la énième fois si je n'aurais pas dû laisser au Cabezón la lettre de menace qui avait accompagné l'assassinat de mon chien pour que, là aussi, il essaie de trouver des empreintes.

J'estimai avoir fait ce qu'il fallait et démarrai la voiture. L'éloge funéraire était trop bref, et la menace – *pour ton bien et celui des tiens* –, évidente. C'était une chose que le Cabezón ne pose pas de questions quand je le lui demandais, mais c'était une chose totalement différente qu'il ignore une menace écrite. Si je l'avais averti que moi ou quelqu'un de ma famille pourrait être en danger, le policier m'aurait mitraillé de questions.

Cinq minutes plus tard je me garai devant la porte de l'hôtel où j'avais laissé Nina trois jours auparavant.

En montant dans l'auto, l'espagnole répéta la même phrase trois fois de suite, espaçant un peu plus les mots à chaque fois.

– Quels fils de pute. Quels fils de pute. Quels fils de pute.

Sa prononciation, due à son accent espagnol, donnait encore plus de force à l'insulte.

– Ça résume assez bien ce que je pense. J'aimais énormément Bongo, dis-je en enclenchant la première.

— Qu'as-tu fait du corps ?
— Il est dans le coffre.
— Dans le coffre de la voiture ?
— Oui. J'ai décidé de l'enterrer à Las Maras. Après tout, il est né là et c'est aussi là qu'il pouvait courir tout à son aise.
— Si tu veux, je t'aide à l'enterrer, dit-elle, et elle posa sa main sur mon épaule droite.

La voiture tangua de droite à gauche sur l'asphalte de manière quasi imperceptible.
— Tu as des chiens ?
— Trois.
— Et qui s'en occupe ?
— Gerardo, mon fils. Il n'a que quelques années de moins que toi.

Paf ! La phrase me frappa comme un jet de pierre. Alors que je la regardais avec envie, elle, me comparait à son fils. Il y eut un silence dans la voiture, mais Nina parla juste avant qu'il ne devienne gênant.
— Pourquoi quelqu'un ferait-il ça à ton chien ?
— Sûrement pour me faire du mal à moi. Jamais Bongo n'a importuné qui que ce soit.
— Et toi, oui ?
— Tellement, qu'ils me l'ont fait savoir par écrit.
— Que veux-tu dire ?
— Parfois je mets le doigt sur la plaie avec ce que j'écris dans *El Orden*.

Durant les vingt kilomètres qui suivirent j'expliquai à Nina comment je m'étais fait un bon nombre d'ennemis en écrivant le fameux article sur « La place des autres jeux ».
— Ce n'était pas la première fois que je dérangeais quelqu'un avec mes articles, mais je n'avais encore jamais causé un tel remue-ménage, dis-je en conclusion.
— Et toi tu crois que ce qui est arrivé à Bongo pourrait être relié à cette place ?
— Au début je l'ai cru, mais ce matin j'ai reçu un mot qui me disait qu'ils l'avaient tué à cause de l'article que j'écris en ce moment.

– Ils t'ont menacé pour quelque chose que tu n'as pas encore publié ? Et comment ont-ils su sur quoi tu écris ?
– Pour écrire je dois enquêter. Et pour enquêter, parfois il faut poser des questions à droite et à gauche.
– Tu penses donc que c'est quelqu'un avec qui tu as parlé ?
– Pas nécessairement, les ragots se multiplient comme des lapins. Untel le raconte à Machin qui le raconte à Truc. Et il se trouve qu'à Truc ça ne lui plaît pas que j'écrive sur ce sujet, et il me le fait savoir en tuant mon chien. Mais moi je ne me laisse pas intimider. Au contraire, maintenant la seule chose que je veux c'est trouver celui qui a fait ça pour qu'on règle nos comptes.
– Et c'est la première fois qu'on te menace ?
– Non. Chaque fois que je touche à un thème sensible on promet de me casser les jambes ou de me faire perdre mon travail d'enseignant. Mais j'ai un antidote pour ça. La semaine suivante, je publie intégralement leurs menaces dans les pages du journal. Avec le nom et le prénom, si je sais de qui il s'agit.
– Je suppose que tu vas faire la même chose cette fois encore ?
Je niai de la tête.
– Le cas sur lequel je suis en train d'enquêter est trop important pour le peu d'espace que j'ai dans le journal. J'ai besoin de beaucoup plus de place pour traiter d'un tel sujet. De plus, ça fait longtemps que j'ai envie d'écrire un livre.
– Mais il peut se passer des semaines, voire des mois avant que tu ne le publies.
– C'est sûr. De toute façon, il est encore trop tôt pour que je décide quoi faire. Pour le moment je ne vais rien dire, mais si les choses se compliquent un peu plus, je ferai une déclaration publique dans le journal, comme toujours.
– Les fils de pute, dit-elle une fois encore, alors que la Uno abandonnait l'asphalte pour prendre la direction de Las Maras.
Nous voyageâmes un moment en silence. En arrivant à la première barrière à bétail, Nina prépara un maté.
– Je peux te demander quelque chose ? dis-je.
– Ce que tu veux.
– C'est vrai que tu as donné une certaine somme d'argent

pour restaurer la maison du télégraphiste à Cabo Blanco ?

– Oui, j'ai donné un peu d'argent. Et j'ai même aidé de mes propres mains pour la reconstruction. Je mets mes vêtements de travail et je peins, je ponce ou je fais ce qu'il y a à faire.

– Et pourquoi ?

– Tu le sais pourquoi. Je te l'ai dit l'autre jour quand tu es venu chercher le livre de visite à la Cabane. C'est le moins que je puisse faire pour mon endroit favori dans le monde, dit-elle en montrant la plate steppe stérile entre nous et l'horizon.

Cette femme me troublait. Si au lieu de vingt ans elle n'avait eu que dix ans de plus que moi, ça fait longtemps que j'aurais tenté ma chance. Mais le sage Carlucho me l'avait dit : Nina pourrait être ta mère. Cependant, ma mère ne parlait pas avec cet accent, pas plus qu'elle n'avait une telle poitrine, ni ne sortait courir tous les matins. Tout ça me faisait oublier, par moments, que c'était une veuve de presque cinquante piges.

34
PELLETÉES

En arrivant à Las Maras, je laissai Nina à la Cabane et parcourus en voiture les cinquante mètres qui me séparaient de la maison des Nievas. Du coffre je sortis mon sac à dos et la caisse en bois avec les partitions de Fabiana Orquera données par Edith Godoy. Ma main libre appuyée sur le hayon du coffre, je restai une seconde à regarder le corps de Bongo enveloppé dans sa couverture. Je refermai avec précaution et entrai dans la maison pour chercher une pelle.

Cela me prit une heure pour faire le trou dans le sol desséché et compact. J'y mis mon chien avec le jouet en cuir en forme d'os que je lui avais acheté pour Noël.

À chaque pelletée que je jetais sur le tas, la rage que j'avais au bord de l'estomac allait en augmentant. J'allais trouver le fils de pute qui avait tué mon chien et je me vengerais.

Quand j'eus fini de combler la fosse, j'avais décidé que la meilleure façon de trouver l'assassin de Bongo était de découvrir l'identité de NN. Et en connaissant l'assassin de Fabiana Orquera, j'aurais le premier indice pour arriver jusqu'à l'ordure qui avait empoisonné mon chien.

– Tu veux du maté ? dit une voix derrière moi.

C'était Valeria. Elle regardait fixement la terre que je venais de remuer.

Je déclinai l'offre et m'enfermai dans ma chambre.

35
VERS LE SUD

Je me réveillai en milieu de matinée après avoir dormi une quinzaine d'heures. En sortant de ma chambre pour aller aux toilettes, quelque chose me força à m'arrêter alors que je me trouvais entre la table et le poêle sans feu de la salle à manger. D'un endroit de la maison arrivait une musique lente aux notes trop nettes pour provenir d'une radio.

La mélodie me conduisit jusqu'à la cuisine. J'y trouvai Pablo, assis seul, avec dans les mains la guitare de la maison. Il avait les yeux fermés et ses doigts parcouraient les cordes faisant résonner les accords du *Printemps de Buenos Aires* de Piazzolla.

En entamant la mélodie triste, au milieu du tango, Pablo leva la tête et me vit debout à la porte de la cuisine. Sur un vigoureux pincement de cordes, les notes se turent.

– Tu es revenu, dit-il sans une once d'enthousiasme.

– Oui. Si je te donne une partition que tu n'as jamais vue auparavant, peux-tu la jouer ?

Pablo rit et secoua la tête.

– La dernière fois que nous nous sommes vus, tu as voulu m'étrangler, et maintenant tu me demandes de te jouer une chanson ?

– Écoute, Pablo, que penses-tu de laisser tout cela de côté ? Je crois qu'aucun des deux ne s'est comporté comme un adulte la dernière fois que nous nous sommes vus. Si je dois te demander pardon, je le fais.

– Très bien. Demande-moi pardon.

J'essayai de me calmer. De me convaincre qu'il me fallait faire ce que j'allais faire. Une fois, j'avais lu que l'une des plus valeureuses vertus d'un homme intelligent était de savoir se mettre son orgueil dans le cul. À quelques mots près.

– Pardonne-moi, dis-je.

J'espérais la réciprocité, mais Pablo se contenta d'acquiescer de la tête, satisfait.

– Une partition, tu me disais...

– Si je te donne une partition que tu n'as jamais vue auparavant, peux-tu la jouer ?

– Si c'est un morceau pour guitare et qu'il n'est pas trop difficile, sûrement. J'ai presque appris à jouer avant de savoir parler.

Réprimant l'envie de lui dire ce que j'en pensais, j'allai dans ma chambre. De la caisse que je venais de ranger dans l'armoire, je sortis la première partition. *Vers le sud*, la seule, parmi les compositions de Fabiana Orquera, qu'Edith Godoy avait osé écouter. Je cherchai dans mon sac à dos une gomme et fis disparaître de sous le titre le nom de la compositrice.

– La voici, dis-je en donnant la partition à Pablo à mon retour dans la cuisine.

Le fiancé de Valeria examina en silence les deux pages de papier à musique.

– D'où tu sors ça ?

– Je l'ai trouvée dans le garage l'autre jour. Tu as dû voir qu'il y a des cartons grands et petits que personne n'a ouverts depuis longtemps.

– Et toi, ça te plaît d'ouvrir des cartons que personne n'ouvre...

– À quoi fais-tu allusion ?

– À rien, dit Pablo en me montrant la paume d'une main. Puis il jeta un autre regard à la partition. Oui, c'est pour guitare.

– Tiens donc, répondis-je, feignant la surprise. Alors tu peux la jouer ?

– Ça ne semble pas trop difficile. On dirait du blues.

Ceci dit, Pablo posa la partition sur la table. J'étais à peine assis, que de la caisse de la guitare s'échappa, sûrement pour la première fois, un blues lent et triste.

Au rythme des accords de *Vers le sud*, mes yeux bougèrent jusqu'à se poser sur la fenêtre de la cuisine. À travers ces mêmes vitres, Raúl Báez avait vu pour la dernière fois Fabiana Orquera à l'extrémité de la rangée d'arbres. Je contemplai, trente ans après, la file de tamaris bercés par le vent. Peut-être la dernière image plaisante de la vie de Fabiana Orquera.

— C'est bien, dit Pablo tandis que le dernier accord résonnait encore. C'est simple mais ça me plaît.

Moi j'avais la chair de poule.

— Tu peux me dire quelque chose à propos du compositeur ? demandai-je.

— Comment pourrais-je te dire quoi que ce soit sur lui si la partition n'est même pas signée ?

— Je voulais dire à travers sa musique. De la même manière qu'un tableau parle du peintre. Toi, peux-tu me dire quelque chose de la personne qui a composé cette chanson ?

— Pour moi, toutes ces histoires, ce sont des conneries. C'est comme dire qu'un vin a une tonalité fruitée ou un arrière-goût de noisette ou ce genre de choses. Pour moi, un vin te plaît ou ne te plaît pas, point final. Et avec une chanson, c'est la même chose. Tu accroches, ou tu n'accroches pas.

Pour changer, une fois encore, Pablo et moi n'étions pas d'accord.

— Au moins, tu peux juger si celui qui a écrit ce morceau était un bon musicien. Ou là encore tu ne peux pas ?

— Pour ça, il n'y a aucun doute. C'était un musicien talentueux.

— Et si moi je commençais aujourd'hui la théorie et le solfège, combien de temps ça me prendrait pour composer quelque chose d'équivalent ?

Pablo rit.

— Ça dépend d'un tas de choses, mais surtout de ton talent et du temps que tu y consacres. Il s'agit d'une chanson complète pour guitare qui n'est pas mal du tout. Le type qui l'a écrite avait sûrement de nombreuses années d'étude à son actif.

Pas le type, la nana, pensai-je.

— Combien d'années, plus ou moins ?

— Comment veux-tu que je le sache. Plusieurs. Dix, pour te dire quelque chose.

Dix ans, je réfléchis : Fabiana Orquera avait vingt-trois ans

quand elle a disparu, donc si elle jouait de la guitare depuis une dizaine d'années, elle avait commencé à étudier quand elle était une petite fille.
– Qui a bien pu l'écrire ? demanda Pablo.
– Je me pose la même question.
– Tu n'as trouvé que cette partition ou il y en avait d'autres ?
– Il y en avait deux, mentis-je, sans pouvoir résister à la tentation d'écouter une autre œuvre de Fabiana Orquera, et je retournai dans ma chambre.

Dans la caisse en bois à la serrure forcée à coups de marteau par Edith Godoy, il y avait une cinquantaine de partitions. Mais comment en choisir une entre toutes ? Pour moi, elles avaient le même aspect ; des petits dessins sur des portées. Je les sortis toutes de la caisse et je commençai à les feuilleter une par une avec mon pouce.

Mais je me rendis vite compte que plus de la moitié n'étaient pas de ses compositions mais des œuvres classiques. Mozart, Bach et d'autres.

Il y avait quelque chose qui ne cadrait pas avec l'histoire de Fabiana Orquera. Il était très improbable qu'une femme qui est capable de jouer des sonates sur une guitare travaille comme concierge dans un collège. Pourquoi ne pas donner des cours de musique, par exemple ?

Un examen plus attentif des partitions me révéla que toutes celles qui étaient d'elle, étaient datées de 1982 ou début 1983. Fabiana Orquera les avait composées alors qu'elle était à Puerto Deseado, l'année précédant sa disparition.

J'avais examiné sept ou huit compositions quand j'arrivai à une œuvre nommée *Trois années*. À la différence des autres, sous le titre ne figurait pas le nom de Fabiana Orquera mais les initiales A.A. Cependant, la calligraphie était identique aux autres et elle était datée de janvier 1983. Deux mois avant sa disparition. Je regardai le titre des autres partitions. Toutes celles qui étaient écrites au crayon étaient signées par Fabiana Orquera, à l'exception de celle-ci.

Je mis de côté *Trois années*, me demandant ce qu'elle

pouvait avoir de spécial pour qu'elle l'ait signée A.A. En mettant les deux pages de partitions à l'écart, je découvris la réponse.

36
TROIS ANNÉES

Entre les pages de la partition, je trouvai un papier plié en deux. Quand je l'ouvris, il crissa au niveau du pli.

C'était une lettre à la calligraphie maladroite, écrite à l'encre bleue.

Montevideo, 11 décembre 1982

Chère Ada

Quelle grande joie de recevoir ta lettre. Quand ils m'ont apporté l'enveloppe, je suis restée un moment à la regarder, essayant de me souvenir si je connaissais une Fabiana Orquera. Je passai mentalement en revue mes amies d'enfance et mes camarades de collège, mais je ne parvins pas le moins du monde à ce que ce nom me dise quelque chose. Comme tu vois, je continue d'être une turée.

De tout cœur, je suis ravie de savoir que ta nouvelle vie (nouveau nom inclus) marche bien en Patagonie. Jusqu'à ce que je reçoive ta lettre, je n'avais jamais entendu parler de Puerto Deseado. En fait, avec un tel nom, je l'aurais plutôt imaginé dans les Caraïbes, avec tout le monde à poil et buvant des mojitos. Tu sais bien que je suis presque aussi bête qu'une ânesse.

Tu étais à peine partie qu'ils m'en ont mis une autre dans la cellule. Rien à voir avec toi : elle ne fait que se plaindre toute la journée. Et le comble : c'est une footeuse. Le dimanche si Peñarol gagne elle est plus ou moins aimable, mais s'il perd (ou fait match nul) ce n'est pas la peine de lui adresser la parole. En plus, celle-ci n'en a rien à foutre de bien se comporter : ils l'ont condamnée à perpétuité pour avoir tué deux policiers.

Eh, ma cocotte, tu sais ce qui me manque le plus de quand tu étais ici ? Ta musique. Ça fait presque neuf mois qu'ils t'ont relâchée et personne d'autre n'est venu demander la permission d'utiliser la guitare. Je te jure qu'il y a des jours où je préférerais écouter les cochonneries qui sonnaient si faux, que tu jouais au début, quand je me dis que je n'entendrai plus ta musique durant les six années qu'ils me restent ici. Tu te rappelles quand tu venais juste de commencer et que tu passais une heure à jouer les trois mêmes notes ? Je suis fière que tu aies fait quelque chose de productif durant les trois années que tu as passées ici. On ne peut rien y changer ; il y en a qui ont de la matière grise et d'autres non.

En parlant de ça, je n'ai jamais revu le curé qui venait te donner des leçons. Je ne sais pas s'il a pris sa retraite ou si ça ne l'intéresse pas d'apprendre la musique à une autre. Ou peut-être simplement que je ne l'ai pas vu. Tu sais bien qu'ici non plus on ne te laisse pas libre d'aller d'un côté et de l'autre.

Bon Ade... plutôt : mademoiselle Fabiana (ça me fait drôle de penser que tous les gens que tu connais maintenant t'appellent ainsi), je te souhaite le meilleur et j'espère qu'un de ces jours nous allons nous revoir. J'ai envie de discuter avec toi et aussi que tu me joues une chanson. Ce qui est sûr, le plus loin possible de ce trou.

Je t'embrasse très fort.
Paloma

Quand j'eus fini de lire, mon cœur battait à mille à l'heure. Presque involontairement je me mis à tourner autour du lit à grandes enjambées.

Pour commencer, la femme avec la chemise à carreaux et la jupe marron qui avait disparu de Las Maras, en réalité ne s'appelait pas Fabiana Orquera. Paloma la nommait Ade. Adela ? Adelina ? Cela concordait avec les initiales A.A. sur la partition. Quel que soit son vrai nom, il figurait sur les registres d'une prison de

Montevideo.

Et c'était en Uruguay qu'elle avait commis son crime, pensai-je. C'est alors que je compris. Jusqu'à maintenant, l'un des aspects du cas qui me satisfaisait le moins, c'était que jamais personne ne s'était présenté aux autorités pour réclamer Fabiana Orquera. Mais la lettre de la dénommée Paloma expliquait tout. Personne n'a signalé la disparition de Fabiana Orquera parce qu'elle n'a jamais existé.

En effet, il était possible que cette femme ne fût même pas d'Entre Ríos, mais d'Uruguay. Dans le sud de l'Argentine la majeure partie des gens aurait été incapable de faire la différence entre les accents d'un côté ou de l'autre du fleuve Uruguay.

Fabiana Orquera, ou quel que fût son véritable nom, avait changé celui-ci en même temps qu'elle avait changé de pays, après avoir passé trois années en prison. Pour moi, tout ça sentait trop la fuite. La lettre de sa camarade de cellule, datée de décembre 82, indiquait que Fabiana avait été libérée neuf mois avant. C'est-à-dire qu'elle avait déménagé à Puerto Deseado entre un et deux mois après avoir quitté la prison de Montevideo.

J'allumai mon appareil photo et cherchai la photo de Fabiana Orquera qui avait été publiée dans *El Orden*. Je considérai un instant la jeune fille aux longs cheveux raides en me demandant quel secret se cachait derrière le sourire avec lequel elle me regardait. Qu'avait fait cette ravissante jeune fille pour finir derrière les barreaux ? Et qu'a-t-elle fui en recouvrant la liberté ?

Deux coups à la porte de ma chambre interrompirent mes réflexions. Je rangeai la lettre et les partitions dans la caisse et la cachai sous le lit le plus vite que je pus. Le lit même où Fabiana Orquera, ou quel que soit son nom, avait dormi pour la dernière fois avant sa disparition.

– Oui, dis-je à voix haute.

La porte s'ouvrit et sur le seuil apparut Pablo, la guitare à la main.

– Et ?

– Je ne sais pas ce qui m'est arrivé. J'ai été pris de nausées et j'ai un peu mal à la tête, dis-je en me massant les tempes. Je vais rester couché un instant pour voir si ça passe.

Pablo me souhaita un bon rétablissement et repartit. Resté seul, je repensai à Fabiana Orquera dans sa prison à Montevideo et à tout ce que m'avait révélé la lettre de Paloma.

J'eus la sensation que dans peu de temps j'allais vraiment avoir mal à la tête.

37
À SOIXANTE-CINQ DE LA TOUR

Une heure plus tard, je montais les escaliers du rocher de Cabo Blanco avec mon sac à dos sur les épaules. J'avais mon appareil photo, un carnet, une bouteille d'eau et un petit couteau suisse de ceux qui ne servent à rien.

En laissant derrière moi la dernière marche en ciment, je m'attendais à ce que Tadeo, ou son camarade, celui que nous n'avions pas encore vu, sortent de la maison. Cependant, tout était aussi tranquille que s'il n'y avait eu personne.

Je m'assis au pied du phare pour me reposer, le dos appuyé contre le mur arrondi que quelqu'un avait bâti il y avait presque un siècle. Quand j'eus récupéré mon souffle, je mis ma main dans une poche du sac à dos et sortis le papier sur lequel j'avais noté le message trouvé sur le microfilm.

À SOIXANTE-CINQ DE LA TOUR. EN LA REGARDANT, VERS LE QUART DE N'IMPORTE QUELLE HEURE. TOUJOURS DANS LA DIRECTION DE L'EAU. NN.

Je me remis debout et fis le tour complet de la base du phare. J'en conclus qu'il n'y avait qu'une seule direction dans laquelle je pouvais parcourir soixante-cinq mètres : par où j'étais venu. Si je choisissais n'importe quelle autre direction, en moins de cinquante mètres je finissais précipité en bas de la falaise.

Je commençai à faire de longues enjambées par où je venais d'arriver, estimant que chacune représentait un mètre. Cependant, en arrivant au début de l'escalier je me rendis compte qu'il ne continuait pas en suivant la ligne droite qu'il y avait entre moi et le phare, mais qu'il s'orientait plus vers la droite.

En regardant les marches à mes pieds je me souvins que,

lorsque nous avions visité le lieu il y avait une semaine, Pablo en avait compté cent quatorze. Puis, quand nous avions grimpé l'escalier en colimaçon du phare, Tadeo nous avait dit qu'il y avait quatre-vingt-dix-huit marches. C'est alors que je me rendis compte que, sur ce site, l'unité de mesure la plus logique n'était ni le mètre ni la lieue.

J'entamai la descente par où je venais de monter, comptant une à une les marches en ciment.

Je m'arrêtai à la marche numéro soixante-cinq, qui était identique à la soixante-quatre ou à la soixante-six. Et probablement à toutes les autres.

Je jetai un coup d'œil à ma montre. Les aiguilles indiquaient dix heures moins vingt du matin. Je m'assis pour attendre qu'elles arrivent à dix heures et quart, comme le disait NN dans son message.

Je fus probablement la première personne à rester assise trente-cinq minutes sur cette marche. Peu avant dix heures et quart je sursautai et levai le poignet devant mon visage pour voir en même temps ma montre et le phare.

Quand l'heure exacte arriva, je regardai autour de moi cherchant n'importe quel type de signal. Une position particulière du soleil, par exemple. Comme dans les films. Mais il n'y eut rien de tout cela. La seule différence que je remarquai fut une forte rafale de vent qui faillit n'envoyer en bas de l'escalier.

Résigné, je me rassis sur la marche. Sans qu'il me vienne à l'esprit quoi que ce soit d'autre à faire, je lis une fois de plus le mot de NN.

À soixante-cinq de la tour. En la regardant, vers le quart de n'importe quelle heure.

Je regardai à nouveau la montre. Dix heures, quinze minutes, trente secondes et rien de spécial en vue. Il y avait quelque chose qui m'échappait. Quelque chose que je ne prenais pas en compte.

Toujours en direction de l'eau.

Cette dernière phrase n'aidait en rien. À l'exception de l'isthme, par lequel on accédait au cap, n'importe quelle direction se terminait dans l'eau.

– À soixante-cinq de la tour. En la regardant, au quart de n'importe quelle heure, répétai-je de mémoire.

Mais en baissant le regard pour relire la note, je découvris que je m'étais trompé sur un mot. Le papier ne disait pas *au quart* mais *vers le quart*. Qui disait *vers le quart* pour se référer à une heure ? Personne ne parlait ainsi.

Je me tournai alors vers le phare et observai ma montre : l'aiguille des minutes pointait vers ma droite.

Je regardai dans cette direction. À première vue, la roche volcanique était la même que n'importe où sur le rocher. Cependant, je notai une différence quasi imperceptible : à mes pieds, près de la marche soixante-cinq, naissait un alignement de plantes un peu moins marron et un peu plus vivaces que le reste de la maigre végétation du rocher. En les observant de plus près, je découvris que leurs racines s'enfonçaient dans une fissure de la roche. Une fissure par laquelle, certainement, s'infiltrait l'eau les rares fois où il pleuvait dans cette partie du monde.

Je commençai à marcher à côté de la rangée de plantes en m'éloignant de l'escalier. Trente ou quarante pas plus loin, la petite rainure dans la pierre s'était transformée en un couloir suffisamment large pour que je puisse sauter dedans. Je le fis, et le bord de la roche où l'instant d'avant je marchais m'arriva à la ceinture. Je continuai d'avancer dans la gorge qui s'incurvait un peu vers la droite, suivant le contour du cap.

Quand je pensai à regarder en arrière, je me rendis compte que le phare, l'escalier, la maison des gardiens et tout ce qui, à une certaine époque, avait été le village de Cabo Blanco étaient maintenant hors de ma vue. Et par conséquent, moi aussi j'étais hors de leur vue. D'ici, les seuls capables de m'observer étaient les loups de mer qui vivaient entassés sur une toute petite île à deux cents mètres de la côte.

Je continuai à descendre dans la fissure, *en direction de l'eau*. Il s'agissait maintenant d'un petit cañon qui commençait à serpenter de plus en plus, et moi je marchais de plus en plus vite.

Les recoins de la crevasse étaient quasiment identiques à ceux de Las Cuevas, l'endroit où nous avions rencontré la femelle puma et ses petits il y avait sept ans. Je continuai d'avancer en essayant d'éloigner de mon esprit l'image des brebis éventrées et, quelques jours après, le grognement rauque du puma défendant ses petits face à nos chiens. Même si les roches étaient semblables, tout cela s'était passé en un autre lieu. Sur le rocher de Cabo Blanco, le plus dangereux que l'on avait vu était un renard des Andes.

Je pressai le pas. La petite grotte, dont les murs faisaient maintenant le double de ma taille, descendait en une courbe vers la droite. Après l'avoir dépassée, je m'arrêtai brusquement.

Une roche de la taille de ma Fiat Uno m'empêchait d'aller plus loin. Elle était encastrée entre les deux parois, comme si elle était arrivée là après avoir roulé du haut du rocher il y avait des milliers d'années.

Elle était bloquée de telle manière qu'entre sa base et le sol ne restait qu'un espace de la dimension d'un ballon de football. Je me baissai et observai que de l'autre côté, le sol était éclairé. La gorge continuait et, si je voulais poursuivre, je devais escalader une paroi poreuse et rugueuse de trois mètres de hauteur.

Les cavités qui émaillaient la superficie de la paroi étaient presque toutes trop petites pour que je puisse y loger ne serait-ce que la pointe d'un pied. Malgré tout, je décidai de tenter le coup. Je calai comme je le pus un pied sur la paroi et tendis les bras vers le haut pour m'y accrocher avec les doigts des deux mains. Quand je m'arrachai du sol je sentis les bords coupant de la roche m'abîmer les doigts.

Je tâtai du pied resté en l'air jusqu'à trouver une saillie qui ne faisait pas plus de deux centimètres. J'y posai le pied et me poussai vers le haut, atteignant d'une main la partie supérieure de la roche qui obstruait le passage.

De l'autre côté, la roche était moins abrupte mais plus inégale. Elle descendait jusqu'à une espèce de terrasse à peine plus grande qu'un lit à deux places. D'un côté il y avait une petite grotte, de l'autre, vingt mètres de précipice se terminant dans l'océan qui se fracassait avec furie sur des îlots escarpés.

Je commençai à descendre à plat ventre sur la roche. Je bougeai mon pied dans le vide jusqu'à trouver une pierre en forme de coin encastrée dans une anfractuosité. Quand j'y appuyai tout le poids de mon corps, elle céda, et mes doigts furent incapables de supporter la douleur due à la pierre tranchante.

Je glissai les trois mètres en me râpant contre la roche pour finir étalé de tout mon long sur la petite terrasse, si proche du précipice qu'un de mes bras se retrouva pendant dans le vide.

Je me mis debout tout en essayant de ne pas regarder vers le bas, et immédiatement je perçus une intense brûlure au niveau de la cuisse droite. J'avais une déchirure d'environ vingt centimètres sur mon pantalon qui laissait voir entre les bouts de fils une profonde coupure dans la chair. Dès le premier pas, je ressentis une douleur aiguë et un flot de sang tiède colla le tissu à la peau.

Voir le sang diffuser me provoqua une légère nausée et je décidai qu'il serait plus prudent de m'éloigner du précipice. Il y avait un seul endroit où aller : la grotte.

J'y entrai avec précaution. Comme la plupart des grottes du coin, elle n'était pas très profonde. Et en six ou sept enjambées de boiteux, j'étais au fond. Je m'assis sur le sol, le dos appuyé contre la roche, pour reprendre un peu mon souffle.

Le sang continuait à couler de l'entaille. J'essayai de me détendre puis, avec la lame émoussée du petit couteau qui se trouvait dans mon sac à dos, je découpai le pantalon quelques centimètres au-dessus de la blessure. J'improvisai un bandage avec la toile et me relevai doucement, soulagé de voir que je pouvais supporter mon propre poids.

Quand je levai le regard, quelque chose attira mon attention. Au-dessus de l'entrée de la grotte, posée sur une saillie de la roche, se trouvait une espèce de vase en terre qui me sembla familier. Il était de deux couleurs : blanc de la base jusqu'à un peu au-dessus du milieu, puis marron jusqu'en haut.

Ignorant la douleur, je m'approchai et reconnus une bouteille de whisky Ye Monks, un écossais très populaire en Argentine, surtout dans les années 80.

La bouteille était si jolie que beaucoup de gens la gardaient chez eux comme objet décoratif. Mon père, sans aller plus loin, en gardait une dans le buffet de la salle à manger. Et à Las Maras, il y en avait une dans la cuisine et trois ou quatre accumulant la poussière, dans le garage. Je me rappelais parfaitement tous les détails de la bouteille de Ye Monks : les deux couleurs de la céramique, les lettres exotiques de l'étiquette et le bouchon de bois poli attaché par un cordon à un cachet de cire rouge représentant le visage d'un moine tenant une coupe.

Je me demandai comment cette bouteille avait fini dans cette grotte au milieu de nulle part. Sur la pointe des pieds, j'allongeai le bras autant que je le pus, tout en lâchant un grognement de douleur. Je l'effleurai du bout des doigts, mais je ne parvins qu'à la déplacer de quelques centimètres sur un côté. Je m'étirai à nouveau, et une fois encore la touchai, mais avec plus de malchance. La bouteille tangua sur son piédestal et, une seconde plus tard, le bruit de la céramique éclatant en mille morceaux résonna dans la grotte.

Parmi les morceaux je distinguai un papier enroulé. J'aurais parié ma Fiat Uno sur la signature de celui qui l'avait écrit.

38
TU VOUDRAS SAVOIR QUI JE SUIS

En m'accroupissant pour récupérer le petit rouleau de papier au milieu des éclats de céramique, je sentis un élancement dans la cuisse. J'y jetai un coup d'œil et vis que le sang avait collé sur la blessure les fils du tissu déchiré. Le plus prudent serait de mettre le papier dans le sac à dos et de rentrer à Las Maras pour désinfecter la plaie le plus tôt possible.

Mais, la curiosité fut la plus forte. Surtout quand je remarquai que sur le cachet de cire rouge qui reliait le bouchon à un morceau de bouteille il n'y avait pas un moine avec une coupe, mais un cercle de points entourant deux lignes parallèles.

M'appuyant un peu contre la roche, je déroulai le papier et reconnus l'écriture de NN.

Novembre 1998

Arrivé là, tu voudras savoir qui je suis, et tu le mérites.

Je suis le rival de celui que tous accusent, et mon seul objectif a été de l'écarter de la partie. L'histoire serait différente si je ne l'avais pas fait.

Et même si ce ne fut pas de mes propres mains, à une époque comme celle-ci il y en eut beaucoup disposées à m'aider, logiquement j'ai utilisé la plus forte. Mais ce sont des détails qui ne devraient intéresser personne.

Quant à elle, pour la trouver il suffit de commencer par l'étoile invisible. Celle qui complète le plus grand triangle (2322221).
NN

Il n'y avait aucun nom ni références concrètes sur la carte. Quelqu'un qui serait tombé par hasard sur le contenu de la bouteille, sans savoir ce que je savais, aurait été incapable de déchiffrer le message. Mais moi j'avais fait mes devoirs et, sachant que la lettre était liée à Fabiana Orquera, sa signification m'était évidente. L'innocent que tout le monde accusait, c'était Raúl Báez, à qui la ville n'a jamais pardonné la disparition de Fabiana Orquera.

Quant à l'identité de NN, dans la lettre, celui-ci s'auto-définit comme le *rival*. Pas l'ennemi, mais le rival. Un rival avec de nombreuses mains disposées à l'aider à une époque comme celle-là. L'époque des élections, pensai-je, où chaque candidat a un cortège de "joueurs-de-grosse-caisse" prêts à tout contre la promesse d'empocher une adjudication dans un plan pour l'habitat, un terrain ou un poste à la municipalité.

Si mon interprétation était correcte, Ceferino Belcastro, le rival politique de Báez durant les élections de 83, avait fait disparaître Fabiana Orquera. L'absence de corps l'assurait d'un jugement qui se prolongerait jusqu'après les élections, laissant Báez complètement hors-jeu, même si celui-ci ne se décidait pas à renoncer à sa candidature, ce qu'il fit.

De plus, la lettre que je venais de trouver prouvait que j'étais un imbécile. En tombant sur la première, sous la commode, je m'étais convaincu que des politiciens de bas étage comme Belcastro étaient incapables de rayer une personne de la carte en vue de gagner une élection. J'avais cru qu'ils avaient des limites. Corrompus, infréquentables et habitués au copinage, ça oui. Mais pas des assassins.

Je m'étais trompé. Ces lettres, qu'un an et demi avant de mourir Belcastro avait décidé d'écrire pour se confesser, le démontraient.

Cependant, le rival de Báez n'avait pas tué Fabiana Orquera « de ses propres mains », mais en avait donné l'ordre. De fait, il admettait que quelqu'un comme lui – un candidat en période d'élections – avait de nombreuses mains disposées à l'aider. Apparemment, jusqu'au point de tuer une personne.

Le fait que NN mentionne l'auteur matériel du crime

donnait un sens au mot que j'avais reçu le lendemain de l'empoisonnement de Bongo. Jusqu'à présent j'avais écarté l'idée que ce fût l'assassin de Fabiana Orquera qui m'avait menacé, parce que je le supposais mort et parce qu'il avait voulu confesser le crime dans ses lettres. Cependant, Fabiana Orquera n'avait pas été tuée par une seule personne, mais par deux. L'une d'elle avait donné l'ordre et l'autre l'avait exécuté.

L'auteur moral, Ceferino Belcastro, a voulu se confesser avant de mourir en laissant les lettres signées NN. D'un autre côté, l'auteur matériel, de qui j'espérais rapidement découvrir le nom, s'était senti menacé en apprenant que quelqu'un pouvait mettre au jour le secret qu'il avait réussi à cacher durant presque trente ans. De plus, le message mafieux qu'il m'avait laissé à propos de Bongo collait parfaitement avec le *modus operandi* d'un homme de main prêt à effacer une personne de la surface de la terre.

Je pressai la lettre contre ma poitrine ensanglantée puis la relus, me demandant à quoi il faisait allusion quand il écrivait que pour la trouver il suffisait de commencer par l'étoile invisible qui complète le plus grand triangle.

Immédiatement une idée me vint à l'esprit.

Je ramassai le morceau de bouteille sur lequel était collé le cachet de NN. En l'observant je découvris qu'il n'était pas exactement semblable à celui de la première lettre. Sur le cachet que je tenais en ce moment dans mes mains, tous les points du cercle étaient à la même distance les uns des autres. Une autre manière de s'assurer que le message ne servirait qu'à celui qui avait trouvé la première lettre.

Je sortis l'appareil photo de mon sac à dos et regardai sur l'écran l'image du premier cachet de cire qui était maintenant entre les mains du Cabezón Ferreira, ou celles de son ami de la Police Scientifique de Caleta. Arrivé là, je supposai qu'il fallait commencer par lire le message en morse. Quant au nombre 2322221, j'imaginai que je saurais comment l'interpréter une fois le message déchiffré.

Appuyant la tête contre la roche, je souris malgré la douleur. Maintenant je savais qui avait tué Fabiana Orquera, et quand je retournerai à Las Maras, probablement que je comprendrai où elle était enterrée. Tout cela résolvait une grande partie de l'énigme, bien que je ne comprenne toujours pas pourquoi tant de mystère. Si Ceferino Belcastro était disposé à confesser ce qu'il avait fait – ou ordonné de faire –, pourquoi avait-il écrit une série de lettres signées NN ? Cela continuait à n'avoir aucun sens.

La douleur dans la cuisse empirait et le sang imbibait de plus en plus le tissu de mon bandage improvisé. Je dois rentrer, me dis-je. Je me remis debout en m'appuyant sur la paroi rocheuse.

Je fis un pas et un élancement dans la blessure me fit voir mille étoiles. Je continuai d'avancer jusqu'à l'entrée de la grotte, la douleur m'obligeant à fermer les yeux à chaque pas. Ensuite, je ne sais pas où je trouvai les forces, je réussis à mettre un pied sur le rocher pour refaire en sens inverse le chemin jusqu'à l'escalier.

Même si j'allais mettre un bon moment pour arriver jusqu'à la Uno, stationnée sous le promontoire rocheux, cela me laisserait suffisamment de temps pour réfléchir à une explication au sujet de ma jambe en lambeaux avant d'arriver à Las Maras.

39
L'ÉTOILE INVISIBLE

Une heure plus tard, j'ouvris la porte de la maison de Las Maras aussi lentement que je le pus. Je souris en trouvant la salle à manger vide. Les voix atténuées de Carlucho et Valeria m'arrivaient de la cuisine.

Endurant la douleur qui se déclenchait à chacun de mes pas, j'entrai dans ma chambre avec l'intention de changer de pantalon, du moins ce qu'il en restait, et d'enlever le bandage imbibé de sang.

Mais en m'asseyant face au miroir de la commode, quasi instinctivement j'ouvris le tiroir où j'avais rangé l'alphabet morse que Tadeo m'avait dicté dans la maison du phare. Je tirai l'appareil photo du sac à dos et, observant l'image du cachet de cire, je réussis à découvrir, sur la droite du cercle, la troisième étoile qui formerait avec les deux autres le plus grand triangle.

Si je débutais dans le sens des aiguilles d'une montre, le message commençait par six traits consécutifs. Durant un instant je pensai me retrouver avec le problème de ne pas savoir où se termine une lettre et où elle commence, mais je me rendis vite compte que les chiffres du nombre 2322221, qu'avait noté NN dans sa dernière lettre, étaient tous inférieurs à quatre. Et les lettres de l'alphabet morse étaient toutes composées de groupes de un à quatre symboles.

J'interprétai chaque chiffre comme le nombre de symboles qui composaient chaque caractère. Donc, j'écrivis dans mon carnet la lettre correspondant aux deux premiers traits : un M. ensuite celle correspondant aux trois traits suivant : un O. les deux qui suivaient : un N. Puis encore un N. Etc...

Je lus le mot ainsi formé sur mon carnet.
MONNAIE.

– Monnaie, dis-je à voix haute.

Je souris en comprenant tout. Ignorant la douleur dans la cuisse, je me relevai d'un bond.

Je venais de trouver Fabiana Orquera.

40
LA MONNAIE

Euphorique d'avoir déchiffré le message, j'ouvris la porte de ma chambre pour entrer dans la salle à manger. J'entendis un cri suivi du bruit d'une assiette volant en éclats sur le sol.

C'était Dolores.

– Nahuel, mon Dieu, que t'est-il arrivé ? me demanda-t-elle en regardant ma jambe.

Alertés par le cri, Carlucho et Valeria arrivèrent de la cuisine en courant.

Je les regardai tous les trois et leur adressai un sourire espiègle, essayant de contenir la grimace de douleur qui cherchait à apparaître. Sous le coup de l'émotion, j'avais oublié la blessure et aussi de changer de pantalon.

– Ah, ça ? dis-je tout en faisant claquer ma langue et en montrant ma cuisse couverte de sang. Ce qui m'est arrivé, c'est que je n'ai toujours pas retenu la leçon. Je suis allé à Cabo Blanco pour photographier les loups marins, et en grimpant sur un rocher je suis tombé.

– Eh ! mon petit, dit Dolores, c'est pire que quand tu étais gamin. Carlucho, aide-le pour qu'il marche jusqu'à la cuisine, la trousse à pharmacie est là-bas.

– Ce n'est pas la peine, je peux marcher tout seul.

Ignorant ce que je venais de dire, Carlucho attrapa mon poignet et mit mon bras gauche sur ses épaules. Il ne me lâcha pas avant que je sois assis dans la cuisine. Dolores sortit d'une armoire une énorme caisse en bois entièrement peinte en blanc avec une croix rouge sur le couvercle.

Je regardai par la fenêtre. Agenouillé par terre, Pablo soufflait au mauvais endroit sur du petit bois qui fumait à peine. Il était meilleur pour la guitare que pour les grillades.

— Carlucho, demandai-je tout en esquissant un geste de douleur quand Dolores m'appliqua une compresse de gaze imbibée de désinfectant sur la blessure. Tu te souviens du jour où j'ai trouvé la pièce de monnaie dans la saline ?

— Houlà, ça fait des années, mais évidemment que je m'en souviens. Pourquoi ?

— Et maintenant, elle est où cette pièce ?

Sans attendre la réponse de son père, Valeria vida sur la table le contenu d'une boîte d'herbe à maté de la marque Taragüi qui était posée sur le réfrigérateur d'aussi loin que je souvienne. Dans la petite montagne d'objets je distinguai des crayons, un chapelet, des épingles à cheveux, une clef bien trop grande pour n'importe quelle serrure de la maison et des pièces de monnaie. Beaucoup de pièces.

Certaines avaient encore cours, mais la plupart dataient d'époques antérieures : des australes, des vieux pesos, des pesos *ley*, des très très vieux pesos. Toutes les débâcles politiques et économiques du pays étaient représentées dans cette boîte.

Je n'eus aucune difficulté à trouver celle que je cherchais. *Ma* pièce. Je la pris un instant entre le pouce et l'index, pour regarder les deux côtés.

— C'est bon. Maintenant plus personne ne peut éteindre ce feu, commenta Pablo en entrant dans la cuisine.

— Regarde ça, *Mister* Feu, dit Valeria, m'arrachant la pièce des mains pour la tendre à Pablo. Sûr que celle-ci tu ne la connais pas.

Pablo la posa sur la paume de sa main crasseuse et l'observa durant un moment, hochant affirmativement la tête de temps en temps. Puis il la porta à la hauteur de ses yeux pour l'examiner en la tenant entre le pouce et l'index.

— GRANDES SALINAS[4], CABO BLANCO, S. CRUZ, lut-il à haute voix et il fit une pause le temps de retourner la pièce. L. PARMEGGIANI ET CIE. 20.

— Lucio Parmeggiani et compagnie était l'entreprise qui exploitait les salines, expliqua Carlucho. Elle payait en partie ses

---

4   - GRANDES SALINES

employés avec cette monnaie qui pouvait être dépensée dans le magasin *Ramos Generales* de Cabo Blanco.

– Qui, évidemment, appartenait à la même entreprise, ajouta Dolores.

– C'est Nahuel qui l'a trouvée quand il était petit, un jour où nous étions allés chasser.

– Je peux la garder pour ma collection ? demanda Pablo.

– Ce n'est pas à moi qu'il faut demander, elle appartient à Nahuel.

– Mais ça fait mille ans qu'elle est abandonnée au fond de cette boîte, intervint Valeria.

Pablo se tourna vers moi et, levant haut la pièce, renouvela sa question sans ouvrir la bouche.

Logiquement j'aurais dû lui répondre que oui. En fin de compte, Valeria avait raison : j'avais trouvé cette pièce il y avait des années, pour ensuite l'oublier dans le fond de cette boîte de maté. Qui plus est, la lui donner aurait été une bonne manière de signer la paix.

À n'importe quel autre moment je l'aurais fait, mais pas ce jour-là.

– C'est que pour moi elle a une valeur spéciale, dis-je en tendant la main pour qu'il me la rende.

– Et ce n'est pas comme si c'était la seule qu'il y ait dans la maison, dit Dolores tout en finissant de coller avec du ruban adhésif une compresse sur ma blessure. J'en ai au moins trois autres.

Elle se perdit dans le couloir qui donnait sur le reste de la maison et, peu de temps après, revint avec une petite caisse en bois dont elle vida le contenu sur la table. Un autre tas de petits objets, en majorité des bagues et des bracelets de métal noirci.

– Regarde, ici il y en a une autre, dit-elle en remuant le nouveau monticule avec les doigts. Et une autre.

Elle chercha un peu plus.

– Je pensais qu'il y en avait plus dans cette caisse. Mais bon, il y en a quand même deux, Pablo.

– Merci beaucoup, Dolores. En plus, celles-ci sont mieux conservées que celle de Nahuel.

– Près de la saline il est habituel d'en trouver un grand nombre, intervint Carlucho, mais le sel les ronge tellement que le relief reste impossible à distinguer.

– Oui, mais dans un coin de la maison nous en avons une qui est toute neuve, ajouta son épouse qui continuait à fouiller dans les deux tas de petite camelote. Si on la retrouve, je te la donne.

Après que Pablo l'eût encore une fois remerciée, Dolores attrapa un balai et se rendit à la salle à manger pour ramasser les morceaux de vaisselle qui étaient restés éparpillés sur le sol. Valeria la suivit avec une nouvelle pile d'assiettes afin de mettre la table.

– On dirait qu'il y avait bien quelqu'un pour éteindre ton feu, dit Carlucho en montrant par-delà la fenêtre.

Le tas de bois ne laissait même plus échapper un filet de fumée.

Tous deux partirent le rallumer, quant à moi je restai seul dans la cuisine, un énorme pansement de gaze sur la cuisse et la pièce de monnaie de la saline tournant entre mes doigts.

Je l'observai avec attention. Les mots GRANDES SALINAS CABO BLANCO formaient un cercle. Les deux premiers en haut et les deux autres en bas, séparés par deux astérisques, ou plus exactement deux étoiles. En allant vers le centre, un cercle de points entourait deux lignes parallèles à l'intérieur desquelles on pouvait lire S.CRUZ, le nom de la province où se trouvaient Deseado, Cabo Blanco et la saline.

Clopin-clopant, je me rendis à ma chambre et comparai la pièce avec l'image du cachet de cire de la première lettre que Ceferino Belcastro avait signée NN.

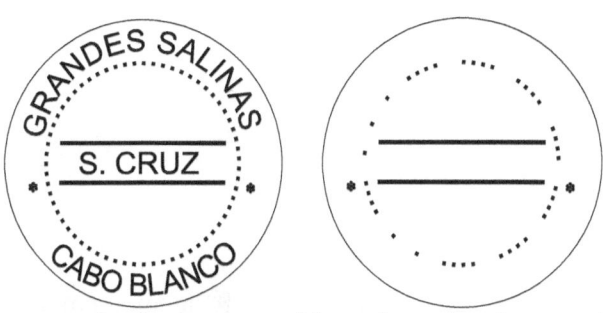

Je compris alors pourquoi le cachet m'avait paru si familier le jour où j'avais trouvé l'enveloppe dépassant de sous la commode. Comme sceau, NN avait utilisé une pièce identique à celle que je tenais en ce moment et à laquelle il avait limé les lettres et quelques points du cercle pour former le message en morse.

Dans sa dernière lettre, celle qui m'avait coûté l'entaille sur la jambe, Ceferino Belcastro insinuait que pour trouver Fabiana Orquera, il fallait déchiffrer le message sur le cachet de cire. Je l'avais fait, et ça m'avait mené à la pièce que je soupesais en ce moment dans ma main.

Fabiana Orquera était enterrée dans la saline de Cabo Blanco.

41
LA BLESSURE

J'attendais depuis le milieu de journée le moment où Carlucho arrêterait le générateur et où tout le monde irait se coucher. Je souris en me retrouvant seul dans l'obscurité à regarder le feu qui brûlait depuis un certain temps. D'après la radio, la température maximale avait baissé de dix degrés en deux jours.

Je bourrai le poêle de bois – je soupçonnais que la nuit serait longue – et boitai jusqu'à ma chambre pour récupérer mon sac à dos, un paquet de bougies et un cendrier. À chaque pas, une douleur aiguë me traversait la jambe du genou jusqu'à l'aine.

Je me réjouis doublement en m'asseyant de nouveau dans la salle à manger. Près du poêle j'étais bien mieux que dans ma chambre qui ressemblait plus à une glacière, et ma jambe m'était reconnaissante de ne plus marcher.

J'allumai quatre bougies et les collai dans le cendrier. Puis je sortis du sac la lettre de NN, celle que j'avais trouvée dans la grotte de Cabo Blanco. Je la relus deux fois, à la lumière des bougies, et me concentrai sur la dernière phrase.

Quant à elle, pour la trouver il suffit de commencer par l'étoile invisible.

Et je l'avais fait. Cette étoile m'avait conduit au mot monnaie, et ce mot à découvrir le sceau que Ceferino Belcastro avait utilisé pour sceller sa première lettre. De la poche de mon pantalon je sortis la pièce de monnaie trouvée dans la saline. Fabiana Orquera devait être enterrée dans quelque coin de cette immense étendue de sel. Mais où ?

Je fis tourner la pièce sur la table. Quand elle s'arrêta, j'avais déjà sorti de mon sac « Cabo Blanco : histoire d'un village disparu », de Carlos Santos.

Je tournai les pages jusqu'à trouver une carte de la saline.

Superposés à celle-ci il y avait quatre petits carrés qui correspondaient à la superficie que Lucio Parmeggiani et compagnie, ceux-là même qui avaient frappé la monnaie, avaient exploitée durant la première moitié du vingtième siècle.

Cela représentait quatre kilomètres carrés, à peine le tiers de la surface totale de la saline. Je me demandais où j'allais bien pouvoir commencer à chercher.

– Tu ne vas pas te coucher ? me fit sursauter une voix.

Valeria était debout de l'autre côté de la table. Elle portait une chemise de nuit que je ne lui connaissais pas : longue, en coton, avec dessus des images de Minnie. Je me demandai depuis combien de temps elle était là.

– Je n'ai pas sommeil.

– Moi non plus, répondit-elle en s'approchant du poêle.

Elle prit une des chaises autour de la table et s'assit à côté de moi.

– Qu'est-ce que tu fais ? dit-elle en montrant le livre avec son index.

– Rien, je lis.

– Et comment va l'article sur Fabiana Orquera ? demanda-t-elle comme si c'était la première chose qui lui fût venue à l'esprit.

– J'avance petit à petit, mais tu sais bien comment ça se passe. Il faut parler avec des gens, lire des archives, certains disent une chose, d'autres une autre. La majorité des gens est convaincue que c'est Báez qui a tué Fabiana Orquera, et cela rend les choses plus compliquées.

– Si c'était un cas facile, il ne serait pas resté trente ans sans être résolu. N'est-ce pas justement parce qu'il est difficile qu'il est intéressant ?

Le mot intéressant ne me rendait pas justice, pensai-je. Non seulement je venais de découvrir qui avait tué Fabiana Orquera, mais en plus je savais que ce n'était pas son vrai nom et que c'est sûrement pour cela que personne n'avait signalé sa disparition. En outre, avec un peu de chance, je trouverais son corps enfoui dans le sel. Mais ce n'était pas encore le moment de parler de ça avec qui que ce soit. Pas même avec Valeria.

– Tu as raison, me limitai-je à répondre.

Illuminée par l'éclat des bougies, je vis que l'expression sur son visage était un mélange de tendresse et de peine. Elle déplaça sa chaise jusqu'à pratiquement toucher la mienne.

– Ne te décourage pas, Nahu. Je sais que, persévérant comme tu l'es, tu finiras par trouver quelque chose au milieu de tout ça.

Puis elle accentua un peu son sourire et, de toutes les parties de mon corps où elle aurait pu me donner une tape d'encouragement, elle choisit ma cuisse gauche.

Je fis un mouvement involontaire de la jambe et ne pus réprimer un gémissement de douleur.

– Qu'est-ce qu'il t'... ? Oh, *sorry*, j'avais oublié. Pardon, Nahu, je ne me suis pas rendue compte.

– Ce n'est rien.

– Nahuel, tu saignes.

Je vis une grosse tache rouge en train de diffuser à travers le tissu de mon pyjama.

– Ah, ça, ce n'est rien. La blessure a dû un peu se rouvrir.

– Un peu ? Une tache de cette taille, ce n'est pas rien. Enlève ton pantalon que je change la gaze.

Sans me laisser le temps de répondre, elle attrapa une bougie et disparut dans l'obscurité de la maison, en direction de la cuisine. Je l'entendis ouvrir la porte d'un placard puis revenir avec la boîte à pharmacie en bois.

– Qu'est-ce que tu attends ? Enlève ton pantalon.

– Ce n'est rien Valeria. Laisse-moi me désinfecter seul.

– Non monsieur. Qui a passé six années à étudier l'art vétérinaire ? *Me*. Et même si je n'ai pas le diplôme, je suis la plus indiquée dans cette maison pour soigner un animal blessé.

J'éclatai de rire le plus silencieusement possible.

– Ça te gêne ?

– Qu'est-ce qui va me gêner ! Ce qu'il y a là, tu le connais par cœur. C'est juste que je ne comprends pas autant d'insistance pour me voir en caleçon. N'importe qui dirait que tu as envie.

Valeria me frappa l'épaule de son poing.

– Comme vous savez commander, mademoiselle Valeria.

J'enlevai mon pantalon et le posai sur la table. Valeria ôta le pansement gorgé de sang et commença à nettoyer la plaie avec une compresse imbibée d'antiseptique.

– Ne fais pas ta chochotte, répéta-t-elle plusieurs fois quand j'aspirais bruyamment l'air entre mes dents à chaque contact de la compresse trempée avec la plaie.

À un moment, elle introduisit trop profondément la compresse dans la blessure et je ne pus éviter de lâcher un grognement.

– Pardon, pardon, dit-elle en levant le regard.

Elle inclina la tête et me toucha un côté du visage avec sa main libre.

Alors, sans trop y penser, je pris sa main dans la mienne et approchai lentement mon visage du sien. Quand nous fûmes suffisamment près pour qu'aucun doute ne subsiste sur mes intentions, elle ouvrit la bouche pour dire quelque chose, mais je ne lui en laissai pas le temps.

Ce fut un baiser tendre qui ne dura pas longtemps. La bouche de Valeria était aussi douce que dans mon souvenir. Et la pression dans mon estomac, aussi agréable que la première nuit où je lui avais enlevé ses vêtements dans le garage glacé, à dix pas de l'endroit où nous venions de nous embrasser.

Quand nos lèvres se séparèrent, je perçus un bruit dans le couloir qui donnait sur les chambres. Je vis s'éloigner, sans rien dire, une ombre que je ne reconnus pas.

– Pablo, dit Valeria, et je ne sus si elle s'adressait à moi ou à lui.

Elle se leva de sa chaise et partit derrière lui sans me regarder.

42
CONSÉQUENCES

Le matin suivant, en ouvrant les yeux je vis une silhouette assise au pied de mon lit. Je me levai d'un coup.
– Valeria, tu vas me faire mourir de peur.
Elle m'offrit un sourire forcé.
– J'ai réfléchi toute la nuit, dit-elle.
Comme si c'était tout ce qu'elle avait à dire, elle baissa le regard et commença à s'arracher avec les ongles d'une main des petits morceaux de peaux des doigts de l'autre main. Elle avait ce tic d'aussi loin que je pouvais me rappeler.
– À quoi ?
– Je ne sais pas comment te dire ça. J'ai peur d'avoir pris la mauvaise décision.
Je remarquai comme mon cœur commençait à battre un peu plus fort.
– Je veux te demander de partir de l'estancia.
– Que je parte ? Une fois encore tu me mets dehors ?
– Pour moi ce n'est pas facile, Nahu, *sorry*. Je t'aime énormément, et tu le sais. Te renvoyer de ma maison, c'est comme renvoyer un frère.
– Valé, je peux parler à Pablo et lui expliquer que ce qui s'est passé hier soir n'est qu'un malentendu. Que tout est de ma faute. Si tu veux j'y vais immédiatement et je lui dis...
– N'y pense même pas. J'ai eu assez de mal pour le calmer cette nuit et le convaincre de ne pas partir à Comodoro dès le lever du jour.
– Mais, Valeria, il doit y avoir une autre solution. Tu ne peux pas me faire ça maintenant que j'ai bien avancé dans mes recherches sur Fabiana Orquera.
– Tu ne peux pas me faire ça. J'ai avancé dans mes

recherches, dit-elle d'une voix rauque pour m'imiter. N'exagère pas, Nahuel.
– Je n'exagère pas. C'est très important, Valé.
– Non ! dit Valeria sur un ton violent, mais sans hausser la voix. Ce qui est important c'est le bordel que tu as mis cette nuit. À qu'elle connerie tu pouvais bien penser ?
Je baissai les yeux. C'était une bonne question.
– Je vais être claire avec toi, Nahuel. Il est impossible que Pablo et toi passiez un jour de plus ensemble dans cette maison. Et comme je suis celle qui est entre les deux, c'est moi qui décide qui doit partir.
Elle se leva du lit et marcha jusqu'à la porte. Avant de l'ouvrir, elle se tourna vers moi.
– Dans deux jours, Pablo et moi rentrons à Comodoro. À partir de là tu peux venir et rester tout le temps que tu voudras, mais maintenant tu t'en vas. Dans quinze minutes nous partons pêcher à Cabo Blanco. Quand nous reviendrons, en milieu de journée, j'espère ne pas voir ta voiture.
Elle sortit de la chambre en fermant doucement la porte. Sans la claquer.

43
EXPULSÉ

Au-dessus de mes deux mains posées sur le volant, la route grise et parfaitement rectiligne se déroulait jusqu'à se perdre dans l'horizon. De temps en temps une pierre projetée par les roues de la Uno roulant à quatre-vingts à l'heure venait cogner sous mes pieds.

J'avais fait la connerie du siècle. À quoi je pensais quand j'ai voulu jouer au séducteur de feuilleton télé ? Nous avions déjà tenté le coup avec Valeria et, d'un commun accord, nous avions décidé que ça ne fonctionnait pas. *Nous sommes comme deux frères*, avions nous convenu. Je me demandai ce qui m'avait amené à l'embrasser alors qu'elle avait un fiancé.

Je frappai le volant de toutes mes forces, presque honteux de l'évidence de la réponse : Rien d'autre que jalousie et convoitise ; un comportement d'adolescent.

Je recommençai à frapper le volant et la Uno tangua sur les graviers, dessinant des courbes allongées sur la piste rectiligne. Il valait mieux que j'arrête de penser à ça si je ne voulais pas mettre la voiture sur le toit.

Mais pourquoi c'est justement à ce moment-là que ça arrive ? Maintenant que je sais où trouver le corps de Fabiana Orquera, du moins où commencer à le chercher. Cet imbécile de Nahuel a mis les pieds dans le plat, et bien profond.

Au moins, je rentre à Deseado avec un nom, pensai-je. Ceferino Belcastro, rival politique de Raúl Báez aux élections de 1983. Alias NN. Auteur moral déclaré de l'assassinat de Fabiana Orquera.

Je ralentis en voyant un troupeau de guanacos en train de brouter de chaque côté de la route. J'étais bien placé pour savoir combien il était dangereux d'en percuter un.

Une étrange association d'idées, de celles qui viennent à l'esprit quand on voyage en Patagonie et que le temps s'étire en longueur – guanacos percutés, animaux morts, mon chien – me fit penser au fils de pute qui avait empoisonné Bongo dans le but de me menacer. Ce qui m'intéressait le plus en arrivant à Deseado, c'était de découvrir qui avait été l'auteur matériel de l'assassinat de Fabiana Orquera. Ce qui me conduirait tout naturellement à l'assassin de mon chien.

Même si NN se considère comme l'unique responsable, mon travail ne sera pas fini tant que je n'aurai pas trouvé qui l'avait tuée et enterrée de ses propres mains dans la saline de Cabo Blanco. Je supposai qu'entre les archives de *El Orden* et les souvenirs des gens en ville, il ne me serait pas difficile de comprendre qui avait été le bras droit de Belcastro durant les élections de 83.

Alors que j'étais à moins de trente kilomètres de Deseado, quatre messages sonnèrent à mon téléphone. Comme je devais m'arrêter pour quitter la piste et prendre l'asphalte de la route 281, j'en profitai pour lire les messages.

Trois étaient des appels manqués du Cabezón Ferreira. Le quatrième était un SMS, de lui aussi, envoyé il y avait moins de deux heures.

MON AMI DE LA POLICE SCIENTIFIQUE M'A APPELÉ. IL Y A DU NOUVEAU. PASSE AU COMMISSARIAT DÈS QUE TU PEUX. AMÈNE DES CROISSANTS. (AUJOURD'HUI JE VAIS À CALETA EN FORMATION. JE REVIENS LUNDI).

Finalement, le Cabezón avait raison. La police de Caleta travaillait vite.

44
BRAILLE

C'était vendredi. Je devrais donc attendre trois jours avant que le Cabezón ne revienne de sa formation. C'est pour cette raison que, son message à peine reçu, je l'appelai sur son portable pour qu'il me dise à l'avance ce qu'il y avait de nouveau, mais les trois fois où je tentai de le joindre, je tombai sur le répondeur. Aucune importance, de toute façon j'avais suffisamment de choses à chercher pour ne pas m'ennuyer.

En entrant en ville, à peine passé le port, je pris la direction de Punta Cascajo. Je garai la Uno à l'entrée de la rue qui longe le bord de mer. À ma droite, la marée entraînait l'eau de l'estuaire vers le large. À ma gauche, de l'autre côté de la rue, l'unique hôpital à deux cents kilomètres à la ronde était si tranquille qu'il semblait abandonné.

Je regardai ma jambe. Le sang avait traversé la compresse de gaze que Valeria avait laissée à moitié collée la nuit dernière et dessinait une tache rouge de forme allongée sur la toile du pantalon. Je descendis de la voiture, ouvris le coffre et fouillai dans le sac contenant les vêtements de rechanges pour Las Maras jusqu'à ce que je trouve un jean propre.

Une heure après, je sortais de l'hôpital avec un pansement neuf et la blessure désinfectée. Le médecin qui m'avait dispensé les soins m'avait dit que la plaie aurait mérité au moins neuf points de suture, mais que maintenant il était trop tard, trop de temps avait passé et on risquait une infection. La seule chose que l'on pouvait faire était de la maintenir propre et de surveiller qu'elle guérisse bien.

En regardant de chaque côté de la rue avant de traverser pour rejoindre ma voiture, je distinguai sur ma gauche, à une centaine de mètres de la sortie de l'hôpital, la haute et large construction avec sa façade en brique et sa toiture verte. Il s'agissait de la maison de retraite de la ville où résidaient sous le même toit la veuve de Ceferino Belcastro et l'ouvrier agricole de Las Maras à l'époque où Belcastro avait fait disparaître Fabiana Orquera.

Contrevenant aux ordres du médecin qui étaient de marcher le moins possible, je me dirigeai vers l'hospice.

J'entrai dans un grand salon en forme de L. Il y avait une table occupée par six hommes qui jouaient aux cartes et, dans un coin, un groupe de femmes assises dans des fauteuils prenaient le thé sans parler. Près de la fenêtre, une femme presque chauve avait le regard perdu dans l'estuaire. Un filet de bave pendait de son menton. Sur la table d'à côté, un professeur que je reconnus guidait la main d'un ancien aux yeux laiteux sur une feuille écrite en braille. Tout contre un mur, trois hommes, deux femmes et une personne dont je ne pus définir le sexe, chacun dans un fauteuil roulant, avaient été disposés en file indienne parfaite.

Je fis demi-tour, décidé à disparaître d'ici immédiatement, mais une femme rondelette vêtue d'un uniforme violet m'intercepta juste avant la porte.

– Tu cherches quelqu'un ? me demanda-t-elle les mains dans les poches.

Je gardai le silence, pensant dire que non et sortir en courant.

– Je peux t'aider pour quoi que ce soit ? insista-t-elle.

– Eh bien... oui, dis-je finalement. Je viens rendre visite à Alcides Muñoz et à Liliana Belcastro.

– Je ne savais pas qu'Alcides et Liliana avaient de la famille en commun.

– Non, en réalité je ne suis de la famille d'aucun des deux.

Au regard surpris de la femme, je supposai que les vieux ne recevaient pas d'autres visites que celles de la famille.

– Et pourquoi veux-tu les voir ?

– Une entretien.

– Toi, tu es Donaire, celui qui écrit dans *El Orden*, non ?

– Oui. Justement, je viens les voir pour un article que je suis en train d'écrire pour le journal.

– Et tu veux les voir ensemble ?
– Non, séparément.
– Écoute. Je crois que Liliana fait la sieste, dit la femme en passant en revue le salon. Tu peux commencer par Alcides si tu veux. Il est sur le point de terminer sa leçon.

La femme sortit une main de la poche de son uniforme et m'indiqua le jeune homme à côté du vieil aveugle. Je la remerciai et m'approchai d'eux.

– Vendredi, nous commençons avec les consonnes, don Alcides. Maintenant je vous laisse, vous avez de la visite, parvins-je à entendre tandis que le jeune professeur mettait en ordre plusieurs feuilles écrites en braille et les rangeait dans un porte-documents.

Le vieux répondit qu'il n'y avait aucun problème et le professeur s'approcha de moi.

– Comment vas-tu, Nahuel ? dit-il en me tendant la main.

Nous ne travaillions pas dans la même école, mais nous nous connaissions. Il s'appelait Eugenio et je l'aimais bien. Nous échangeâmes quelques mots et il se plaignit de devoir travailler pendant les vacances.

– Et toi ? Tu es venu le voir ? me demanda-t-il en montrant son élève.

– Oui.

– Vous êtes parents ?

– Non. Je viens le voir pour un entretien. Que lui enseignes-tu ?

– À lire en braille.

– Et comment ça se passe ?

– Le cas n'est pas banal. Il était déjà vieux quand il est devenu aveugle, et il n'avait jamais appris à écrire auparavant, ce qui fait que je dois lui apprendre le braille et en même temps à lire. En plus il a travaillé toute sa vie dans les champs et il a les mains très calleuses ; ça lui coûte la peau des fesses de sentir le relief sur le papier.

Après avoir échangé quelques paroles de plus, je pris congé d'Eugenio et m'approchai du vieux.

– Bonjour, Alcides...?

— Muñoz, dit l'homme en me tendant la main.

Ses yeux pointaient droit sur mon épaule gauche. Je serrai sa grande main rêche et m'assis à la même place que le professeur.

— Je m'appelle Nahuel Donaire et je suis professeur, comme Eugenio.

— Je ne vais pas en apprendre plus parce que j'ai deux professeurs.

— Ne vous inquiétez pas, dis-je en riant. Je ne viens pas pour vous enseigner quoi que ce soit.

— Et pourquoi venez-vous alors ?

— Pour un entretien.

— À propos de quoi ?

— Je suis en train d'écrire un livre.

L'homme garda le silence. Je ne savais pas s'il m'avait entendu.

— J'écris un livre, répétai-je. C'est sur Fabiana Orquera, et j'aimerais vous poser quelques questions.

— Je ne connais aucune Orquera.

— Fabiana Orquera, lui expliquai-je, est la femme qui a disparu de l'estancia Las Maras il y a trente ans. D'après ce qu'on m'a dit, vous étiez là-bas comme ouvrier agricole à l'époque. C'est bien vous qui avait trouvé Raúl Báez évanoui et baignant dans du sang d'agneau dans la maison de Las Maras ?

— Oui, c'est bien moi.

J'ai attendu quelques instants pour lui laisser le temps de se souvenir et d'ajouter quelque chose, mais apparemment ces quelques syllabes étaient tout ce qu'il avait à dire.

— Et qu'avez-vous fait quand vous avez trouvé Báez ainsi ?

— Quand je l'ai vu par la fenêtre, étendu sur le sol, j'ai pensé qu'il était mort. J'ai donné un coup de pied dans la porte, je suis entré et l'ai secoué jusqu'à ce qu'il se réveille.

— Vous vous rappelez ce qu'a fait Báez dès qu'il est revenu à lui ?

— Comment voulez-vous que j'oublie ? Il s'est rendu compte qu'il était couvert de sang et il a commencé à se toucher tout le corps, paniqué. Il a enlevé sa chemise et son pantalon et m'a demandé de regarder son dos pour que je lui dise s'il avait une quelconque blessure, mais il n'avait même pas une égratignure. Le sang n'était pas le sien.

— Et qu'a fait Báez après ça ?

— Il m'a demandé si j'avais vu la femme qui était avec lui à l'estancia. Quand je lui ai répondu que non, il est devenu comme fou et s'est précipité vers sa voiture. Mais ils lui avaient crevé les quatre pneus, alors il m'a demandé d'aller à Cabo Blanco pour appeler la police et une ambulance.

— Et vous l'avez fait ?

— Il valait mieux. J'ai sauté sur le cheval et je suis parti à Cabo Blanco. Arrivé là-bas, j'ai prévenu le gardien pour qu'il appelle avec sa radio et je suis revenu à l'estancia.

— Est-ce qu'un des gardiens est venu avec vous ?

L'homme nia de la tête.

— À cette époque ils n'avaient rien pour se déplacer. Ni voiture, ni cheval, ni rien. On les laissait là et ils y restaient deux semaines. De plus, ce jour-là, il n'y en avait qu'un. Il m'a dit qu'il ne pouvait pas laisser le phare sans personne.

Je me rappelai ce que j'avais vu dans le livre de service du phare. Le jour où Fabiana Orquera avait été tuée il n'y avait qu'un seul gardien à Cabo Blanco. Un détail sans importance, si ce n'avait été la seule fois où cela s'était produit durant les dix années notées sur le registre que m'avait montré Tadeo.

À cet instant, une main se posa sur l'épaule du vieux.

— Comment allons-nous, don Alcides ?

— Bien.

— Liliana est réveillée, dit-elle, s'adressant à moi en me montrant une petite vieille avec des bigoudis gris. C'est celle qui est là.

— Vous avez d'autres questions ? Je dois aller au bain, dit l'homme.

— Oui. Combien de temps ont mis l'ambulance et la police pour arriver ?

— Environ quatre heures.

— Quatre heures ? Vous en êtes sûr ?

Le vieux acquiesça en silence.

C'était bizarre. On mettait tout au plus une heure et demie

de Deseado à Las Maras.

– Et le gardien du phare, il a passé l'appel radio devant vous ? Vous avez entendu la communication avec la police ?

– Je crois que non, car le gars m'a laissé dans la cuisine en me disant que la radio se trouvait dans une autre partie de la maison. Mais cela s'est passé il y a très longtemps. Je ne m'en souviens plus très bien.

– Ne vous en faites pas, ce n'est qu'un détail, rien de plus. Cela m'a été très utile de discuter avec vous, don Alcides. Comment je peux vous payer ?

– Il n'y a rien à payer. Mais si vous m'amenez une bouteille de gin, je ne vais pas vous la refuser.

– Pour ce qui est du gin, don Alcides ; il n'en est pas question! intervint la femme avec l'uniforme violet tout en prenant l'homme par la main. Vous savez parfaitement qu'il ne vous faut aucun alcool. Allons-y, je vous emmène au bain.

La femme partit avec Muñoz, quant à moi je m'approchai de la veuve de Belcastro, me demandant si elle savait que, trente ans auparavant, son mari avait fait disparaître Fabiana Orquera.

45
NOUS NE SOMMES RIEN

Je m'arrêtai près de la table de l'ancienne. On lui avait amené un thé avec du lait et trois tranches de pain recouvertes de *dulce de leche**.
— Señora Liliana ?
— Oui, c'est moi, dit-elle en déposant de ses mains fragiles la tasse de thé sur la table.
— Mon nom est Nahuel Donaire. Je suis journaliste et j'écris sur les anciens maires de Puerto Deseado. J'aimerais avoir une conversation avec vous à propos de votre mari.
Un sourire se dessina sur son visage.
— Ah bon, mon petit. J'en suis enchantée, mais je dois aller m'arranger un peu, je ne peux pas passer à la télé avec cette tête.
— Ne vous inquiétez pas, il s'agit de la presse écrite. Je n'ai pas de caméra.
— Ah, bon, répondit la femme un peu déçue. Assieds-toi, petit, et dis-moi ce que tu veux savoir sur Ceferino.
J'approchai une chaise et m'assis face à elle.
— Ce qui m'intéresse plus que tout, c'est de savoir comment ils ont organisé la campagne électorale quand il s'est présenté comme candidat au poste de maire. Vous vous rappelez de cette époque ?
— Bien sûr que je m'en souviens, je ne me suis jamais sentie aussi nerveuse de toute ma vie.
— Ah, oui ?
— Oh, mon petit, si tu avais vu la maison. Des gens entrant et sortant à n'importe quelle heure pour parler avec Ceferino. Ils venaient offrir leur aide, lui demander une faveur pour quand il aurait gagné, lui dire qu'ils allaient voter pour lui. Nous ne pouvions même pas aller au supermarché faire les courses

tranquillement. Où que nous allions, quelqu'un venait lui parler. Quinze minutes avec l'un, une demi-heure avec l'autre. C'était désespérant. Mais bon, quand il eut gagné, ce fut pire.

La vieille trempa un morceau de pain tartiné de *dulce de leche* dans son thé et l'amena à sa bouche. Elle mastiqua lentement, la mâchoire tremblante.

– Et quels sont ceux qui l'aidèrent le plus durant la campagne ?

– Oh, il y en eut beaucoup. L'espagnol Vara, Juan Azcuénaga, le Rital Pintaldi, Lucilo...

– Vous avez dit Pintaldi ?

– Oui, Marco Pintaldi. Nous autres, on l'a toujours appelé le « Rital ».

Je n'eus pas besoin de consulter les notes sur mon portable pour en avoir confirmation. Marco Pintaldi était bien le nom que j'avais recopié dans le livre que m'avait montré Tadeo dans le phare. Le nom de l'unique gardien qui était à Cabo Blanco le jour où Fabiana Orquera avait disparu. Celui qui, devant l'urgence transmise par Alcides, s'était chargé d'appeler par radio l'ambulance et la police.

Et tous les deux avaient mis quatre heures pour accomplir un trajet qui se faisait en une heure et demie.

– Pintaldi et votre mari étaient très amis ?

– Ils se sont pratiquement élevés ensemble. Ils sont allés au collège des curés durant tout le primaire. Ensuite Ceferino a continué dans le secondaire, tandis que le vieux Pintaldi, un italien alcoolique et feignant, a mis son fils au travail comme maçon. Et dès qu'il en eut l'âge il le plaça comme cadet dans l'armée.

– Il travaillait au poste de Deseado, non ?

– Oui, dit-elle, il a toujours été d'un grade très bas. De fait, de temps en temps ils l'envoyaient au phare de Cabo Blanco.

– Et vous dites que Pintaldi a aidé votre mari durant la campagne de 83.

– Oh, il l'a beaucoup aidé. Le Rital a toujours eu une grande aptitude à bouger les gens. Certains disaient qu'il était à moitié voyou et d'autres le qualifiaient carrément de brute. Mais moi qui l'ai connu durant plusieurs années, je sais que dans le fond c'était

un gars avec un grand cœur, incapable de tuer une mouche.
Pas d'après la lettre de son mari, pensai-je.
– Le pauvre, il est en très mauvaise santé. Il a beaucoup fumé durant toute sa vie et maintenant il a des poumons de misère.
La femme jeta un regard autour d'elle, s'arrêtant un instant sur la file des vieux en fauteuils roulants.
– Quand quelqu'un meurt, les gens disent à chaque fois que nous ne sommes rien. Mais moi, je n'ai pas besoin d'être à une veillée funèbre pour m'en rendre compte. Toi, est-ce que tu peux croire que tous ces vieux ont un jour été jeunes ? Jeunes et, beaucoup d'entre nous, heureux. Et regarde-nous maintenant.
Alors, sans y penser, j'ai pris une de ses mains à la peau fine et ridée entre les miennes.
– Ça ne me décourage pas, doña, lui dis-je.
– Je regrette beaucoup Ceferino. Je le regrette depuis le jour où il est mort. Mais maintenant que je suis là, je le regrette encore plus.
– Bien, parlez-moi de lui si vous voulez. De ce qu'il a fait de bien. Je suis sûr que ça vous redonne un peu de courage.
– Ah, mon chéri. Ceferino était quelqu'un d'adorable. Très aimé en ville, tu sais ? Surtout à cause de ses origines modestes. C'était un homme du peuple. Pour que tu te fasses une idée, après le lycée, il n'a mis une cravate qu'une seule fois dans sa vie.
Les yeux de Liliana brillaient.
– Laissez-moi deviner : le jour de votre mariage.
– Exactement, acquiesça la vieille, qui maintenant avait ses deux mains accrochées aux miennes. Même le jour où il a été nommé maire il ne l'a pas mise. Il était plus péroniste que Perón, disait-il.
Nous avons discuté quelques instants encore. Surtout du fait qu'elle se sentait seule. Belcastro et elle n'avaient pas eu d'enfants, et le peu de famille qu'il lui restait – une belle-sœur et deux neveux –, lui rendait visite à l'hospice trois ou quatre fois par an.
– Eh, petit, j'espère que ce que je t'ai dit t'a servi à quelque chose.
– Ça m'a beaucoup servi. Je vous assure.

– Et dis-moi, mon chéri, où vas-tu publier cette entrevue ?

– Pour le moment il n'y a rien de sûr. Si je réussis à réunir suffisamment de matériel, alors elle fera partie de mon premier livre. Sinon, je la publierai dans les colonnes de *El Orden*.

– Ne me dis pas que tu tiens une rubrique dans *El Orden* ! Et sur quoi écris-tu ?

– Je fais du journalisme d'investigation. Des histoires sur la ville, souvent oubliées. Les histoires d'anciens maires, par exemple.

– Et ça fait longtemps que tu tiens cette rubrique ?

– Oui, ça fait environ deux ans.

– Ah, alors je ne la connais pas. J'ai arrêté d'acheter le journal il y a longtemps. Depuis que Ceferino a laissé la politique, je préfère lire des romans.

– Vous faites bien. Comme dit ma mère : « *Pour ce qu'il y a d'intéressant...* ».

– Donc, une colonne dans *El Orden*... répéta la femme. Vois-tu, quelle coïncidence.

Son visage s'était illuminé d'un sourire.

– Une coïncidence ? Pourquoi ?

– Ceferino, lui aussi, tenait une rubrique dans *El Orden* quand il était jeune.

– Sérieusement ? demandai-je incrédule.

J'avais souvent parcouru les archives de *El Orden* à la recherche d'informations et je n'étais jamais tombé sur un article écrit par Ceferino Belscastro.

– Oui, il l'a tenue durant plusieurs années. Il s'agissait d'énigmes.

– D'énigmes ?

– Oui. Chaque semaine il y avait une énigme parrainée par un commerce. Ceferino publiait des indices et cachait le cadeau de l'annonceur dans un endroit de la ville. La réponse à l'énigme indiquait où était cachée la récompense, qui généralement était un bon à dépenser dans le commerce en question.

– Et il s'agissait de quelles sortes d'énigmes?

– Houlà, cela fait bien longtemps. Tellement longtemps, que je les ai presque toutes oubliées. Mais je me souviens de l'une d'elles qui disait à peu près ça : *vingt-sept degrés entre les pierres et*

le ciment. Tu sais où était caché le cadeau ?
– Aucune idée.
– Sur le quai de Ramón, là où les galets de la plage rejoignent le ciment du quai. Ils forment un angle d'exactement vingt-sept degrés.
– C'est curieux, dis-je.
– Qu'est-ce qui est curieux ?
– J'ai parcouru plusieurs fois les archives de *El Orden* et je suis assez ami avec Mario, le directeur. Malgré ça, je n'ai jamais appris que votre mari y tenait une rubrique.
– Peut-être parce qu'il utilisait un pseudonyme, dit la femme en baissant la voix. À cette époque très peu savaient que c'était lui.
– Et quel était ce pseudonyme ?
– Norte Nomada.
Une question en moins. Cela expliquait pourquoi Belcastro avait écrit les lettres sous la forme de clefs pour énigmes et avait signé NN. Il avait choisi de se confesser à sa manière : en laissant une série de pistes pour que quelqu'un les déchiffre.
Ceferino Belcastro et Marco Pintaldi, pensai-je tandis que je disais au revoir à la vieille Liliana. L'un étant le bras droit de l'autre, aussi bien pour la campagne de 83 que pour l'assassinat de cette même année.

46
RITAL ET RITAL JUNIOR

À Deseado, même les quartiers avaient un surnom. À l'heure de les rebaptiser, la préférence des habitants de Deseado allait aux nombres, surtout s'il s'agissait de plans d'urbanisme de l'état. L'emploi des véritables noms restait relégué presque exclusivement aux formulaires administratifs, procédures officielles et papiers d'identité. Entre nous, jamais nous ne parlions d'*Aviso Sobral*, *Costanera* ou *Beauvior*, mais des quatre-vingts, des soixante-quatre ou des quatre-vingt-deux logements.

En arrivant aux trois cent trente, je garai la Uno dans une rue entièrement occupée par les constructions à trois étages du quartier. À l'exception de la couleur des toits, certains bleus et d'autres verts, les immeubles se ressemblaient tous et les gens les qualifiaient de marches. Les « Trois Trente » étaient, d'une certaine façon, le plan d'urbanisme le plus important de Puerto Deseado et, selon mes calculs, le gouvernement l'avait attribué moins d'un an après la disparition de Fabiana Orquera.

J'entrai dans la « marche » numéro cinq qui, pour quelque raison, était à deux rues de la quatre mais en face de la douze. Je montai prudemment l'escalier en ciment, essayant de ne pas mettre trop de poids sur ma jambe droite. Quand finalement j'arrivai au premier étage, je frappai à une porte en contreplaqué qui avait conservé la majeure partie de sa peinture d'origine de couleur bleue.

Au bout d'une minute, la porte s'ouvrit brutalement de part en part, révélant la haute silhouette aux larges épaules de l'un des personnages les plus problématiques de la ville.

Il avait cinq ou six ans de plus que moi et était chauffeur routier. Je le connaissais à peine, seulement pour l'avoir croisé au cours de mes virées nocturnes, et n'avais aucune idée de son nom ou de son prénom. Tout le monde se référait à lui en le désignant simplement comme Rital junior. Quand il entrait dans un bar pour boire une bière, il le faisait en bombant le torse, les jambes écartées et regardant avec dédain tout ce qui n'avait pas une paire de seins.

Il levait pas mal le coude et devenait querelleur. Neuf fois sur dix il en venait aux mains avec quelqu'un. Je me souvins d'une nuit où j'étais au Jackaroe avec quelques amis. Soudain la musique s'est arrêtée et l'intensité de la lumière a augmenté. Rital junior était empêtré dans une bagarre avec je ne sais plus qui, et trois employés chargés de la sécurité le portaient dehors les pieds en l'air. À six heures du matin le Jackaroe ferma et quatre cents personnes se retrouvèrent devant l'entrée, certaines pour discuter et d'autres essayant de ne pas aller se coucher seules. Soudain se firent entendre deux déflagrations que je pris tout d'abord pour des pétards, mais elles furent suivies de cris et de gens qui couraient se cacher derrière les voitures en stationnement. Je regardai vers le bas de la rue et vis le camion de Rital junior arrêté, la porte du conducteur ouverte. Son propriétaire était debout sur la chaussée, face aux gens, avec un révolver pointé vers le ciel.

Par chance les choses en restèrent là. Après les deux tirs, qui selon ce que j'appris plus tard avaient été en l'air, il remonta dans son camion et prit la rue Gregores à contre sens.

L'homme qui venait de m'ouvrir la porte des « Trois Trente » était, comme on dit à Deseado, un type rugueux.

Pour tout salut, Rital junior hocha brièvement la tête.

– Bonjour, c'est bien ici qu'habite Marco Pintaldi ?

– Il est occupé, qu'est-ce que vous lui voulez ?

– Je voudrais lui parler.

– De quoi ?

– Je préférerais lui parler en personne.

Ses yeux marron me foudroyèrent et, durant un instant, j'eus peur de ce qu'il pourrait me faire avec une seule de ses énormes mains. Ou avec les deux. Mais avant que j'aie pu ouvrir la bouche, une silhouette voûtée apparut derrière lui.

– Vous me cherchez ? dit, d'une voix à peine audible, un homme maigre aux cheveux blancs que je n'avais jamais vu de ma vie.

– Oui, papa, répondit son fils sans me quitter des yeux. Que fais-tu ici, debout ? Retourne à ton fauteuil.

Le vieux leva une main pour faire taire son fils et me regarda, les sourcils froncés. Puis il parla avec un ton hautain qui ne collait pas avec son aspect fatigué et sa respiration agitée.

– Tu n'es pas le gars qui écrit dans *El Orden* ? demanda-t-il.

J'acquiesçai, commençant à maudire ma petite renommée.

– Que veux-tu ?

– Je suis en train d'écrire un article sur les maires les plus populaires de Deseado. Et on m'a signalé que vous avez travaillé avec Ceferino Belcastro durant la campagne de 83.

Le vieux lâcha un souffle que l'on pouvait prendre pour un petit rire. Puis il secoua la tête et me sourit, découvrant sa dentition jaunâtre avec une canine cassée.

– Celui qui t'a dit ça est un peu juste. Je n'ai pas fait que *l'aider* durant la campagne de 83. Ceferino était comme un frère pour moi. Nous nous sommes élevés ensemble et quand il est entré en politique, je suis devenu son bras droit.

– C'est à peu près ce qu'on m'a rapporté, dis-je avec un sourire forcé, pourrions-nous parler de lui, un moment ?

– Laisse-le entrer, dit Pintaldi à son fils.

47
BELCASTRO, PINTALDI, ORQUERA

La maison sentait le tabac rance et la sueur. Me tournant le dos, à petits pas, le vieux traîna les pieds jusqu'au fauteuil installé dans un coin de la salle à manger. Sur le mur recouvert d'un papier peint usé était accroché un tuyau semblable à ceux que l'on connecte aux aérateurs d'aquariums.

Tandis que son fils disparaissait dans l'intérieur de la maison, le Rital se laissa tomber dans le fauteuil avec un gémissement. Puis il plaça dans ses narines les deux petits tubes qui se trouvaient à l'extrémité du tuyau en plastique en l'accrochant derrière ses oreilles. Sa poitrine se gonfla et se dégonfla plusieurs fois avant qu'il ne recommence à parler.

– Je ne peux pas rester plus de cinq minutes sans cette merde, dit-il d'une voix maintenant plus nasale, montrant une petite bouteille verte près du fauteuil. Je pus y lire : air enrichi en oxygène à 35 %.

Je me dis que l'homme anéanti, respirant avec difficulté, que j'avais en face de moi, ne pouvait pas être l'assassin de Bongo. Bras droit de Belcastro à l'époque, peut-être. Assassin de Fabiana Orquera, aussi. Mais l'imaginer jetant de la viande empoisonnée par-dessus le mur de ma maison puis me laissant un mot sous la porte en pleine matinée, représentait trop de choses à accomplir pour quelqu'un qui devait respirer avec un tuyau dans le nez.

– En plus, ces bouteilles je dois me les procurer à Comodoro. Par chance, mon fils me les rapporte quand il va là-bas avec son camion.

– Heureusement, dis-je en enlevant mon manteau et en m'asseyant dans une chaise défoncée.

– Ça ne change rien, il y a toujours une nouvelle embrouille. En ce moment, par exemple, le compresseur de Comodoro est bousillé et il faut ramener les bouteilles de Trelew. Je l'ai dit à Miguel, qui avait un voyage à Buenos Aires, et hier il est revenu avec trois bouteilles pleines.

Je voulus lui demander combien de temps durait une bouteille, s'il devait s'en servir quand il dormait, ou ce qui se passait s'il ne l'utilisait pas. Mais je n'en fis rien.

– Que veux-tu savoir sur Ceferino ?

– Une des choses que j'aimerais le plus mettre en avant dans mon article, ce sont les différences qu'il y a entre les hommes politiques d'avant et ceux de maintenant, mentis-je.

– Il y en a des milliers. Avant, les politiques n'achetaient pas les votes d'une façon aussi manifeste. Les gens votaient pour eux parce qu'ils les aimaient. Et ceux qui les soutenaient, comme moi avec Belcastro, nous le faisions parce que nous pensions que c'était la meilleure option.

– Je pensais que vous l'aidiez parce que vous vous étiez élevés ensemble.

– Ça aussi, mais si je n'avais pas été convaincu par ses propositions, je ne lui aurais pas témoigné la même fidélité. Et encore moins, de façon désintéressée.

– Vous voulez dire que vous n'avez rien reçu en échange de votre soutien à Belcastro durant sa campagne de 83 ? demandai-je en essayant de ne pas regarder de manière effrontée les murs de la pièce où nous nous trouvions.

– Rien, nia-t-il en bougeant à peine la tête. Maintenant ils offrent des terrains ou un travail à la municipalité. Tous ceux qui aident pour la campagne se retrouvent avec un poste, même s'ils savent à peine lire et écrire.

Je continuai le jeu encore un moment, l'interrogeant sur la vie personnelle de Belcastro, qu'il dépeignait comme un grand homme, honnête et prêt à tout donner pour sa ville.

– Et que pensait-il de Báez ? demandai-je à un moment.

– Raúl Báez ? Il le respectait comme rival politique, mais ils n'avaient pas la même idéologie. Báez était un oligarque déguisé et Belcastro était plus... plus populaire.

– En parlant de popularité, d'après ce que j'ai lu, celle de Belcastro a pas mal augmenté à partir du moment où ils ont accusé

Báez d'assassinat. Avant ça, dans une enquête que fit *El Orden*, Báez lui prenait vingt points.

J'avais dit cela en le regardant dans les yeux, mais je ne détectai aucun signe de malaise, si ce n'est une longue inspiration bruyante à travers les petits tubes. Au bout d'un moment, sur son visage se dessina une expression de tristesse qui ne me parut pas très sincère.

– Ce qui est arrivé à Báez est un malheur.

Il y eut un silence qui dura trois respirations de Pintaldi.

– Tu as raison de dire que Belcastro n'aurait pas gagné si Báez n'avait pas été mêlé à cette histoire. Mais quand il a assumé sa charge, Ceferino n'a déçu personne. Même aujourd'hui, trente ans après, les gens se souviennent encore de lui. Dans le cas contraire, tu ne serais pas là à m'interviewer.

– Et vous, quelle est votre opinion concernant ceux qui pensent que Belcastro a pu être impliqué dans la disparition de Fabiana Orquera, justement pour inverser le résultat de l'élection ?

– D'où sors-tu cette imbécilité ?

– Des rumeurs. Mais vous, quelle est votre opinion ? insistai-je.

– Ce ne sont rien de plus que des ragots. Sais-tu que le jour où cette fille a disparu il y avait une course de Fiat 600 à Deseado et que Belcastro y était ? Il y a même eu une photo dans le journal où on le voyait à côté de Chueco Dávila ; il avait gagné la course et était devenu le champion. Chueco était un autre bon ami à moi et à Ceferino.

– Et vous, vous n'étiez pas sur la photo ? demandai-je.

– Je n'étais pas à Deseado ce jour-là.

– Vous avez manqué le triomphe de votre ami le champion ?

Pintaldi s'inclina légèrement vers la bouteille d'oxygène pour l'ouvrir un peu plus.

– J'ai dû me rendre à Comodoro. Sinon, j'y serais allé la tête la première.

Mensonge, pensai-je. Dans le registre du phare que m'avait montré Tadeo, son nom y figurait comme l'unique gardien le jour où avait disparu Fabiana Orquera.

— Bien, mon garçon, dit l'homme en se frappant un genou avec la paume de la main, j'ai pas mal de choses à faire donc, si ça ne te dérange pas, nous allons en rester là.

Il dit cela avec un demi-sourire, me montrant une nouvelle fois sa canine cassée en plein milieu.

— Je peux vous poser une dernière question ?

— D'accord, mais vite.

— Avez-vous parlé avec Belcastro de la disparition de cette fille ?

Il leva une main de l'accoudoir du fauteuil pour me porter un coup, mais il s'arrêta à mi-chemin.

— Qui t'a mis dans la tête que nous avions quelque chose à voir avec ça ?

— À aucun moment je n'ai accusé Belcastro de quoi que ce soit. Et encore moins vous.

— Alors pourquoi ces questions ?

— Je ne comprends pas ce que vous voulez dire. Je pose des questions parce qu'il s'agit d'un entretien. Je suis chez vous en tant que journaliste.

L'homme se leva lentement du fauteuil.

— Journaliste, toi ? Tu n'es qu'un clown. Un professeur au rabais qui aime bien s'occuper de ce qui ne le regarde pas. Si tu ne sors pas de chez moi immédiatement, je vais t'installer un magasin de chaussures dans le cul. Même si tu me vois ainsi, réduit à rien, on ne se fiche pas de moi, gamin. Je peux encore leur demander qu'ils te rouent de coups ce matin même si je veux. Un journaliste, le seul qui me manquait...

Le Rital ne put terminer sa phrase. En même temps qu'il s'effondrait dans le fauteuil, il porta la main à son cœur. Il demeura assis la tête inclinée sur un côté, immobile, les yeux à peine ouverts.

Sans oser le toucher, j'appelai son fils d'un cri.

— Qu'est-ce qui se passe ? dit Rital junior en arrivant dans la salle à manger.

— Ton vieux. Il lui est arrivé quelque chose.

En deux enjambées il fut à côté de son père, lui donnant des claques étonnamment douces vu la taille de ses bras.

– Papa, réveille-toi, papa ! dit-il, et sans se retourner pour me regarder, il ajouta : appelez une ambulance.

Je sortis le téléphone de ma poche et composai le 107. Pendant que je demandais l'ambulance, Rital junior continuait à secouer son père, le suppliant de se réveiller.

48
CHOC

Quand les infirmiers chargèrent Pintaldi dans l'ambulance, son fils monta avec lui et moi je les suivis avec ma Uno jusqu'à l'hôpital. Je restai avec Rital junior les vingt minutes que mirent les amis et parents pour commencer à arriver.

Un choc émotionnel avait provoqué un évanouissement, dirent les médecins. Et vu son état de santé délicat, le Rital Pintaldi devrait rester un ou deux jours à l'hôpital.

Je passai la nuit sans pouvoir fermer l'œil, me demandant si je n'étais pas allé trop loin avec mes questions, si cet homme ne s'était pas retrouvé à l'hôpital par ma faute. Mais quand apparurent les premières lueurs du jour, j'avais décidé que non. Il était clair, me dis-je, que l'évanouissement et l'hospitalisation n'auraient pas eu lieu si je n'étais pas allé l'interroger. Mais aussi, il était certain que si l'homme avait été innocent rien de tout cela ne serait arrivé.

Et il ne l'était pas. Premièrement, il avait menti. Il m'avait dit qu'il était à Comodoro le jour de la disparition, quand moi je savais précisément qu'il avait été assigné au phare de Cabo Blanco. Ensuite, Belcastro disait dans sa lettre que quelqu'un de confiance avait été l'auteur matériel de l'assassinat. Et sa veuve m'avait confessé, quelques heures auparavant, que Pintaldi était le bras droit de Belcastro à cette époque. Tout cela ajouté au fait que c'était la seule fois durant toutes ces années qu'un gardien était en poste à Cabo Blanco sans compagnon. C'était trop de coïncidences.

Et il fallait y ajouter ce qu'Alcides Muñoz m'avait raconté dans la maison de retraite. L'ambulance et la voiture de police appelées par Pintaldi, après avoir été informé par l'ouvrier agricole, avaient mis quatre heures pour arriver. Plus du double du temps habituellement nécessaire pour parcourir les quatre-vingts kilomètres qui séparent Deseado de Las Maras. Pintaldi avait reporté l'appel dans le but de gagner du temps pour une raison que je n'avais pas encore découverte.

J'en déduisis qu'il était logique qu'il se soit énervé avec mes questions. Il était certain qu'au bout de trente ans l'homme était convaincu que la vérité sur le cas de Fabiana Orquera ne sortirait jamais au grand jour.

Mais un professeur au rabais y mettait son nez.

Je pensai à Bongo. Si quelqu'un avait des motifs pour empoisonner mon chien dans le but de m'effrayer, c'était bien le Rital Pintaldi. Mais les motifs ne suffisaient pas, encore fallait-il avoir les moyens matériels pour cela. Si Pintaldi pouvait à peine marcher sans être branché à son oxygène, comment pouvait-il jeter un morceau de viande empoisonnée par-dessus une muraille de presque deux mètres de hauteur ?

Je pensai à son fils. Avec de tels bras, il aurait pu me balancer un chapon entier dans le patio. Cependant, le vieux avait indiqué que son fils était rentré de Buenos Aires le jour d'avant. Cela voulait dire qu'il avait été absent de Deseado durant au moins quatre jours.

Je pris mon téléphone sur la table de nuit et cherchai Miguel Pintaldi dans Facebook. Nous avions trente-six amis en commun et son profil était public. Je remontai de trois jours dans sa biographie, quand Bongo était mort. Rital junior avait mis une photo de lui à Puerto Madero, à deux milles kilomètres de chez moi.

Mais alors, bordel, qui avait bien pu faire ça ?

49
FIÈVRE

Samedi matin au lever du jour le temps était splendide et mon père m'invita à pêcher à Punta Norte. J'étais sur le point de refuser, mais au dernier moment je changeai d'avis. Ça me ferait du bien de m'éclaircir les idées et d'oublier Fabiana Orquera pendant quelques heures.

Nous revînmes à l'heure du repas les mains vides. Ma mère prépara des pizzas et après le dessert je filai directement à la bibliothèque municipale pour continuer à chercher dans les archives de *El Orden* des informations sur le cas Fabiana Orquera. La recherche fut aussi infructueuse que la pêche du matin.

Il devait être six heures du soir quand je suis sorti de la bibliothèque. Le soleil était encore haut et le vent n'avait pas soufflé de la journée. Le sourire aux lèvres, je me suis dirigé vers la maison de mes parents où j'avais laissé la Uno.

J'étais sur le point d'arriver quand j'entendis trois brefs coups de klaxon dans mon dos. En me retournant je vis Nina Lomeña au volant de sa Polo rouge en train de me saluer.

– Quelle surprise, dis-je en m'approchant de sa fenêtre, je te croyais à Las Maras.

– Moi aussi, je pensais que tu étais là-bas. Je suis arrivée ce matin.

Nina souriait, mais elle avait un visage fatigué.

– Qu'est-ce qu'il y a ?

– J'ai dû aller à l'hôpital.

– Tu vas bien ?

– Oui. Maintenant ça ne va pas trop mal, mais je n'ai pas pu fermer l'œil de la nuit. Je me suis levée avec beaucoup de fièvre, mal à la gorge et la tête prête à exploser.

– Et que t'a dit le médecin ?

– Que c'est une infection dans la gorge, il m'a prescrit des antibiotiques. Il m'a aussi recommandé de rester en ville durant quelques jours pour me reposer afin d'être sûre d'aller mieux avant de retourner à Las Maras.
– Tu as besoin de quelque chose ? Je peux t'aider d'une manière ou d'une autre ?
– Non, ça va, dit-elle en souriant.
– Et c'est toi qui as conduit pour venir ici? dis-je en donnant deux petites tapes sur le toit de sa voiture.
– Bien sûr que non. Si j'ai peur de conduire sur la piste en temps normal, tu imagines avec de la fièvre. Un des bénévoles qui a travaillé à la maison du télégraphiste s'est proposé pour me ramener avec ma voiture.
Nina leva son index et le dirigea droit sur mon visage.
– Et toi, que fais-tu en ville ? Tu vas revenir à Las Maras ou tu as décidé de me fendre le cœur et de partir sans me dire au-revoir ?
Bien qu'elle ait prononcé sa dernière phrase sur le ton de la plaisanterie, je ne pus éviter de sourire en pensant que dans chaque blague il y a une part de vérité.
– Je suis revenu parce que je me suis rendu compte que j'avais besoin de rencontrer plus de gens avant de commencer à écrire.
– Tu vas écrire un livre, finalement?
– Je crois que oui. Ces derniers jours j'ai trouvé beaucoup d'informations intéressantes. Trop pour que ça tienne dans les colonnes de *El Orden*.
– Ça veut dire qu'on se reverra à Las Maras ?
– Bien sûr. Comment pourrais-je partir sans dire au-revoir à une femme aussi remarquable ?
Il m'était égal que ma phrase fût bonne ou mauvaise. Je voulais juste que mes intentions restent claires. Tôt ou tard je vais lâcher les chiens, et ça c'est ton excuse pour partir en courant.
Nina me regarda comme si elle soupesait les conséquences de sa réaction.
– Monte que je te ramène, dit-elle en souriant.
– J'en serais ravi, mais ma voiture est là-bas, dis-je en

montrant la maison de mes parents, à cinquante mètres d'où nous nous trouvions.

– Eh bien je n'aurai pas fait ma bonne action du jour, dit-elle en haussant les épaules. Bon, Nahuel, je te laisse, je dois aller me mettre au lit.

– À plus tard.

Nina enclencha la première et commença à s'éloigner dans sa Polo rouge. Mais je vis les feux stop s'allumer au bout de dix mètres.

– Un de ces jours, nous devrions faire quelque chose, dit-elle en passant la tête par la fenêtre.

– Bien sûr, évidemment, quelque chose comme quoi ?

– Comme aller boire un verre, par exemple.

– Quand tu veux.

– Que penses-tu de lundi ? Tu seras là, ou tu rentres à Las Maras plus tôt ?

Jusqu'à présent, mon plan pour lundi était d'aller voir le Cabezón pour qu'il me donne les nouvelles dont il parlait dans son texto puis de revenir le plus vite possible à Las Maras. Mais si Fabiana Orquera était restée enterrée durant trente ans, elle pouvait bien attendre un jour de plus.

– Je serai encore là lundi, c'est sûr, dis-je.

– Bien, que penses-tu de prendre un verre au bar de mon hôtel, et de là nous déciderons où aller ?

Je lui dis que c'était d'accord, évitant de préciser qu'il n'y avait pas beaucoup d'alternatives à Deseado pour boire un verre un lundi soir. Tant mieux, pensai-je. Je pourrais jouer la carte « il n'y a rien d'ouvert, mais chez moi j'ai une petite collection de vins ».

Nous nous séparâmes avec deux baisers et je rentrai chez moi le sourire aux lèvres. Finalement, la pêche du jour n'avait pas été si mauvaise.

50
EMPREINTES

Lundi matin, le réveil sonna à huit heures. À huit heures et demie j'étais déjà dans le bureau du Cabezón Ferreira.
— Donc, il y a du nouveau ? dis-je sans préambule en m'asseyant face à lui. Que t'a dit ton ami de la Scientifique ?
— Il m'a téléphoné et m'a donné les premiers résultats de l'analyse, mais tu arrives un peu tard pour ça.
— Comment ça, j'arrive un peu tard ?
Le Cabezón se pencha vers un côté de son bureau. Du tiroir où apparemment il rangeait tout, il sortit une enveloppe marron.
— Parce que maintenant je n'ai plus aucune raison de t'en parler. Ce matin le rapport complet est arrivé.
Le Cabezón vida le contenu sur le bureau. Un CD, un dossier qui, je le supposai, devait être le compte rendu, et les deux mêmes sacs en plastique que j'avais apportés deux jours auparavant. L'enveloppe ainsi que le bout de papier découpé dans la lettre de NN étaient tous les deux couverts de grandes traces noires, comme si un mécanicien les avait manipulés.
— Comme tu peux le voir il y a un tas d'empreintes, dit le policier en me tendant les deux sacs. La plupart sont les tiennes.
Je remarquai que certains relevés étaient entourés d'un trait rouge ou bleu.
— La plupart ? C'est-à-dire qu'il y a les empreintes d'autres personnes ?
— Affirmatif, dit-il en exagérant l'intonation policière.
Il mit ses lunettes et ouvrit le dossier contenant le rapport. Ensuite il fit glisser son doigt jusqu'au bas de la feuille entièrement écrite et lut à voix haute :
— *Les empreintes digitales entourées d'un trait rouge sur les objets analysés, correspondent de façon indiscutable à celles de la*

fiche dactyloscopique décadactylaire établie au nom de Ricardo Méndez. En ce qui concerne les empreintes digitales entourées de bleu, il apparaît qu'elles NE CORRESPONDENT PAS à l'individu.
– Qui est Ricardo Méndez ? demandai-je.

Le cabezón me tendit le papier avec mes empreintes qu'il m'avait prises il y a une semaine pour analyse. Le nom de Ricardo Méndez était écrit au dos.

– C'est ton affaire, me dit-il. Mais je ne sais pas dans quoi tu t'es fourré et il n'a paru plus prudent de ne pas donner ton véritable nom.

– Merci, tu continues à accumuler les bouteilles de vin.

Le Cabezón leva un pouce et continua sa lecture.

– *En conclusion, les empreintes digitales trouvées sur les deux échantillons suggèrent que plus d'un individu a été en contact avec les deux côtés des deux objets analysés.*

– Spectaculaire ! m'exclamai-je. Est-ce que ça veut dire que l'on a les empreintes de l'auteur de la lettre ?

– Non, dit le Cabezón tout en s'installant dans sa chaise. Vendredi, quand j'ai appelé le type qui a fait les analyses, il m'a dit qu'il y avait quelque chose de bizarre. Je lui avais précisé que nous cherchions de vieilles empreintes, et il m'a dit que celles qu'il a trouvées ont été trop faciles à révéler. Même celles qui ne t'appartiennent pas.

– Comment ça, trop faciles ?

Le Cabezón me regarda par-dessus ses lunettes en brandissant le rapport.

– Le processus qui consiste à laisser une empreinte digitale est comparable au tampon que l'on appose sur une feuille de papier. Le doigt est le tampon, et la graisse sur le doigt est l'encre. Si l'on est plus précis, la substance sébacée. Le fait est qu'on en a toujours une certaine quantité sur les mains, c'est une zone qui transpire beaucoup. À mesure que le temps passe, cette graisse se dégrade et perd de son adhérence, il devient donc plus difficile de révéler ces empreintes avec les poudres classiques. Il faut utiliser des méthodes plus élaborées. Mais le type m'a dit que dans le cas présent, ce ne fut pas nécessaire. Il a fait apparaître les empreintes avec les poudres habituelles, et cela lui a paru surprenant.

– Pourquoi ce n'était pas mentionné dans le rapport ?
– Parce qu'il n'existe aucune étude précise sur la détermination de l'âge d'une empreinte. Il se base seulement sur son expérience. Il dit que, bien qu'il ne puisse pas te le mettre noir sur blanc, ça l'étonnerait beaucoup que les empreintes aient plus d'un an.
– Ce n'est pas possible, Cabezón. Cette enveloppe est restée fermée depuis novembre 1998, et ce bout de papier était à l'intérieur.
– Et de ça, tu en es sûr ? demanda le Cabezón. Dis-toi bien que ce type est un des meilleurs experts d'Argentine, d'accord ?

Si j'en étais sûr ? L'écriture sur la lettre et sur l'enveloppe était la même, et le papier de l'une et de l'autre était pareillement jauni par les années. Mais étais-je sûr que l'enveloppe avait été fermée en 1998 ? Non, et de fait, si ce que disait l'ami du Cabezón était certain, elle était encore ouverte il y a moins d'un an.

Qui avait gardé cette lettre durant tout ce temps ? Et qu'est-ce qui l'avait poussé à fermer l'enveloppe maintenant ?

– Pourquoi tu ne me racontes pas toute l'affaire ? suggéra le Cabezón.

– Pas maintenant, mais je te promets que je vais te la raconter, dis-je, rassemblant tout ce qu'il y avait sur le bureau et me levant de ma chaise. Quand je t'apporterai toutes les bouteilles de vin que je te dois.

51
RITAL JUNIOR

Je fis l'inventaire du contenu de mon sac à dos et conclus que j'avais tout ce qu'il me fallait pour retourner à Las Maras. Quoi qu'il se passe cette nuit avec Nina, je me promis que le jour suivant je rentrerai à l'estancia. Après ce que m'avait dit le Cabezón au commissariat, je devais revenir et parler avec Carlucho. Lui demander qui, au cours de l'année dernière, avait eu accès à la chambre dans laquelle j'avais trouvé la lettre, et peut-être lui raconter la vérité.

De plus, le Rital Pintaldi, le seul à Puerto Deseado avec qui j'étais sûr d'avoir encore quelques détails à éclaircir, était toujours à l'hôpital. Si je voulais progresser sur le cas Fabiana Orquera, je devais donc rentrer à Las Maras.

Je regardai l'heure, presque une heure de l'après-midi. Maintenant, Pablo et Valeria devraient être rentrés à Comodoro depuis un jour. Je souris. Je pourrais me concentrer sur la recherche du corps de Fabiana Orquera sans distractions.

On sonna à la porte.

Comme d'habitude, j'ouvris sans demander qui c'était ni regarder à travers le judas. Aussitôt, la robuste silhouette de Rital Junior se rua sur moi en lâchant une espèce de grognement. Je sentis un coup sec dans la poitrine et une force brutale me poussa en arrière. Je tombai par terre, écrasé par le corps de Rital Junior.

Avant que j'aie pu réagir, je vis un poing s'éloigner pour prendre de l'élan puis se rapprocher de mon visage à toute vitesse. Une terrible douleur sur le côté du nez m'obligea à fermer les yeux et je sentis le sang couler sur ma joue.

– Tu n'as aucun principe, fils de toutes les putes, dit-il en se remettant debout.

Entre les larmes qui m'avaient inondé les yeux après le

coup de poing, je distinguai un mouvement brusque et parvins à lever les mains vers ma tête juste à temps pour que mes avant-bras amortissent un coup de pied. Il allait droit vers mes dents.

— Mon vieux vient de me raconter que tu l'as menacé.

— Non. Moi, non…

J'eus le souffle coupé quand la pointe du pied de Rital Junior s'incrusta dans un de mes reins.

— Que lui as-tu dit, fils de pute ? Pourquoi ce n'est pas moi que tu menaces ?

— Je ne l'ai pas menacé. Je lui ai posé des questions sur Belcastro, rien d'autre.

D'un mouvement brusque il s'accroupit et de ses deux mains m'attrapa par les cheveux.

— Il se pisse dessus, fils de pute, cria-t-il en me secouant la tête. Ça fait deux jours qu'il a des couches.

Quand il arrêta de me secouer, je vis son visage décomposé s'approcher tout près du mien. Je pus sentir l'odeur d'alcool de son haleine.

— Si j'apprends que tu as cité le nom de mon père, en parlant ou en écrivant, je te jure que je t'ouvre la gorge d'une oreille à l'autre, dit-il, et il fit rebondir ma tête contre le sol.

Je ne sais si je restai étendu cinq minutes ou une demi-heure, mais quand je me réveillai le sang séché m'avait collé la joue au carrelage glacé et Rital Junior était parti.

52
TOKYO

Avant de descendre ouvrir la dernière barrière à bestiaux, je me regardai encore une fois dans le rétroviseur. Mon œil gauche était en compote et mon nez tellement enflé que je devais respirer par la bouche. J'avais bien fait d'annuler mon rendez-vous avec Nina.

Je ressentis un grand soulagement en ne voyant pas la Clio banche de Pablo garée près de la porte d'entrée de Las Maras. La camionnette grise des Nievas n'était pas là elle non plus, ce qui me fit supposer que le couple était allé pêcher à Cabo Blanco ou, encore plus probable, Carlucho avait trouvé quelque travail à effectuer dans l'estancia. Je regardai, presque par réflexe, vers la Cabane. De toute évidence, pas de Polo rouge et je ne la voyais nulle part ailleurs.

Je trouvai la porte d'entrée de la maison des Nievas fermée à clef. Je fis le tour de la demeure et vérifiai que celle de la cuisine l'était elle aussi. Collant les mains au carreau, je regardai par la fenêtre. Quiétude absolue.

Je déplaçai avec le pied le bout de tronc pétrifié près du mur pour m'assurer que la clef de la maison était toujours dessous. J'entrai dans la cuisine et mis de l'eau à chauffer pour préparer le maté.

Je repensai au lien qui existait entre les Pintaldi, la mort de Fabiana Orquera et celle de mon chien. Depuis que j'avais quitté Deseado, une heure et demie plus tôt, je n'avais plus que ça dans la tête.

Premièrement, le Rital Pintaldi, je ne l'avais pas menacé. J'admettais que mes questions embarrassantes lui avaient provoqué une décompensation, mais de là à le menacer il y avait un bout de chemin.

En tout cas, lui m'avait menacé. Il m'avait dit que s'il le

voulait, il pouvait me faire passer à tabac. Je me demandai s'il parlait de manipuler son fils en lui disant que je l'avais importuné. Je ressentais tant de colère que je doutai même de son incontinence.

Je venais juste de finir mon premier maté quand j'entendis une voiture de l'autre côté de la maison. J'avançai jusqu'à la porte de devant, posai la main sur la poignée puis m'arrêtai en pensant à ce que je pourrais bien raconter à Dolores à propos de mon œil au beurre noir. Avant qu'une quelconque idée me vînt à l'esprit, j'entendis le bruit de la clef dans la serrure et vis apparaître Valeria.

– Nahuel, que fais-tu là ?

Pablo était resté dans la voiture. En me voyant, il fit semblant de fouiller dans la boîte à gants de sa Clio qu'il avait garée très près de la Uno, comme si nous étions à Tokyo et non pas en Patagonie.

– Comment qu'est-ce que je fais là ? ai-je répondu, mon regard faisant le va-et-vient entre Valeria et son fiancé. Et *vous*, pourquoi êtes-vous encore là ?

– Nahuel, au cas où tu l'aurais oublié, c'est la maison de mes parents.

– Je m'en souviens. Je me souviens aussi que tu m'as dit que je pouvais revenir dans deux jours parce que vous partiez.

– C'est une façon de parler, Nahuel. Deux ou trois jours. Nous devons te donner des explications ?

– Non, bien sûr que non. Et je suppose que tu veux que je retourne en ville, non ?

– Immédiatement, si c'est possible.

– Valeria, s'il te plaît, j'ai besoin d'être ici, à Las Maras. C'est très important pour moi. Je sais que j'ai fait une connerie l'autre nuit, mais nous sommes des grandes personnes.

– Non, Nahuel, dit Valeria en secouant la tête.

– Je peux me lever tôt et disparaître jusqu'à la nuit. Je peux aller à Cabo Blanco, ou quand Nina sera revenue de Deseado, aller lui rendre visite dans la Cabane.

Valeria joignit les mains bruyamment.

– Comment ça se fait que tu ne comprennes pas ? Je viens

de te dire non. C'est mon dernier mot.

À cet instant, Pablo descendit de voiture et, sans me regarder, se dirigea vers Valeria.

– Un problème, mon amour ? dit-il.

– Toi, tu ne t'en mêles pas, c'est entre Valeria et moi.

– Un problème, mon amour ? répéta Pablo, m'ignorant et prenant Valeria par la taille.

– Ces bêtises ne sont plus de notre âge, Pablo. Je suis ici, tu peux me parler.

Pablo se tourna vers moi et me regarda de bas en haut d'un air méprisant.

– Un problème ? demanda-t-il à Valeria pour la troisième fois. Ce taré continue à te les briser ?

Sans réfléchir, je pris Pablo par la chemise pour le plaquer contre le mur de la maison.

– Ce n'est pas le moment, dis-je. Ne me cherche pas, parce que je vais te…

Avant que j'aie pu finir ma phrase, le poing de Pablo me frappa en plein sur l'oreille, me laissant un bourdonnement continu. Instinctivement, je lâchai la chemise et il en profita pour me mettre un autre coup. Il m'atteignit au nez, à endroit même où Rital Junior m'avait cogné juste avant.

Je me jetai sur lui et nous tombâmes avec un bruit sec sur le sol gris couvert de pierres. La douleur et la rage me firent voir rouge. D'une main je lui appuyai le cou contre le sol et de l'autre je déchargeai sur son visage toute la colère que j'avais accumulée ces derniers jours. Le visage effrayé de Pablo n'était plus celui de l'idiot de fiancé de Valeria. En ce moment il représentait le Rital, son fils, Belcastro, l'assassin de Bongo. Tous les fils de pute du monde.

Je levai le poing encore une fois, mais je sentis que l'on m'attrapait le poignet.

– Ça suffit, imbéciles. Vous êtes devenus fous ? C'était Valeria qui des deux mains s'accrochait à mon avant-bras. Vous avez quel âge, quinze ans ? Idiots !

Pablo et moi sommes restés sans bouger. Lui sur le sol, saignant de la bouche, et moi agenouillé sur son estomac, le poing levé et une douleur intense sur tout le visage, plus aiguë au niveau du nez.

Nous nous relevâmes sans nous quitter des yeux. Dès qu'il fut debout, Valeria prit la main de son fiancé et se dirigea vers la maison. Avant d'entrer elle se retourna et me lança un regard furieux.

– Nahuel, dans cinq minutes je reviens, si tu es encore là, je casse toutes les vitres de ta voiture. Je te le jure.

– Et moi, je te casse la figure, ajouta Pablo avant qu'elle ne l'entraîne à l'intérieur.

Quand je fus seul, je m'appuyai sur la Uno et, fermant les yeux, je pris mon nez entre mes doigts. Je restai un moment ainsi, tranquille et un peu abasourdi, jusqu'à ce qu'un rire nerveux me vienne de l'intérieur.

Moi qui, même durant mon adolescence, ne m'étais jamais trouvé mêlé à aucune querelle, je venais de m'en prendre plein la figure pour la deuxième fois de la journée.

53
GRANDES SALINES DE CABO BLANCO

Je montai dans ma Fiat Uno et me dirigeai vers Cabo Blanco. Quelques kilomètres avant d'arriver, je pris la piste de droite vers les salines.

À mesure que j'avançais, les buissons qui croissaient entre les deux ornières peu fréquentées où je posais mes roues devenaient de plus en plus hauts. Je commençai à entendre le bruit des feuilles de coiron* raclant le châssis. Deux ou trois fois, quand les traces devinrent plus profondes, ce furent des pierres qui touchèrent le ventre de la Uno.

Parcourir cette piste avec la camionnette de Carlucho, comme nous l'avions fait tant de fois, c'était une chose, mais avec ma Uno c'en était une autre. Je décidai de m'arrêter et de continuer à pied avant d'y laisser mon carter.

Sur ma gauche on voyait déjà la vaste étendue blanche, plus déserte encore que la meseta qui l'entourait. Douze kilomètres carrés qui avaient été, durant les trente premières années du vingtième siècle, les « Grandes Salines de Cabo Blanco ». La raison d'être d'un village qui maintenant n'existait plus.

Je connaissais le mirage, mais malgré tout, à chaque fois il parvenait à me tromper : ce que tu voyais te disait que le sel commençait de l'autre côté d'une ondulation de la meseta. Cependant, en la dépassant, il y en avait une autre, puis une autre. D'où j'étais, en tenant compte de l'entaille dans ma cuisse, je calculai que je devrais marcher une heure avant de fouler le sel. Je regardai ma montre : quatre heures de l'après-midi.

Les mains dans les poches et le vent me collant les cheveux sur la nuque, j'entamai la marche vers l'horizon blanc. Après un bon moment, mes pas crissèrent en rompant une fine couche de sel et mes pieds s'enfoncèrent dans une boue grise.

Je découvris vite que mes traces n'étaient pas les seules sur cette étendue blanche. Je reconnu les doigts écartés du sabot du guanaco et les empreintes du mouton, plus petites et plus resserrées. Il y avait aussi, gravées dans le sel, les pattes d'un oiseau que je fus incapable d'identifier. Après un bon moment passé à observer, je fus soulagé de ne pas trouver les traces d'un gros chat.

Je continuai d'avancer tout en constatant que le sol devenait de plus en plus blanc. Si j'avais bien interprété la dernière énigme de NN, Fabiana Orquera était enterrée quelque part dans cette saline. Toutefois, cette indication était aussi utile que celle qui t'assurait qu'il y avait, englouti au fond de l'océan, un galion avec les cales remplies d'or.

Je me demandai dans quel état serait le corps, me rappelant le jambon que Carlucho m'avait donné pour mes parents. Après avoir passé deux mois dans le même sel que celui sur lequel je marchais en ce moment, la cuisse de porc était devenue dure et sèche. Qu'en serait-il de la chair humaine après trente années du même processus ? Je m'imaginai Fabiana Orquera semblable à ces corps qui, après être restés des milliers d'années congelés dans l'Himalaya, s'affichaient sur la couverture du *National Geographic*.

Je marchai encore un moment, mes pieds s'enfonçant jusqu'au-dessus des chevilles. Le soleil se reflétait sur les cristaux de sel, donnant l'impression que quelqu'un avait répandu sur le sol une infinie poignée de diamants. J'avais lu qu'en certains endroits la couche de sel dépassait les dix mètres d'épaisseur.

Quand ma cuisse blessée me réclama un peu de repos, je m'arrêtai, fermai les yeux et ouvris les bras. Me retrouver là, au milieu de nulle part, me procurait un sentiment de paix. C'est pour cela que, été après été, indépendamment de mes parents ou de combien me haïra Valeria, je reviendrai toujours ici.

C'est alors que j'entendis une déflagration dans mon dos. Un coup de feu. J'avais trop souvent chassé pour confondre avec un autre bruit. En me retournant j'aperçus une silhouette humaine au bord de la saline, à environ deux cents mètres de moi.

Incrédule, je regardai autour de moi, cherchant un guanaco, un nandou ou n'importe quelle autre bestiole à laquelle aurait été destinée la balle que l'on venait de tirer. Mais il n'y avait rien d'autre en vue que le sel, la terre grise et une silhouette entièrement vêtue de noir qui marchait vers moi avec un fusil dans les mains.

Elle fit deux pas de plus et s'arrêta. Lentement, elle leva le fusil et me visa.

Je voulus partir en courant, mais ne parvins qu'à m'étaler sur le sol. J'étais à terre depuis quelques secondes lorsque j'entendis un deuxième coup de feu et une gerbe de sel explosa à cinq ou six mètres sur ma droite.

Mes jambes et mes bras, étendus sur le sol blanc, tremblaient violemment. Je décollai à peine le menton du sel humide et découvris que la silhouette était toujours là, le fusil levé pour me mettre en joue. Elle portait un large chapeau et son visage était recouvert d'un foulard ou d'un passe-montagne.

À cet instant, j'eus la certitude que j'allais mourir cet après-midi-là.

54
PERDU POUR PERDU

J'allais mourir sans savoir de la main de qui, et je ne pouvais rien faire pour me défendre. Il n'y avait même pas un putain de rocher derrière lequel me réfugier. Rien que le sel et la plaine à perte de vue.

Je devais m'éloigner de là. Courir vers le centre de la saline et prier pour avoir de la chance. Car si je me trompais et arrivais sur une zone où la couche de sel était trop fine, elle céderait sous mes pieds et je m'enliserais dans la boue jusqu'aux genoux. En outre, jusqu'où je pourrais fuir avec la blessure que j'avais à la jambe ?

Toujours couché sur le sol, je sortis le portable de ma poche, espérant un miracle.

Pas de réseau.

Je restai paralysé, me maudissant de ne pouvoir rien faire d'autre que d'attendre d'autres tirs, jusqu'à ce que l'un d'eux finisse par m'atteindre.

Si je me mettais debout pour partir en courant, je me transformerais en une cible plus grande et plus facile à atteindre pour l'encapuchonné. Mais si je restais étendu là, ce n'était qu'une question de temps avant qu'il s'approche et recommence à tirer.

Mais aucune de mes deux hypothèses ne se réalisa. Mon bourreau, immobile, continuait à me tenir en joue, mais ne s'approchait pas. Pourquoi ne me poursuivait-il pas ?

De nouveau, je levai la tête et regardai la silhouette au visage couvert.

Le passe-montagne, pensai-je. Qui que ce soit, celui qui venait de me tirer dessus deux fois de suite avait choisi de cacher son visage et de garder ses distances pour éviter que je le reconnaisse. Mais s'il avait décidé de me tuer, en quoi cela le gênait-il que je voie son visage quelques secondes avant qu'une balle ne m'éclate la tête ? Tout cela, c'était du cinéma, tentai-je de me convaincre. Ce ne pouvait être rien de plus qu'une pantomime destinée à me faire une bonne frayeur.

Mais si je me trompais, et si l'encapuchonné voulait vraiment me farcir de plomb ? Ça ne changeait rien, me dis-je. Si le type voulait me tuer, je n'avais aucun moyen de l'en empêcher. C'est ainsi que, me basant sur ce raisonnement hâtif, je pris l'une des décisions les plus absurdes de ma vie.

Je me levai et commençai à courir de toutes mes forces en direction de l'arme qui me visait.

Je fis un pas après l'autre en me demandant quel serait le dernier. J'avais parcouru le tiers de la distance qui nous séparait quand je vis un éclair ; je me jetai au sol avant que la déflagration n'atteigne mes oreilles.

Mais ma réaction fut purement instinctive. J'avais très nettement vu que l'individu déviait son fusil vers le haut et sur la gauche avant de tirer. Il voulait être sûr de ne pas me toucher.

Un peu plus confiant, je me remis debout et courus de nouveau dans sa direction le plus rapidement que me le permettaient mes jambes.

L'encapuchonné resta immobile, me gardant en point de mire durant la première partie de ma course. Mais, quand je fus suffisamment près de lui pour reconnaître son visage s'il n'avait pas porté de passe-montagne, l'individu fit demi-tour et se mit à courir, fuyant dans la direction où j'avais laissé ma voiture.

Je le vis trébucher après une centaine de mètres, lui et le fusil allèrent au sol. Et même s'il se releva immédiatement, saisit l'arme et reprit sa course, j'arrivai à réduire un peu la distance. Suffisamment pour distinguer une scène de chasse aborigène gravée sur la culasse.

Il avait le Rupestre de Carlucho.

55
POURSUITE

Je continuai de poursuivre l'encapuchonné. Nous nous dirigions vers ma voiture qui maintenant était à côté d'une camionnette blanche. Je le vis monter dans le véhicule et partir à toute vitesse, laissant derrière lui un nuage de poussière.

Une fois dans la Uno, je roulai aussi vite que la piste me le permettait, essayant de garder ma voiture en un seul morceau. Du coin de l'œil, je vis une tache de sang qui allait en s'élargissant sur ma cuisse droite. La plaie s'était rouverte une fois de plus, mais l'adrénaline m'empêchait de sentir la douleur.

La camionnette, plus haute sur ses roues et mieux équipée que ma Uno pour ce type de chemin, s'éloignait de plus en plus. Quand j'arrivai à l'intersection de la piste avec la route principale – qui reliait Cabo Blanco à la civilisation –, c'est à peine si je distinguai, derrière un panache de poussière, un point blanc s'éloignant du phare.

Sur le revêtement de graviers compact et lisse de la route, les larges roues de la camionnette lui procuraient une meilleure traction, laissant ma voiture quasiment hors de combat. Malgré tout, j'accélérai jusqu'à ce que le compteur de vitesse indique quatre-vingts kilomètres par heure, la vitesse maximale avant que les gravillons ne rendent la voiture aussi incontrôlable que si elle se trouvait sur une piste de patinage sur glace.

Mais yeux alternaient entre le compteur et le nuage de poussière quand je remarquai un bout de papier glissé sous un essuie-glace. À quatre-vingts kilomètres par heure, la feuille fouettait le pare-brise avec force, menaçant de s'envoler à tout moment.

La camionnette disparut derrière un virage. Le regard fixé sur la route, je baissai la vitre et m'étirai autant que je le pus, sortant la tête et les épaules par la fenêtre jusqu'à toucher le papier.

Je le tenais à peine du bout des doigts. Involontairement, je baissai les yeux vers eux une fraction de seconde, mais un rugissement sous la voiture m'obligea à regarder devant moi et à remettre les deux mains sur le volant. La Uno s'était un peu déportée sur la droite, et les roues côté passager roulaient dangereusement sur les tas de graviers entassés sur le bas-côté.

Beaucoup de ces pierres tapaient fortement sous mes pieds, produisant un bruit assourdissant dans la voiture. Un coup de volant mal à propos où un freinage trop brutal et la Uno sortirait de la route bringuebalée dans tous les sens.

Je fis ce qui, d'après ce que j'en savais, était la seule alternative pour sortir de là vivant. J'accélérai pour gagner en traction et empoignai fermement le volant, le tournant à peine, jusqu'à ce que les roues regagnent le revêtement compact.

Cela fonctionna. Je repris le contrôle et pus me permettre de regarder à nouveau devant moi. Le nuage était toujours là, à la même distance.

Je continuai à la même vitesse, les deux mains sur le volant, ignorant le bout de papier qui claquait sur le pare-brise. Quand la camionnette arriva au virage suivant, je vis ses feux stop s'allumer juste avant qu'elle ne disparaisse derrière une ondulation de terrain.

À contrecœur, je levai un peu le pied de l'accélérateur en arrivant au bout de la ligne droite. Ce que je découvris à la sortie du virage me fit pratiquement perdre le contrôle de la Uno.

Moins de cent mètres devant moi, sur un côté de la route, la camionnette blanche était posée sur le toit, les roues tournant encore. Elle ressemblait à un énorme cafard moribond.

Un troupeau de guanacos s'éloignait au grand galop, laissant un des leurs étendu au milieu de la route, lançant des ruades en l'air.

Je bloquai les freins pour ne pas le percuter et la Uno commença à glisser sur les gravillons, tournant lentement sur elle-même. Sans répondre à mes coups de volant, la voiture avançait de côté vers le guanaco. Juste avant de fermer les yeux, je me rendis compte que je n'avais pas attaché la ceinture de sécurité.

Pan ! Un coup sec sur le côté de la Uno m'arracha du siège, je sentis une forte douleur dans le dos.

Quand je rouvris les yeux, j'étais assis sur le siège passager, les dos contre la vitre et les pieds sur le volant. Une fois le nuage de poussière dissipé, je constatai que ma voiture avait pivoté à quatre-vingt-dix degrés en travers de la route, le nez dirigé vers les champs environnants. Je toussai et ressentis une douleur aiguë dans le dos au niveau du thorax. Lentement, je sortis de la voiture.

Je n'avais aucune nouvelle blessure visible. Seulement une douleur quand je respirais profondément. Pour ce qui était de la voiture, le bas de caisse du côté passager s'était incrusté dans le ventre du guanaco, qui maintenant ne bougeait plus.

Je levai les yeux vers la camionnette renversée sans distinguer le moindre mouvement autour d'elle. Je m'en approchai aussi vite que me le permit la douleur dans le dos, zigzaguant entre les buissons de *mata negra**, les touffes de coirons et les morceaux de pare choc. À mesure que je m'approchais du véhicule écrasé, toutes les questions dans ma tête s'évanouissaient jusqu'à ce qu'il n'en reste plus qu'une seule : Vivant ou mort ?

Quand j'arrivai, presque en courant, et vis de plus près l'état dans lequel se trouvait la camionnette, il me sembla qu'il n'y avait qu'une seule réponse possible. Le toit était tellement enfoncé dans la partie avant que l'ouverture du pare-brise était réduite à une fente par laquelle une main pouvait à peine passer.

Personne ne réclamait de l'aide.

Je me hâtai de jeter un coup d'œil à l'intérieur de cet amas de métal et de plastique. Dedans il n'y avait personne, vivant ou mort.

C'est alors que le vent m'apporta une lamentation à peine audible et je distinguai, à environ une dizaine de mètres de la camionnette, un pied sans chaussure qui dépassait de derrière un buisson de *mata negra*.

Je courus.

La silhouette gisait immobile sur le sol, émettant une plainte monotone. Les vêtements étaient déchirés, tachés de sang et de terre. Le visage était toujours couvert.

– Les guanacos, dit une voix familière.

Je m'agenouillai à son côté et levai avec précaution le passe-montagne.

C'était Nina Lomeña.

56
UN MAUVAIS RÊVE

Le dimanche 6 mars 1983, Fabiana Orquera se réveilla en hurlant dans la maison de l'estancia Las Maras. Toujours le même cauchemar.

Elle rêve qu'elle est assise dans le canapé chez elle à Montevideo, les yeux fixés sur le téléviseur où passe un film en noir et blanc. De temps en temps elle pioche une cuillerée de crème glacée dans le bol qui est posé sur sa poitrine et la suce lentement. Le froid soulage la douleur de sa lèvre tuméfiée.

Juste avant la fin du film, au moment où le héros gominé embrasse la blonde, la porte de sa maison s'ouvre brusquement dans un fracas assourdissant quand elle cogne contre le mur. Un homme entre cahin-caha. Il s'avance en souriant, le regard dirigé vers le sol, il murmure quelque chose qu'elle ne parvient pas à comprendre.

Le type s'arrête près d'elle et la regarde avec curiosité. Il sourit, porte les mains à sa ceinture, bataille un peu avec la boucle – un aigle doré –, jusqu'à ce qu'il parvienne à la décrocher. Puis il ouvre sa braguette.

– Que fais-tu ? lui demande-t-elle.

– Que crois-tu que je suis en train de faire ? répond-il en souriant.

Elle braque ses yeux sur le téléviseur. Le film est terminé, maintenant l'image est en couleur.

Il fait un pas de côté, s'interposant entre elle et l'appareil. Par la braguette ouverte du pantalon bleu on aperçoit le tissu du caleçon. Le même qu'hier.

Il avance jusqu'à ce que leurs genoux se frôlent. Instinctivement, elle recule les épaules dans le canapé. Lui, debout face à elle, baisse son pantalon.

Elle ferme les yeux, serre les dents et presse fortement sa langue contre le palais. Elle est habituée à l'odeur de crasse et cela fait des années qu'elle a appris à dissimuler les haut-le-cœur.

D'une main pesante, l'homme la saisit par la nuque et l'approche de ses parties génitales. Elle se libère d'un mouvement rapide et revient se coller au dossier du canapé.

– Aujourd'hui aussi tu fais la difficile ?

– Je t'ai déjà dit que ces jours-ci je ne me sens pas bien.

L'homme frappe ses cuisses dénudées avec la paume de ses mains.

– Bordel, mais pourquoi ai-je une femme, alors ? Tu veux me le dire ? demande-t-il en remontant son pantalon.

Elle ne répond pas. Elle sait que rien de ce qu'elle peut dire ne va améliorer la situation.

– Parce que tu es ma femme, tu le sais, non ?

Elle se tait et regarde le sol. L'homme émet un grognement et la saisit par la mâchoire, la forçant à le regarder.

– Tu le sais, ou tu ne le sais pas, bordel ?

Les gros doigts lui compriment les joues avec tant de force qu'elle a l'impression qu'à tout moment une de ses dents va exploser. Elle a un goût de sang dans la bouche et comprend que sa lèvre tuméfiée s'est rouverte.

Malgré la douleur, elle ne répond pas. Elle reste calme.

– Réponds-moi, dit l'homme, allongeant la dernière syllabe.

Elle se tait et il réagit avec une claque derrière l'oreille. Un coup sec, répété mille fois, qui lui laisse un bourdonnement dans l'oreille.

S'il y a une chose pour laquelle ce type est doué, c'est pour donner des coups. Et de fait, il gagne sa vie en cognant. Cela fait partie de son travail comme policier à Montevideo.

– Tu vas me répondre maintenant ? Tu es ou tu n'es pas ma femme ?

Elle sait qu'elle doit se taire. Mais elle ne peut pas. C'est déjà trop tard.

– Je ne suis pas *ta* femme. Nous vivons ensemble, mais je ne t'appartiens pas.

– Bien sûr, j'oubliais que les putes ne tombent pas

amoureuses, dit-il, lui lâchant enfin la mâchoire.

Maintenant, elle peut se lever et courir. Tenter de s'éloigner. Mais elle ne le fait pas. Elle est décidée à n'abandonner ce canapé pour rien au monde.

— Non. Ce sont les fils de pute qui tombent amoureux des putes.

Le coup suivant est donné avec le poing et lui ferme l'œil droit. Il lui faudra deux jours avant de pouvoir le rouvrir.

— Au final le Flaco Méndez va avoir raison : les putes naissent et meurent putes. C'est comme ça que tu me paies ? Moi qui t'ai sortie de ce trou à rats où tu écartais les cuisses pour deux pesos.

— La différence c'est que maintenant j'écarte les cuisses pour un peso et demi, et en plus je dois tout te donner.

L'homme garde le silence pendant un moment puis, tirant sur l'aigle doré, dans un vrombissement il enlève son ceinturon.

En cet instant, elle n'entend plus rien. Ce qui lui importe le plus au monde, c'est le métal froid que touche sa main sous le coussin du canapé. Elle se l'est promis : cette nuit, c'est la dernière fois que ce fils de pute lève la main sur elle. Se prostituer pour son propre compte, c'était déjà horrible, mais être obligé de le faire pour un policier corrompu c'est insupportable.

Leurs mains bougent en même temps. Mais la boucle du ceinturon, même si elle a la forme d'un aigle et pèse un certain poids, ne peut rien contre le 9 mm propre et bien huilé d'un policier.

Bam !

De tous les souvenirs horribles que Fabiana Orquera avait accumulés durant ses vingt-trois années de vie, cette détonation était le seul qui parvenait à la réveiller la nuit.

Une paire de bras puissants l'enserrèrent.

Sa première réaction fut de se débattre pour se libérer, mais elle comprit vite que ces bras étaient ceux d'un autre homme, bien différent. Assis sur le lit, à côté d'elle, Raúl Báez la serrait contre son torse nu tout en lui caressant les cheveux.

— C'est fini. Tout va bien, Fabi. Ce n'était qu'un cauchemar, rien de plus. Calme-toi.

Sans dire un mot, Fabiana enfouit sa tête dans la poitrine de Báez. Elle resta là, sans bouger, jusqu'à ce que la fraîcheur de la nuit de Patagonie lui glace son dos trempé de sueur, l'obligeant à retourner sous les quatre épaisseurs de couverture.

– Tu as raison, dit-elle finalement en embrassant Báez dans le lit. Ce n'était qu'un cauchemar, rien de plus.

57
VINGT MILLE HECTARES

Elle s'assit au bord du lit dès qu'elle put distinguer les premières lueurs du jour à travers les fentes des volets. À côté d'elle, Raúl Báez dormait profondément.

Comme chaque jour de sa vie, elle prépara le maté pour le petit déjeuner. Comme chaque jour depuis qu'elle était en Argentine, Fabiana trouva la saveur de la première amertume un peu décevante. Cela faisait un peu plus d'un an qu'elle avait traversé le Río de la Plata et elle ne s'habituait toujours pas à ce que, de ce côté-ci, le maté n'eût pas le même goût que les herbes de la marque *Canarias*.

Báez se leva une heure plus tard. Quand il entra dans la cuisine, il était déjà douché, rasé et portait un habit de joueur de polo.

– On est lève-tôt en Entre Ríos, dit-il en l'embrassant par derrière.

– Bonjour, répondit-elle.

Il commença à lui donner des petits baisers dans le cou qui la chatouillèrent. Tout en riant elle se rendit compte que Báez était le premier homme qu'elle connaissait – et elle en avait connu beaucoup – qui utilisait une lotion après-rasage ne lui donnant pas envie de vomir.

– J'ai pensé, dit-elle en lui offrant un maté, qu'aujourd'hui j'aimerais demander à don Alcides qu'il m'apprenne à monter à cheval.

– Cela me semble parfait. Mais le plus probable, c'est que tu sois obligée d'attendre le début d'après-midi.

– Pourquoi ?

– Je ne sais pas comment ça se passe en Entre Ríos, répondit Báez après l'avoir embrassée, mais ici les paysans se lèvent avant le soleil, déjeunent d'un bon morceau de viande, montent sur leur cheval et ne reviennent pas avant deux ou trois heures de l'après-midi.

— Ils déjeunent avec de la viande ? demanda-t-elle en plissant le nez.

Báez haussa les épaules.

— Moi non plus, je ne le comprends pas. Ils appellent ça « *churrasquear* ». Ils font griller un steak puis ils partent rassembler les moutons, réparer une clôture, s'assurer que les éoliennes fonctionnent afin que les animaux aient de l'eau. Ce genre de choses. Cette propriété fait environ vingt mille hectares.

— Un hectare, c'est comme un pâté de maison, non ?

— Exactement, cent mètres sur cent.

Presque sans s'en rendre compte, Fabiana pensa pour la première fois depuis bien longtemps à sa ville natale : de Lezica à Carrasco et de toledo Chico à Ciudad Vieja. L'estancia Las Maras, conclut-elle, était aussi grande que Montevideo.

— À quoi penses-tu ? demanda Báez en lui rendant le maté.

— À tout le travail que cet homme doit avoir.

58
RIEN QU'UN POUCE

Le reste de la matinée s'écoula sans soubresauts. Fabiana Orquera et Raúl Báez se promenèrent dans les environs de Las Maras puis s'assirent à l'abri du vent derrière les tamaris. Ils discutèrent, revinrent à la maison, reprirent quelques matés et, pour finir, firent une petite escale au lit.
— J'ai faim, dit-elle le regard dirigé vers le plafond, quand sa poitrine nue recommença à monter et descendre à un rythme normal.
— L'ouvrier agricole m'a dit qu'il nous laissait de la viande dans la chambre froide et que l'on pouvait prendre ce que nous voulions. Si tu veux, je vais en chercher un morceau.
— Génial. Moi, je reste préparer quelque chose à grignoter, dit-elle en sortant du lit. Puis elle enfila une jupe marron foncé et une chemise à carreaux blancs et rouges.

Cinq minutes plus tard, Fabiana empoignait un énorme couteau. Installée près de la fenêtre de la cuisine, elle coupait un morceau de fromage Mar del Plata en petits cubes. Par cette même fenêtre elle voyait Raúl Báez s'éloigner en direction de la maison de l'ouvrier.

Elle observa Báez qui ralentissait au bout de la rangée de tamaris, se retournait et lui envoyait un baiser. Souriant, elle posa le couteau sur la planche à découper en bois et lui renvoya son baiser des deux mains. Ensuite il tourna sur la droite et disparut derrière les arbres, juste à côté de l'endroit où ils s'étaient assis le matin même.

Fabiana regardait toujours par la fenêtre quand elle sentit un bras puissant la prendre par la taille et la tirer en arrière. En même temps, un tissu humide lui recouvrit le nez et la bouche. Une odeur forte et sucrée lui brûla les fosses nasales. Elle tendit la main pour attraper le couteau, mais les bras qui la maintenaient l'avaient trop éloignée de la planche.

Tout ce qu'elle put voir de son attaquant, avant de perdre connaissance, ce fut un pouce dans un gant de latex.

59
MAUVAIS RÉVEILLE

Quand Fabiana Orquera rouvrit les yeux, elle vit le plafond de la chambre où elle avait dormi avec Báez. Elle était au milieu du lit les bras et les jambes écartés. Elle essaya de bouger, mais ses poignets et ses chevilles étaient attachés au solide lit de fer.
    Le cœur battant à mille à l'heure, elle laissa échapper un cri pour demander de l'aide.
    Des pas rapides approchèrent et la silhouette d'un homme se profila devant la porte ouverte. Il avait la tête recouverte d'une cagoule noire qui ne laissait voir qu'une paire d'yeux marron et une bouche avec des lèvres épaisses.
    – Que se passe-t-il ? demanda-t-elle.
    Sans répondre, l'homme lui tourna le dos.
    – Elle est réveillée, cria-t-il face à la porte par laquelle il venait d'entrer.
    Fabiana entendit à nouveau des pas et un autre homme, lui aussi cagoulé, entra dans la chambre.
    Il était plus petit et plus gros que le premier. Tranquillement, il s'approcha d'elle et s'assit au pied du lit.
    Sans le quitter des yeux, Fabiana cambra son corps pour s'éloigner de lui autant que ses entraves aux poignets et aux chevilles le lui permirent.
    – Qui êtes-vous ? demanda-t-elle.
    Sans répondre, l'homme se releva. Il avança de deux pas et glissa une main derrière lui. De la poche arrière de son pantalon il sortit une paire de ciseaux avec des lames larges et pointues pour couper le tissu.
    – Eh ! Arrêtez ! Qu'allez-vous faire ? cria-t-elle, se recroquevillant dans le lit.
    Les courroies lui coupaient la circulation dans les mains et

les pieds.

– Qui êtes-vous, bordel, insista-t-elle.

L'encapuchonné ne dit pas un mot. Il s'approcha encore plus et quand son visage fut à quelques centimètres de celui de Fabiana, il sourit, découvrant une canine cassée. Il sentait la sueur et le tabac rance.

Quand le métal froid toucha les veines de son poignet, Fabiana Orquera ferma les yeux.

60
ZING

Elle entendit le « zing » des ciseaux se refermant et sa main gauche se retrouva libre. Sans dire un seul mot, l'homme répéta la même opération pour les trois autres extrémités.

— Tu vas me dire ce qui se passe ? insista-t-elle, s'asseyant sur le lit une fois libérée et se frottant les poignets et les chevilles.

— Calme-toi, petite. On va tout t'expliquer, dit l'homme à la canine cassée, s'asseyant de nouveau sur lit, à côté d'elle. Et n'aie pas peur, si tu te comportes bien on ne te fera rien. Je te le promets.

La promesse lui entra par une oreille et sortit par l'autre. La vie lui avait appris à ne faire confiance à personne.

— Que je me calme ? C'est une plaisanterie ?

— Non, non ce n'est pas du tout une plaisanterie. Tu veux boire quelque chose ?

— Non.

— Bon, alors viens, je vais te montrer quelque chose, dit le type en se levant du lit.

Elle suivit l'homme à l'extérieur de la chambre ; ils traversèrent la salle à manger. L'autre cagoulé suivait derrière elle.

La cuisine était presque dans le même état que lorsqu'ils l'avaient agressée. Le soleil entrait un peu plus de côté par la fenêtre à travers laquelle Báez lui avait envoyé un baiser. Sur le plan de travail en marbre il y avait encore le fromage à moitié coupé posé sur la planche en bois. Cependant, le couteau avait disparu.

Les hommes se postèrent de chaque côté de la porte qui donnait sur la remise.

— Ce que tu vas voir maintenant ne va pas te plaire, mais ne crie pas, nous ne voulons pas de scandale ici, d'accord ? déclara l'homme à la canine cassée en posant sa main gantée sur la poignée de la porte.

Lentement, la porte s'ouvrit en grinçant sur ses gonds et Fabiana sentit sa respiration s'accélérer à chaque centimètre de l'image qui était en train d'apparaître. Quand la porte fut entièrement ouverte, l'air lui manquait.

Avant que ses jambes ne l'abandonnent, elle put reconnaitre le corps de Báez étendu sur le sol. Une énorme tache de sang lui couvrait la poitrine et se repandait sur le sol, formant une flaque de chaque côté de son corps. Entre ses jambes, Fabiana reconnu le grand couteau au manche blanc avec lequel elle avait coupé le fromage. De nombreux filets de sang s'entrecroisaient sur la lame chromée et affûtée.

Alors, pour la première fois de sa vie, Fabiana Orquera s'évanouit.

61
LA SEULE ALTERNATIVE

Quand elle revint à elle, les cagoulés la regardaient en silence. Elle était couchée sur une surface dure et froide, et en tournant la tête elle reconnut, à quelques centimètres de ses yeux, les pieds du banc en bois de la cuisine.
Ignorant les mains ouvertes que lui tendaient les cagoulés, elle se releva en appuyant ses mains sur le carrelage froid. Assise sur le sol, elle regarda la porte en bois de la remise, maintenant fermée.
– Transportez-le en ville, sinon il va mourir, dit-elle en essayant de se relever pour courir vers la porte. Avec tout le sang qu'il a perdu, il doit voir un médecin en urgence. Emmenez-le...
Les mains du cagoulé le plus grand la saisirent fermement par les épaules.
– Il est mort, Fabiana.
– Un macchabée, dit l'autre.
Mort, pensa-t-elle. Le premier homme dans toute sa vie avec lequel elle se sentait bien. L'homme qui lui avait appris qu'une relation allait plus loin que la séduction, le lit et les mots agréables. Celui qui lui avait fait comprendre que, malgré la furtivité de leurs rencontres, il pouvait y avoir soutien et entraide dans un couple. Et, par-dessus tout, le premier homme qui jamais ne trahirait une promesse, parce que jamais il ne lui en avait fait une seule. Cet homme, qui lui avait fait ressentir ce qu'elle connaissait de plus proche de l'amour, était mort.
Lentement, elle se remit debout, et cette fois aucun des cagoulés ne l'en empêcha.
– Fabiana, tu dois... dit le seul qui lui adressait la parole.
La phrase resta en suspens. Elle le repoussa de toute la force de ses bras et l'homme fit deux pas en arrière jusqu'à ce qu'il

butte contre le marbre du plan de travail.

— Pourquoi, fils de pute ?

Elle se jeta sur lui et le martela de coups de poing sur la poitrine. Le grand derrière elle l'attrapa par la taille, mais avant qu'il ne la tire en arrière, Fabiana eut le temps d'envoyer un coup de genou avec toute la force qu'elle put y mettre. L'homme contre le marbre fit une grimace de douleur et se pencha en avant en se tenant les parties génitales des deux mains.

— Pourquoi ? criait Fabiana en donnant des coups de pied en l'air tandis que l'autre la maintenait fermement.

Elle continua à ruer et à crier jusqu'à ce que les forces commencent à lui manquer. Quand elle cessa de se débattre, l'homme qu'elle avait agressé se tourna vers elle.

— C'est fini ? dit-il. Maintenant, peut-on parler comme des gens civilisés ?

Si elle avait eu un couteau dans la main, pensa Fabiana, elle le lui aurait planté dans le cœur. Comme des gens civilisés.

— J'aime mieux ça, dit l'homme après le silence de Fabiana, et il fit un signe de la tête à son compagnon.

Fabiana sentit les bras qui la retenaient se desserrer.

— Assieds-toi.

Elle obéit.

— Je ne peux pas te dire pourquoi. Ce sont les ordres. Tu comprends ? Je peux seulement te dire que Raúl Báez était le fils de pute le plus fils de pute qu'il y ait dans ce monde. Et si tu savais toutes les horreurs que ce type a pu faire, il est même possible que tu finisses par nous remercier.

Ces paroles lui tombèrent dessus comme un seau d'eau glacée. Ce devaient être des mensonges. Báez la traitait bien et paraissait aussi bon qu'un morceau de bon pain. Qu'est-ce qu'un homme comme lui avait pu faire d'aussi horrible ? Des larmes de rage coulèrent de ses yeux.

— Et qu'allez-vous faire de moi ?

L'homme regarda le sol.

— Ce que je vais te dire maintenant ne va pas te plaire, ma cocotte.

Fabiana crut alors qu'ils allaient la tuer. Elle se rua sur la porte de la cuisine à toute vitesse, tourna la poignée et tira de toutes ses force, mais ne parvint pas à l'ouvrir.

– N'aie pas peur. Je t'ai déjà dit que si tu te comportais bien, on ne te ferait pas de mal.

Fabiana demeura silencieuse.

– Voilà comment ça va se passer. Quand l'ouvrier va revenir, dans environ deux heures, il va s'asseoir dans sa cuisine pour prendre un maté, et de temps en temps il allongera le cou pour regarder par ici, se demandant pourquoi il n'y a aucun mouvement. Quand il sortira pour nourrir le cheval et les chiens, il va se poser la même question. À la nuit, quand il verra qu'aucune lumière ne s'allume, il commencera à soupçonner quelque chose parce que la voiture de Báez est stationnée devant la porte.

L'homme désigna du pouce l'avant de la maison et fit une longue pause.

– Mais comme le propriétaire de l'estancia lui a donné pour instruction de ne pas déranger les locataires, le plus probable est qu'il s'en tienne là pour la première nuit et qu'il aille se coucher. Par contre, la nuit suivante, il ne va pas manquer de venir voir ce qui se passe.

Le cagoulé montra du doigt la petite fenêtre de la porte de la cuisine.

– Et quand il regardera par-là, il verra Báez mort et découvrira que tu n'es plus là ; alors il essaiera de prévenir quelqu'un. Je suppose qu'il ira à cheval jusqu'à Cabo Blanco pour que les gardiens passent un appel radio vers la ville. Au plus tard dans deux jours, la police a un cadavre et une personne disparue, ce qui est très suspect, tu ne crois pas ?

Fabiana ne répondit pas.

– Mais ce n'est pas tout, s'exclama l'homme. Quand ils vont analyser le couteau planté dans la poitrine du pauvre Báez, ils trouveront des empreintes. Et que font les flics quand ils trouvent des traces de petits doigts ? Ils les comparent à ceux des suspects. Mais il se trouve que la principale suspecte, celle qui passait la fin de semaine avec le mort, est introuvable.

L'homme se décolla du plan de travail et commença à arpenter la cuisine d'un côté à l'autre.

– Alors, que fait la police ? Elle cherche dans ses fichiers et conclut que Fabiana est une bonne fille qui n'a aucun antécédent dans aucun commissariat d'Argentine. Malgré tout, elle n'existe que depuis à peine plus d'une année.
– Qu'as-tu dit ?
– Donc la police, continue l'homme, ignorant sa question, qui à ce moment-là ne pense qu'à un crime passionnel, concentrera tous ses efforts sur la recherche de Fabiana Orquera pour l'interroger et comparer ses empreintes avec celles trouvées sur le couteau. Ils vont probablement transmettre le cas à la Police Fédérale, ainsi ils sont sûrs de ne laisser aucun coin du pays inexploré.

Fabiana prit une profonde inspiration et ouvrit la bouche pour dire quelque chose, mais l'homme la devança.

– Ce qu'il y a d'intéressant, c'est qu'il s'agit d'une histoire qui finit bien, petite, déclara-t-il sur un ton joyeux. Parce que Fabiana Orquera vivra désormais loin de Puerto Deseado et tout le monde la connaîtra sous un nouveau nom. Adelina Arteaga, peut-être ? Qui sait. L'important, c'est qu'elle sera satisfaite. Tu vois que c'est une fin heureuse, Adelina ?

Entendre son propre nom lui parut bizarre. Cela faisait plus d'un an que personne ne l'appelait plus ainsi.

– Adelina, non ? Adelina Arteaga ? Du moins c'est ce qui figure sur les registres de la prison de Montevideo.

Elle sentit le monde s'effondrer sous ses pieds.

– Je ne sais pas de quoi vous êtes en train de me parler.

– Ce n'est pas toi qui es en cause, uruguayenne. Tu as eu la malchance de coucher avec le mauvais type, rien d'autre. Bien que, considérant ton histoire, tu as souvent couché avec le mauvais gars, non ?

Le grand type, qui se trouvait près du mur, laissa échapper un petit rire à peine audible. Adelina ne répondit pas.

– Et que pensez-vous faire de moi, fut tout ce qu'elle parvint à dire.

– Nous ? T'accompagner jusqu'à la sortie et t'ouvrir la porte, comme toute dame respectable le mérite.

– De quoi parles-tu ?

– On t'emmène jusqu'à Fitz Roy, tu montes dans le premier bus qui va vers le nord et ciao, à plus. Je ne te recommande pas le sud. Il n'y a que des petits patelins comme Deseado, et ils vont finir par te retrouver. Avec toute la police après moi, je ne me sentirais en sécurité nulle part, pas même à Ushuaia ou à Río Gallegos.

Fabiana garda le silence, regardant la porte qui la séparait du corps de Báez. Pourquoi prenaient-ils l'énorme risque de la laisser partir ? N'avaient-ils pas pensé à ce qui se passerait si un jour elle décidait de revenir pour raconter toute la vérité ? Elle ne comprenait pas, mais elle n'allait quand même pas leur donner des arguments pour la retenir.

– À quoi penses-tu, l'uruguayenne ?

– À rien.

– Mensonge, mensonge, s'exclama l'homme, entonnant les mots comme s'il s'agissait d'une chanson. Tu te demandes pourquoi on ne t'a pas éliminée toi aussi. La réponse est que cela n'est pas nécessaire, parce que les faits t'accablent. Ils y a tes empreintes partout ; nous, personne ne nous a vu.

Il prononça ces dernières paroles en montrant ses mains gantées de latex.

– Et nous ne parlons même pas d'une dénonciation anonyme révélant la véritable identité de Fabiana Orquera et racontant qu'elle a fait de la prison en Uruguay pour avoir tué un policier.

En entendant cette dernière phrase, Fabiana planta son regard dans celui de ce maudit fils de pute qui souriait derrière son passe-montagne, découvrant une canine cassée.

– Un conseil ? dit l'homme. Un allé simple, le plus loin possible. Sauf si tu as envie de retourner en taule.

62
APRÈS FITZ ROY

– Ils avaient raison, je n'avais pas d'autre option que celle de faire ce qu'ils me conseillaient, dit Nina Lomeña.

Nous étions assis chacun de son côté autour d'une petite table au bar de l'hôtel Los Acantilados à Deseado. Par la fenêtre on apercevait la partie nouvelle du port, occupée par un énorme navire porte-conteneurs. Au-delà, l'ancien quai était encombré de chalutiers à coque rouge qui attendaient, amarrés les uns contre les autres, que soit déclarée ouverte la pêche à la langoustine. Leurs ombres se découpaient sur l'éclat orangé du soleil couchant.

Il était neuf heures du soir. Aux yeux des autres, il y avait deux personnes assises à la table. Mais à mes yeux, j'avais assis en face de moi trois personnes : Adelina Arteaga, la prostituée qui avait laissé son pays derrière elle après trois années passées en prison ; Nina Lomeña l'espagnole enthousiaste et bienfaitrice de Cabo Blanco ; et Fabiana Urquera en personne.

Toutes étaient la même personne, et en ce moment elles prenaient un café avec moi.

Trois jours s'étaient écoulés depuis le tonneau à la sortie de la saline. Trois jours après qu'elle m'eut dit « pardon » puis « j'ai mal au dos » en me voyant apparaître près de son corps étendu à dix mètres de la camionnette posée sur le toit les quatre roues en l'air. Trois jours depuis la demi-heure qu'il m'avait fallu pour aller du lieu de l'accident jusqu'au phare, monter les marches, parler avec Tadeo et revenir tenir la main de la femme qui venait de me tirer dessus avec un fusil. Trois jours que je lui avais dit de patienter, que l'ambulance allait arriver.

– Je n'avais pas d'autre option que d'aller vers le nord, comme ils me l'avaient dit, répéta-t-elle.

Nina prit un sachet d'édulcorant de la main gauche, l'ouvrit avec les dents et le versa dans le troisième café de l'après-midi. Les doigts de sa main droite dépassaient d'un plâtre qui lui montait jusqu'à l'épaule. Dix centimètres plus haut, un collier cervical de couleur chair l'obligeait à garder la tête dressée.

La troisième chaise de notre table était occupée par une canne en bois. C'était moi qui l'avais posée là, deux heures plus tôt, quand j'avais aidé Nina à s'asseoir. C'était la première opportunité que j'avais de parler avec elle, seul à seul. Durant les quarante-huit heures qu'elle avait passées à l'hôpital, Carlucho et Dolores s'étaient relayés jour et nuit pour lui tenir compagnie. Et pendant les heures de visite, la chambre se remplissait de membres de l'Association des Amis de Cabo Blanco. Tous voulaient soutenir une des grandes bienfaitrices de l'association dans un moment difficile.

Aucun d'entre eux ne soupçonnait le moins du monde l'histoire que cette femme venait de me raconter. Personne ne pouvait imaginer que Nina Lomeña était Fabiana Orquera. Ni que son vrai nom était Adelina Arteaga.

— Ils me donnèrent cinq minutes pour prendre mes affaires. Nous sortîmes de la maison et ils me firent monter dans une Peugeot 504 blanche. À l'intérieur tout brillait et sentait le neuf, je n'oublierai jamais de toute ma vie.

— Et ils t'ont conduite directement de Las Maras à Fitz Roy ?

— Je crois que non. Bon, en réalité je n'en sais rien. Dans la voiture, ils m'ont attaché les mains derrière le siège passager et m'ont bandé les yeux. Quand ils m'ont enlevé le bandeau, nous étions là où la piste rejoint l'asphalte. Il n'y avait que moi et le grand type dans la voiture.

— Mais l'autre, il n'était pas monté avec vous à Las Maras ?

— Si, mais environ quinze ou vingt minutes plus tard, il est descendu. Je n'ai pas pu voir où, mais d'après ce que j'ai pu vérifier plus tard...

— ... c'était le phare de Cabo Blanco.

— Le phare, répéta-t-elle en acquiesçant.

Nina était arrivée à la même conclusion que moi. L'encapuchonné qui parlait était le Rital Pintaldi, unique gardien du phare ce jour-là et bras droit du candidat Ceferino Belcastro.

– Arrivés sur l'asphalte, nous avons tourné à gauche et parcouru les cents kilomètres jusqu'à Fitz Roy sans que le grand ne dise un seul mot. Il a tout le temps gardé la cagoule. Chaque fois que nous croisions un véhicule, il baissait le pare-soleil et portait la main à sa bouche pour dissimuler la cagoule.

– Et en arrivant à Fitz Roy ? Il n'a toujours pas découvert son visage ?

Nina secoua la tête.

– Il m'a laissée à environ cinq-cents mètres de la première maison. J'avais à peine fermé la portière qu'il accéléra et me laissa derrière lui. Je me souviens d'avoir essayé de lire le numéro d'immatriculation, mais il n'y en avait pas.

– Et qu'as-tu fait une fois seule ?

– J'ai attendu deux heures dans la station-service de Fitz Roy, le temps qu'arrive un bus pour Comodoro. Deux jours plus tard j'étais à Buenos Aires. J'arrivai l'après-midi et le soir-même je traversai la Río de la Plata pour revenir à Montevideo.

De la main gauche, Nina termina son café au lait.

Nous restâmes un moment silencieux. J'avais tellement de questions que je ne savais par où commencer. Quand je fus sur le point de me décider, Nina bougea un peu sur sa chaise et il me sembla qu'elle prenait une profonde inspiration avant de parler.

– Au bout d'une semaine en Uruguay, j'avais trouvé un travail de femme de ménage dans un salon de coiffure. Quelques jours plus tard je sus que j'attendais un enfant de Raúl Báez.

63
FABIANA ET LE FANTÔME DE FABIANA

– Un enfant de Raúl Báez ? demandai-je en baissant la voix.

Nina acquiesça de la tête, au maximum de ce que lui permettait le collier cervical.

– Et... que s'est-il passé avec ce bébé ?

– Un miracle, répondit-elle en souriant.

À cet instant, le serveur arriva avec le café au lait que je venais de commander. Je lui demandai de me le changer pour un Baileys.

– En peu de temps, les coiffeuses du salon devinrent mes amies. J'avais le ventre sur le point d'exploser, quand l'une d'elle m'avait déjà suffisamment appris pour m'occuper de mon premier client.

Je ne compris pas ce que cela avait à voir avec ma question.

– Ma première coupe officielle, je la fis au capitaine d'un navire de commerce espagnol qui avait fait escale à Montevideo pour décharger son fret. La coupe fut une catastrophe, mais entre ma nervosité et mon ventre qui ne me permettait pas de m'approcher de lui, nous avons beaucoup ri.

Nina me présenta un sourire chargé de nostalgie avant de boire un peu de l'eau gazeuse qu'on lui avait servie avec le café.

– Peu de temps après naquit Gerardo, mon fils. Longtemps après avoir quitté Deseado, je ne passai pas un seul jour sans penser à Raúl, à ce qu'il avait fait, selon ces enfoirés, de si terrible. À la vie qui me donnait un enfant de lui.

Je regardai autour de moi. Un groupe de sexagénaires sirotaient leur thé. Deux hommes de mon âge, avec des vêtements beaucoup plus chers que les miens, semblaient négocier une affaire. Un gros homme à la moustache blonde lisait le journal et un autre, avec un visage inquiet, travaillait sur son ordinateur.

Aucun d'entre eux ne pouvait ne serait-ce que commencer à imaginer ce qui était en train de se passer à ma table.

– Gerardo devait avoir un an quand Javier revint au salon de coiffure. Malgré le désastre de la première fois, il demanda que ce soit moi qui lui coupe les cheveux. Il dit que cela avait valu la peine.

– Un vrai gentleman.

Nina acquiesça.

– Tandis que le lui coupais les cheveux, il m'interrogea sur l'enfant. Puis, sans détours, sur le père. Je lui dis qu'il était mort. Ensuite, nous avons dû parler de choses et d'autres, je ne m'en souviens pas. Ce qui est sûr, c'est que quand j'eus terminé, il se leva du fauteuil et m'invita à dîner.

Le garçon arriva avec mon Baileys, je le lui arrachai des mains sans lui laisser le temps de le poser sur la table.

– Mais je refusai car Gerardo passait déjà beaucoup de temps sans sa mère durant la journée pour que je le laisse aussi la nuit. Il me répondit avec un sourire : *Eh bien, allons-y tous les trois, alors*. Un an pile après ce dîner, Javier et moi nous nous sommes mariés à Málaga.

– Et Gerardo, sait-il que Javier n'est pas son vrai père ?

– Gerardo sait ce qu'il doit savoir. Il sait que son père est Javier Lomeña. L'homme qui lui a appris à compter jusqu'à dix, à écrire son nom et à faire du vélo. Javier a été le meilleur père que Gerardo ait pu avoir.

Je m'envoyai une gorgée de Baileys et me laissai aller contre le dossier de ma chaise, observant Fabiana Orquera en personne. L'ayant tout d'abord imaginée originaire de Entre Ríos puis ensuite uruguayenne, il m'était maintenant difficile de l'associer à ce fort accent espagnol que lui avait donné les presque trente années passées de l'autre côté de l'océan.

– Et comment as-tu appris la vérité ? l'interrogeai-je. Que Báez n'était pas mort ce jour-là à Las Maras.

– Il y a cinq ans de ça. Un jour Gerardo est venu me rendre visite et m'a montré un blog où on faisait l'éloge de la prestation de son groupe de rock dans un bar de Barcelone. Il était très content car il était tombé sur la page par hasard, en cherchant son propre nom sur Google.

Nina fit une pause pour demander au serveur un autre verre d'eau gazeuse.

– Cette nuit-là, comme d'habitude, je me connectai à Internet pour lire mon courrier. Puis, comme un jeu, j'entrai mon nom sur Google. Déçue, je constatai qu'il semblait n'y avoir aucune trace de moi sur la toile. Alors, je ne sais pas très bien pourquoi, j'entrai Fabiana Orquera. Entre autres choses, je trouvai un article dans un journal nommé *Chroniques de Santa Cruz*, ou *Rubriques de Santa Cruz* ou quelque chose comme ça. L'article s'appelait...

– « Le fantôme de Fabiana Orquera », la coupai-je.

– Toi aussi, tu l'as lu ?

J'acquiesçai, me rappelant de l'article où ils relataient les revers politiques de Báez élections après élections, suite à la disparition de la femme que j'avais en ce moment devant moi.

– Ce fut l'une des pires nuits de ma vie. Encore pire que les nuits passées en prison. Raúl Báez était vivant ! Après vingt-cinq années, sans vraiment le vouloir, mon fils m'avait fait découvrir que son père biologique n'était pas mort cette après-midi-là, comme je le pensais.

– Qu'as-tu ressenti ?

Nina hésita un instant.

– Je me suis sentie trompée. J'ai passé la nuit à repenser à chaque minute de cette journée à Las Maras. Me lever, être à ses côtés, préparer le petit déjeuner. Je me suis demandé des milliers de fois comment il pouvait être en vie alors que je l'avais vu de mes propres yeux immobile avec un coup de couteau dans le cœur.

– Je suppose que plus tard tu as appris qu'en réalité il n'avait même pas une écorchure et que le sang était celui d'un agneau.

– Bien sûr que je l'ai appris. Mais tout ça je ne l'ai su que très longtemps après. Cette nuit-là, après avoir lu l'article, la première chose que je fis, fut d'essayer de vérifier si Raúl était toujours vivant. Ce fut un grand choc de trouver un autre article expliquant comment il était mort. J'imagine que tu sais ce qui s'est passé.

J'acquiesçai sans dire un mot. Báez, mis à la porte de chez

lui et transformé en vagabond, s'était pendu dans la remise de la maison de Las Maras, le jour anniversaire des quinze ans de la disparition de Fabiana Orquera. Un bel exemple de comment la vie peut se transformer en un désastre en l'espace d'un clignement de paupière.

D'une gorgée je terminai mon Baileys et en demandai un autre.

– Cette nuit-là, j'appris non seulement que le père de mon enfant n'était pas mort vingt-cinq plus tôt comme je le croyais et comme ces encapuchonnés me l'avaient fait croire ; mais j'appris aussi que ce jour-là, à Las Maras, la vie de cet homme, dont chaque jour durant vingt-cinq années j'avais vu le visage se refléter dans celui de mon fils, avait été ruinée comme l'avait été la mienne.

Nina avait le regard absent.

– À partir de ce jour, je ne pensai qu'à une seule chose, chercher à comprendre ce qui s'était réellement passé ce matin-là à l'estancia, dit-elle en se levant de sa chaise.

S'aidant de sa canne, lentement, elle marcha vers les toilettes.

64
VINGT-SIX ANS APRÈS

Bien que ce fût quasiment impossible, j'essayai de me mettre à sa place. Je pensai à ce qu'elle avait pu ressentir en découvrant que pendant quatorze ans, père et fils avaient vécu sans que l'un ne connaisse l'existence de l'autre. Et comme cela avait dû être dur d'apprendre comment Báez avait vécu ses derniers jours et d'imaginer la souffrance qui l'avait poussé à se pendre à la date et à l'endroit où il l'avait fait.

— J'espère que ce n'est vraiment que pour deux semaines, comme l'a dit le médecin, commenta Nina en posant de mauvaise grâce la canne contre la chaise vide. On dirait une vieille quand je marche avec ça. Où en étions-nous ?

— Au moment où tu as appris que la mort de Báez avait été une mise en scène, et qu'à partir de ce jour la recherche de la vérité t'a obsédée.

— Une obsession, exactement. C'est le mot. À tel point que je n'ai pas cessé d'y penser jusqu'à ce que j'achète un billet Madrid-Buenos Aires. En 2009, il y a quatre ans, je suis revenue à Puerto Deseado vingt-six ans après.

— Jamais auparavant tu n'avais pensé à revenir ?

— Ni à Deseado, ni à Montevideo, répondit-elle immédiatement. Tous les souvenirs que j'avais de ce côté-ci de l'océan, c'était de la merde. En Espagne, au contraire, la vie m'avait souri dès le début. Gerardo a grandi près d'un père merveilleux, qui de plus fut un excellent compagnon, et j'ai réalisé mon rêve de mener une vie normale. De plus, je suis tombée amoureuse de l'Espagne, de ses habitants et du soleil de l'Andalousie. J'ai senti que j'avais trouvé ma place dans ce monde. Tu le vois bien, je parle même comme eux.

— Mais après avoir appris ce qui était arrivé à Raúl, tu as

décidé de revenir en Argentine.

– Ce fut la nécessité de connaître la vérité. Lire, demander, interroger. Je suis venue pour trois semaines et je les ai passées dans la bibliothèque, des jours entiers à lire les archives de *El Orden*. J'ai même obtenu une copie de la déposition de Raúl durant le procès.

– Et pendant tout ce temps, personne ne t'a reconnue en ville ?

– J'ai vécu à Deseado à peine une année. Et je suis devenue célèbre justement quand je n'y étais plus. La majorité des gens ne m'ont vue que sur la photo qu'ils ont mise sur les affiches destinées à recueillir des informations me concernant. Ils connaissaient une Fabiana Orquera de vingt-trois ans, qui pesait à peine cinquante kilos et avait de longs cheveux châtains. Il était impossible de faire le rapprochement avec une espagnole quinquagénaire aux cheveux courts et teints en noir pour cacher ses cheveux blancs.

Elle avait raison, ai-je pensé. Même moi je n'avais pu relier la photo dans le journal avec la femme que j'avais en face de moi. Et pourtant, pour différentes raisons, je les avais regardées toutes les deux avec attention ces derniers jours.

– Bien sûr, pour ne prendre aucun risque, j'ai évité de croiser Edith, la dame chez qui j'ai vécu quand j'étais à Deseado.

– Et c'est au cours de cette première visite que t'est venue l'idée d'inventer NN et ses lettres, devinai-je.

Nina secoua la tête et fit une grimace de douleur quand elle tourna son cou engoncé dans le collier cervical.

– Ça, c'est après, dit-elle.

65
À PETIT FEU

– Quand je suis revenue en Espagne, après ce premier voyage, j'ai essayé d'encaisser le coup. J'ai voulu me convaincre que je pouvais à nouveau être heureuse comme je l'avais été tant que j'ai cru Báez mort en 1983. Mais ce fut inutile ; découvrir une telle chose te change.
– J'imagine.
– J'en doute beaucoup. Je ne crois pas que tu comprennes ce que j'ai ressenti quand j'ai appris que le père de mon fils s'était pendu à Las Maras exactement quinze ans après ma disparition.
– Tu te sens coupable de ce qui est arrivé ?
– Bien sûr que non. Pour la plus grande partie, je n'eus rien à y voir. Il est certain que je me suis compromise, en connaissance de cause, avec un homme marié et père de famille. Et il est certain aussi que mon passé a facilité les choses à ces fils de pute qui sont responsables de tout cela.
– Quand as-tu compris qui étaient les encapuchonnés et pourquoi ils ont fait ce qu'ils ont fait.
– Au cours de mon premier séjour. Ce fut le plus facile de tout. Sachant comment ma disparition avait affecté la carrière politique de Báez, il m'a suffi de vérifier que Pintaldi, le bras droit de Ceferino Belcastro, avait une canine cassée. Je me souviens encore de cette horrible dentition que je voyais par le trou du passe-montagne, comme si le jour où ils m'ont obligée à partir était hier.
J'étais arrivé à la même conclusion, sauf que j'ai cru que Pintaldi avait *tué* Fabiana Orquera sur ordre de Belcastro.
– Et pourquoi as-tu décidé de te venger de cette manière ?
Nina lâcha un rire fatigué et secoua la tête.
– Me venger ? Tu n'as rien compris. Maintenant la

vengeance n'a plus aucun intérêt, dit Nina en montrant tout autour d'elle. Cela fait des années que Belcastro et Gómez sont morts.

— Gómez ?

— Danilo Gómez ; le grand échalas qui ne parlait pas. Celui qui m'a emmenée à Fitz Roy dans la Peugeot. Il est mort dans un accident de la route au cours des années 90.

— Mais Pintaldi est toujours en vie, dis-je.

— Pintaldi, il lui reste deux journaux télévisés à vivre. Tu as vu comme il est. J'arrive trop tard pour me venger.

— Alors, pourquoi tu as fait tout ça ?

— Eh bien, pour que tout le monde sache la vérité. Pour dissiper tous les doutes sur la responsabilité de Báez dans ma disparition.

— Mais... pourquoi ne pas avoir été à la radio ou à la télévision et leur avoir tout expliqué ? De cette manière tu aurais aussi pu revendiquer le père de ton fils.

— J'ai été sur le point de le faire. Mille fois. Et mille fois j'ai renoncé. J'ai été incapable de vaincre ma lâcheté.

— On peut savoir de quoi tu avais peur ? Si tu savais que tous ceux qui t'avaient menacée étaient morts, ou presque.

Je remarquai qu'elle serrait si fort son poing gauche, que les jointures en étaient devenues blanches.

— Ça n'a rien à voir avec eux. C'est une autre sorte de peur. Imagine que tu as passé trente ans de ta vie à essayer de cacher ton passé. Trente années à vouloir faire disparaître un morceau de ta propre histoire. Trente ans pour te rendre compte qu'elle résiste et contre-attaque. Elle te bombarde avec des noms, des souvenirs, des odeurs. Avec des cicatrices quand tu te regardes dans le miroir. Avec des attitudes de ton fils.

Nina fit une pause et ouvrit lentement la main pour attraper le verre d'eau et boire une gorgée.

— J'étais épouvantée à l'idée que Gerardo apprenne ce que je lui ai caché toute sa vie ; terrorisée qu'il découvre la vérité, après lui avoir menti durant trente années sur son père et le passé de sa mère. J'ai craint de perdre le meilleur que j'ai eu dans cette vie, tu comprends ? Pour toutes ces raisons, je ne pouvais pas être celle qui raconterait l'histoire de Fabiana Orquera.

– C'est alors que tu t'es inventé une histoire fausse à travers les lettres posthumes de NN.

– Pas fausse du tout. Belcastro et ses acolytes ont bien tué Fabiana Orquera ce jour-là, quand ils m'ont obligée à monter dans le bus, à Fitz Roy.

– Mais dans les lettres de NN tu promettais la localisation du corps de Fabiana.

Nina haussa les épaules.

– Je suppose que c'est la partie de l'énigme que tu ne pourras jamais déchiffrer.

66
POURQUOI MOI ?

À mesure que le soleil se couchait de l'autre côté de l'estuaire, je comprenais de mieux en mieux la femme qui était assise en face de moi. Face à la nécessité de rendre publique toute la vérité, Adelina Arteaga s'était sentie prise au piège. Et, une fois encore, elle avait réagi comme elle l'avait toujours fait au cours de sa vie ; en trouvant une porte de sortie.

Aussitôt je commençai à l'imaginer en train d'écrire les lettres et les signant NN. Je me la représentai dans la Cabane, limant la pièce de monnaie de la saline pour ensuite estampiller la cire et, souriant, revenir en arrière dans les pages du livre de visites de Las Maras pour trouver une place libre dans la marge où mettre quelques mots d'une petite écriture serrée. D'un seul coup je comprenais qu'une espagnole boive autant de maté et passe deux étés à donner un coup de main à Cabo Blanco. Et aussi qu'il y ait une empreinte récente sur la lettre de NN.

– Ce n'est pas le hasard si c'est moi qui ai trouvé la première lettre, non ? ai-je voulu savoir.

– Bien sûr que non.

– Et pourquoi m'as-tu choisi, moi, pour ce jeu-là ?

– Parce que personne n'était plus indiqué que toi pour cela. Tu es sentimentalement lié à Las Maras et tu n'as pas peur de publier une bonne histoire, même si cela te met à dos la moitié de la ville.

– Et encore mieux, j'aime bien que les histoires que je raconte soient vraies.

– Eh bien, celle que je t'ai racontée contient plus de vérité que de mensonge, dit Nina en élevant la voix.

L'homme chauve qui travaillait sur son ordinateur portable à deux tables de la nôtre tourna la tête en l'entendant, puis revint à son occupation quand Nina reprit son ton bas et calme.

– Ce n'est pas Báez qui a fait disparaître Fabiana Orquera, comme le croit la moitié de Deseado. Ce sont les gens de Belcastro pour gagner une élection. Cela ne les a pas gênés de détruire la vie de deux personnes pour rester aux commandes de la ville.

– Tu vas me dire maintenant que tu as menti seulement sur des détails ?

– Bien sûr, seulement sur des détails. Belcastro n'a jamais écrit ces lettres indiquant les pistes à suivre, pas plus qu'il n'a mis de message sur le microfilm, mais ce fils de pute a fait disparaître Fabiana Orquera par ambition politique. C'est le message que je voulais transmettre.

– Le message que tu voulais que *je* transmette, tu veux dire.

– Nahuel, je comprends que tu n'acceptes pas les raisons qui m'ont poussée à ne pas me dévoiler. Mais crois-moi, inventer la confession posthume de NN fut la manière la plus inoffensive que j'ai trouvée pour faire connaître la vérité. Je pense que si tout s'était bien passé, il n'y aurait pas eu de préjudices.

– Tu penses qu'il n'y a pas eu de préjudices ? dis-je, renversant un peu de Baileys lorsque je posais brutalement le verre sur la table. Et mon chien, par exemple ? Ou bien, le tuer, tu penses aussi que ce n'est qu'un détail ?

Avant de reprendre la parole, elle baissa le regard et, machinalement, remua son café au lait.

– Je n'ai pas tué ton chien.

– Comment ça tu ne l'as pas tué ? Alors qui m'a écrit un mot pour me menacer afin que j'abandonne mes recherches sur le cas Fabiana Orquera ?

– J'ai bien écrit le mot. Mais je n'ai pas empoisonné Bongo. Je n'ai absolument rien à voir avec ça.

– Je ne comprends pas.

– J'en ai profité, finit-elle par dire, sans lever la tête. Quand j'ai su que Bongo était mort et quand tu m'as demandé de reporter notre retour à Las Maras, j'ai vu une opportunité unique pour t'impliquer personnellement dans l'affaire. J'ai alors imaginé de t'écrire la lettre pour que tu croies qu'ils l'avaient empoisonné parce que tu enquêtais sur le cas Fabiana Orquera.

– Tu m'as dit que tu adorais les chiens.

– Bien sûr que je les aime. Et je n'ai rien fait à Bongo. J'en aurais été incapable.

– Comment as-tu pu profiter de cette situation ?

Nina regarda par la fenêtre. Il commençait à faire nuit et les bateaux amarrés dans le port brillaient, illuminés par de puissantes lumières électriques. Elle se tourna vers moi et me regarda avec une grimace de douleur qui semblait authentique.

– Je suis venue depuis l'autre côté du monde rien que pour cela, Nahuel. J'étais décidée à utiliser tous les moyens possibles pour blanchir la mémoire de Raúl, et l'assassinat de ton chien comme avertissement mafieux cadrait parfaitement avec le profil d'homme de main de Pintaldi. De plus, j'étais convaincue qu'une telle menace, loin de t'effrayer, bien au contraire allait t'inciter à poursuivre tes recherches. Je savais que tu n'abandonnerais pas. Tu es le type de personne que les menaces n'arrêtent pas, elles te stimulent.

– Comment peux-tu dire ça, alors que tu me connais à peine ?

– Nahuel, il y a plus de trois ans que je prépare tout ça. L'an dernier, quand j'ai appris qui tu étais, j'ai commencé à me renseigner sur toi. J'ai lu tous tes articles dans *El Orden*, même ceux où tu dénonçais publiquement les menaces que tu recevais. Te menacer était le moyen le plus sûr pour que tu publies l'histoire. Je ne me suis pas trompée. Toi-même, tu me l'as confirmé avec ce que tu m'as dit le jour où ton chien est mort.

– Alors, qui a tué mon chien ?

Elle se tourna avec efforts pour attraper son porte-documents accroché au dos de la chaise. Elle fouilla à l'intérieur jusqu'à trouver une feuille de papier pliée en quatre.

– La nuit où Bongo est mort, avant de glisser le mot sous ta porte, j'ai décroché ceci. C'était punaisé à côté du judas, dit Nina en posant le papier sur la table et en le poussant vers moi.

Une fois la feuille dépliée, je reconnus immédiatement l'image. C'était une impression en couleur de l'un des tableaux les plus reproduits dans le monde. Sept chiens de différentes races étaient assis autour d'une table recouverte d'un tapis vert. Certains fumaient et d'autres buvaient du whisky. Tous avaient des cartes en mains, et au centre de la table il y avait un tas désordonné de jetons colorés.

Dans un coin de la feuille de papier, il y avait imprimé en tout petit un texte pixélisé.

Reproduction. De la série « Chiens jouant au poker ». Huile originale, 1903, Cassius Marcellus Coolidge (Antwerp, New York, 1844 – New York City, New York, 1934).

– Chiens jouant au poker, ai-je murmuré. Sûrement qu'ils parient une place.

67
DANS LA DIRECTION OPPOSÉE

— Tu comprends, maintenant, dit Nina après un moment de silence. Je n'ai fait de mal à personne. Encore mieux, si tout s'était bien passé, tu aurais une grande histoire à publier.
Je balançai la tête d'un côté à l'autre.
— Ce n'est pas croyable. Si nous continuons, je vais finir par te remercier de m'avoir tiré dessus avec un fusil dans la saline.
— Il était évident que je n'allais pas te faire de mal. Trop évident peut-être. Tellement, que tu t'es mis à courir et que mon plan s'est cassé la figure.
— C'est-à-dire que ça ne t'a pas suffi de me faire croire que tu avais tué mon chien ? Tu devais me tirer dessus pour être sûre.
— Le jour suivant la mort de Bongo, quand nous rentrions de Deseado, tu m'as dit que l'histoire se prêtait à l'écriture d'un livre et que tu n'écrirais rien dans *El Orden*, à moins que les choses ne deviennent trop dangereuses. Moi, je devais partir dans peu de temps et je ne pouvais pas attendre que tu aies fini d'écrire ton livre. Je ne pouvais pas prendre le risque que, pour une raison ou une autre, tu n'arrives pas à le publier et que tous mes efforts n'aient servi à rien. En te mettant en danger, je t'obligeais à écrire une dénonciation publique et ainsi tu commençais à parler de l'affaire. Toi-même me l'avais dit ce jour-là.
— Comment t'es-tu procuré le fusil de Carlucho ?
Nina me regarda avec étonnement, comme si la réponse était évidente.
— Je l'ai pris dans l'armoire du garage. Lui-même m'a dit qu'il le laissait toujours là. J'ai acheté les munitions en ville.
Me rappelant ce qui s'était passé dans la saline, je mis la main dans ma poche et sortis le papier que Nina avait laissé sur mon pare-brise. C'était une note écrite avec la même écriture

majuscule et inégale que celle de la lettre de menace après la mort de Bongo.

CELA FAIT TRENTE ANS QUE DESEADO A UN COUPABLE. LA LANGUE ACÉRÉE DE LA VILLE NE PARDONNE À PERSONNE, ELLE EST PLUS FORTE QUE LE VERDICT DE N'IMPORTE QUEL JUGEMENT. POURQUOI NE PAS EN RESTER LÀ ?

– C'est-à-dire que si tout se passait bien, ton plan était de remettre le fusil à sa place, revenir à Deseado, puis réapparaître à Las Maras en faisant comme si tu ne savais rien de ce qui s'était passé ?
– C'était le plan. Je n'avais pas prévu que tu te mettrais à courir vers moi quand j'ai commencé à tirer. Dans une telle situation, les gens normaux fuient dans la direction opposée.
Les gens normaux oui, ai-je pensé. Mais les cinglés à la con comme moi, après deux raclées dans la même journée, non.

ÉPILOGUE

Pendant que nous regardions atterrir l'avion qui l'emmènerait à Buenos Aires, nous avons échangé nos dernières paroles autour d'un café pris au bar de l'aéroport de Comodoro.
— Encore une fois, pardon, me dit-elle, sans lever le regard de sa tasse.
Une semaine avait passé depuis notre longue discussion au bar de son hôtel, quand elle m'a confessé qu'elle avait essayé de m'utiliser comme une marionnette pour laver l'image de Báez sans salir la sienne.
— Je suppose que tu as fait ce que tu devais faire.
— Et toi, que vas-tu faire.
— De quoi parles-tu ?
—Que vas-tu écrire sur Fabiana Orquera ?
Cela faisait une semaine que je me posais la même question.
— Pour le moment, je n'en sais rien.
Une annonce retentit dans le haut-parleur du petit édifice. *Aerolíneas Argentinas* annonçait le départ de son vol à destination de Buenos Aires et priait les passagers de se diriger vers l'unique porte d'embarquement de l'aéroport.
Elle insista pour payer le café et moi pour l'accompagner jusqu'à la file du contrôle de sécurité.
Une demi-heure après nous être embrassés maladroitement pour nous dire au-revoir, l'avion décolla emportant loin de la Patagonie Fabiana Orquera, Adelina Arteaga et Nina Lomeña. Quand le Boeing 737 ne fut plus qu'un point dans le ciel, je me détachai de la fenêtre et revins au bar.
Je choisis la table où nous venions de déjeuner. Quand le serveur m'amena le café au lait, j'avais déjà écrit la première page

de cette histoire. Après tout, on ne sait jamais ce qu'il nous reste comme fil autour de la bobine.

Ce fut ainsi que je décidai de raconter où j'ai trouvé Fabiana Orquera.

~FIN~

REMERCIEMENTS

Beaucoup de personnes m'ont aidé à écrire ce livre, et je tiens à remercier chacune d'entre elles.

Tout d'abord Trini, ma compagne de voyage. Merci pour la patience infinie, l'aide constante, les commentaires en rouge et pour être une source inépuisable de bonnes vibrations. Sans elle, il m'aurait fallu deux fois plus de temps pour terminer le livre. Ou peut-être ne l'aurais-je jamais fini, qui sait. Je préfère ne rien imaginer sans elle.

Toutes les personnes qui m'ont aidé pour les questions techniques, partageant avec moi leurs connaissances, chacune dans son domaine de compétences (si des imprécisions persistent, j'en suis le seul responsable). Roland Martínez Peck pour ses matés pris en discutant sur les chiens empoisonnés. Hugo Giovannoni pour son cours magistral sur les fusils de Patagonie. Renzo Giovannoni, Grato Coccoz et césar Vera pour les informations sur les quartiers de Deseado. Fabiana López pour m'avoir expliqué la vie d'un gardien de phare à Cabo Blanco. Celeste Cortés pour sa patience face à mes questions sur les empreintes digitales. Marta « Tata » Segundo Yagüe, mon médecin préféré, pour m'avoir expliqué quand on recoud une plaie et quand on ne recoud pas. Et Vanesa Vera pour son assistance juridique de dernière minute.

Jorge Combina pour les photos spectaculaires de Cabo Blanco utilisées pour la couverture et la quatrième de couverture.

Tous ceux qui ont lu le manuscrit et m'ont proposé leurs commentaires pour l'améliorer : Gerardo Mora, Norberto Perfumo, Renzo Giovannoni, Javier Debarnot, Mónica García, Clelia Poaty Luque, Celeste Cortés, Dora Manildo López, Analía Vega Uceta, Julio Braslavsky, Sebastián Cárdenas, Stephen Logan (l'Irlandais qui connaît le mieux l'espagnol dans ce monde), Cecilia Mora, Ana Barreiro Dieguez, Mariana Perfumo, Rolando Martínez Peck, Marta Segundo Yagüe, Trini Yagüe, Nicolás Reyes, Fabiana López, María Serón, Annick Brochet et Christine Douesnel.

Tous les lecteurs de *El secreto sumergido*, mon premier roman, pour m'avoir encouragé à en écrire un autre. En particulier

Mariano Rodríguez et Pablo Reyes qui sont de formidables ambassadeurs de cette histoire.

Et pour finir, mon Puerto Deseado chéri et tous les habitants de ce merveilleux coin du monde.

NOTES

Aónikenk ou Tehuelche : Amérindiens de Patagonie. Ils vivent au Chili et en Argentine entre le fleuve Río Negro et le détroit de Magellan.

Asado : Viande grillée à la braise. L'équivalent argentin de notre barbecue.

Chacarera : Musique et danse traditionnelle en couple du nord de l'Argentine.

Che : Interjection typiquement argentine. Elle émaille les conversations.

Choique : Nandou de Patagonie (Rhea pennata pennata). Oiseau d'Amérique du sud proche de l'autruche. Il peut courir jusqu'à 60 km/heure.

Cholo : Métis d'Européen et d'Indienne.

Coiron : (Poa spp) : Plante xérophile de la famille des graminées utilisée comme fourrage pour le bétail. C'est l'herbe de la Pampa qui donne toute sa saveur à la viande argentine.

Dulce de leche : C'est la confiture de lait. Il s'agit d'une spécialité culinaire obtenue en portant à ébullition un mélange de lait et de sucre.

Estancia : Vaste exploitation agricole entièrement destinée à l'élevage des ovins et des bovins.

Martín Fierro : Ouvrage majeur de la littérature argentine. C'est un poème épique composé en 1872 par José Hernández. Il raconte la vie du Gaucho dans l'Argentine de l'époque.

Mata negra : (*Senecio filaginoides*) : Arbuste pérenne de 50 cm à

1m de hauteur caractéristique de la Patagonie.

Maté : Boisson traditionnelle d'Amérique du Sud préparée en infusant des feuilles de yerba mate (*Ilex paraguariensis*). Désigne aussi la calebasse dans laquelle se prépare et se boit l'infusion.

Milicos : Terme d'argot argentin. Désigne ici les militaires et les policiers ayant soutenu la dictature (1976-1983).

Pejerrey : Poisson du genre *Odontesthes* vivant autour du Rio de la Plata. Il peuple aussi les lacs et les rivières.

San Cayetano : Saint-Gaétan : Patron des travailleurs.

Zamba : Danse et musique traditionnelle d'Argentine. Elle se danse en couple.

À PROPOS DE L'AUTEUR

Cristian Perfumo habite maintenant à Barcelone après avoir vécu durant une longue période en Australie. Il écrit des romans de mystère et de suspense qui se situent en Patagonie, où il a grandi.

Son premier roman, El secreto sumergido (2011), est inspiré d'une histoire vraie. Il en est à sa sixième édition avec des milliers d'exemplaires vendus dans le monde entier. En 2014 il a publié Dónde enterré a Fabiana Orquera, - Où j'ai enterré Fabiana Orquera -, lui aussi plusieurs fois réédité, et en juillet 2015 il est devenu le septième livre le plus vendu chez Amazon Espagne et le dixième au Mexique. Cazador de farsantes (2015), son troisième roman avec le froid et le vent, a lui aussi épuisé son premier tirage. El coleccionista de flechas, - Le collectionneur de flèches (2017) -, son quatrième thriller, lui aussi situé en Patagonie, a gagné le prix littéraire d'Amazon auquel furent présentés plus de 1800 œuvres d'auteurs de 39 pays. Rescate gris, - Sauvetage en gris - (2018), son dernier roman avant la publication de Los ladrones de Entrevientos, fut finaliste du Prix Clarín en 2018, l'un des concours les plus important d'Amérique Latine. Son dernier roman, Los crímenes del glaciar est paru en 2021.

Les livres de Cristian Perfumo ont été traduits en anglais et en français, édités en système Braille et publiés en format audio.

Le collectionneur de flèches

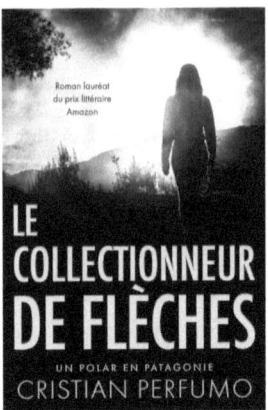

Roman lauréat du prix littéraire Amazon

La tranquillité d'un village de Patagonie est soudainement ébranlée; un de ses habitants est retrouvé mort dans son canapé et son corps porte de multiples traces de torture.

Pour Laura Badía, l'experte en criminalistique chargée de l'enquête, cette affaire est celle de sa vie: il va lui falloir élucider un assassinat d'une extrême sauvagerie et la disparition du domicile de la victime de treize pointes de flèches taillées par le peuple Tehuelche il y a des milliers d'années. Une collection dont tout le monde parle mais que presque personne n'a jamais vue, qui renferme la clé d'un des plus grands mystères archéologiques de notre temps, dont la valeur scientifique est inestimable, tout comme sa valeur sur le marché noir.

Aidée par un archéologue, Laura va se retrouver embarquée dans une périlleuse recherche qui la conduira du fameux glacier Perito Moreno jusqu'aux recoins les plus isolés et les moins courus de Patagonie.

Vengeance en Patagonie

Durant des années, j'ai travaillé pour eux, maintenant je vais les dévaliser.

Entrevientos n'a pas changée. Elle reste la mine la plus isolée de Patagonie et du monde. Mais, pour Noelia Viader elle est devenue un site totalement différent. Il y a un an, c'était son lieu de travail et aujourd'hui c'est une croix rouge sur la carte où elle passe en revue les détails du braquage.

Après quatorze années loin du monde criminel, Noelia reprend contact avec un mythique dévaliseur de banques auquel elle doit la vie. Ensemble ils réunissent la bande qui va planifier le vol de cinq mille kilos d'or et d'argent dans la mine d'Entrevientos.

Ils ont deux heures avant l'arrivée de la police. S'ils réussissent, les journaux parleront d'un coup magistral. Quant à Noelia, elle aura rendu la justice.

Si vous aimez *La casa de Papel*, vous serez captivés par *Vengeance en Patagonie*.

Sauvetage en gris

Les cendres d'un volcan recouvrent toute la région. On vient d'enlever ta femme : Ta journée ne fait que commencer.

Puerto Deseado, Patagonie, 1991. Pour arriver à boucler les fins de mois, Raúl a deux emplois. Quand il éteint la sonnerie de son vieux réveille-matin pour se rendre au premier, il sait que quelque chose ne va pas. Son village s'est réveillé entièrement recouvert par les cendres d'un volcan, et Graciela, sa femme, n'est pas à la maison.

Tout paraît indiquer que Graciela est partie de sa propre volonté... jusqu'à ce qu'arrive l'appel des ravisseurs. Les instructions sont claires : s'il veut revoir sa femme, il doit rendre le million et demi de dollars qu'il a volé.

Le problème, c'est que Raúl n'a rien volé.

Ne manquez pas ce thriller psychologique situé à l'une des époques les plus agitées et inoubliables de l'histoire de la Patagonie : le jour où le volcan Hudson est entré en éruption.

www.ingramcontent.com/pod-product-compliance
Lightning Source LLC
LaVergne TN
LVHW041909070526
838199LV00051BA/2556